TABLE OF CONTENTS

OM DET SKER MED GUDS VILJA:

MED BLODSBEFLÄCKANDE HÄNDER UNDER SAMMA HIMMEL

Del 2

KENT RISHAUG

Ordering Information:

Prime Seven Media
518 Landmann St.
Tomah City, WI 54660

Printed in the United States of America

PROLOG

EN DÅ TIOÅRIGE Jakob med sin kristna tro skulle inte för allt i världen kunna ana eller ens förutse det som komma skall.

Efter en cykelolycka med en av hans plågoandar tillika mobbare från skolan där situationen eskalerade i en sådan panik och dramatik vilket sedan ledde till flykten från verkligheten. Hans försvinnande drog i gång stora eftersökningsinsatser, både från myndighetshåll samt delar av Knutby församlingen vilket också innefattade Kristibrud.

Efter en livsfarlig cykeltur till Stockholm och mötet med undre världen träffade Jakob Kringlan. En person med stora missbruksproblem och som dessutom var hemlös. Undertiden som Jakob väntade vid Sergels torg med sin cykel på att Kringlan skulle komma tillbaka kom i stället en äldre herre fram vid namn Lars Åke. En person som Jakob gav sitt förtroende till.

Utan att ana något och vara på flykt följde Jakob med Lars Åke hem efter förutsagt löfte om både mat och plats att tillbringa natten på. Det visade sig sedan att lars Åke hade en väl dold mörk sida och bakgrund som pedofil.

Under ett plötsligt polisingripande lyckades Jakob fly från lägenheten under dramatiska former. Behovet av pengar växte vilket ledde till att han började tigga pengar vid olika affärs entréer och bland annat vid en sex club.

Samtidigt landade den turkiska medborgaren Mustafa på Arlanda flygplats som rekryterare för IS. Den syrianska taxichauffören Ali plockar upp Mustafa på flygplatsen.

Under tiden med sökandet efter Jakob jobbade Kriminalinspektör Reneé Grahn och kollegan Göran Lindmark med försvunna flyktingbarn varav det tillkom bland annat ett mord utanför Arlanda som försvårade hela arbetet vilket sedan ledde till flera frågetecken än genombrott.

Efter att massmedia fick kännedom om Jakobs försvinnande blev det rubriker i tidningars mittuppslag med huvudrubriken "Pedofil offer försvunnen". Samband med det så kom genombrottet tack vare några anställda ifrån Åhléns varuhuset. Spåret ledde lite oväntat mot ett mindre flyktingläger utanför Högdalen som slutligen inte gav något konkret.

En syriansk kvinna vid namn Yasmin arbetade som strippa på sexklubben Harem kom lyckligtvis i rätt tid utanför vid entrén. Hon lyckades med att undsätta Jakob från den jugoslaviska utkastaren Ratko och hans hårda tilltag mot pojken. Något som ledde till att Jakob fick bo hos Yasmin och hennes mamma Fatma i Flemingsberg.

Taxichauffören Ali tog med sig Mustafa till Flemingsberg och presenterade honom inför Yasmin och Fatma samt Jakob. Detta besök ledde till slut att Jakob berättade motvilligt om vad som hade hänt samt anledningen till att han var på flykt.

Denna information fångade onekligen Mustafas intresse för unge Jakob, och i synnerhet efter att ha gjort google sökning på pappan: Chris Lester – Sjögren som arbetade som epidemiolog samt för molekylär medicin och kirurgi i säkerhetslaboratorium P4 vid Karolinska institutet och hade dessförinnan även amerikansk militärisk bakgrund och medborgarskap.

Under dramatiska former försvann Jakob spårlöst i från Yasmin. Vid en enslig stuga utanför Sparreholm satt Jakob tillsammans med sex andra barn med utländsk bakgrund i väntan för vidare transport till Göteborg.

Från Nordantlanten kom ett containerfartyg med namnet King Jacob och förtöjdes vid containerhamnen utanför Göteborg och omlastade containers.

En röd Toyota Hi ace med sju barn kom åkandes till hamnen och körde sedan in i en öppen blå container. Ståldörrarna stängdes igen. Den blå Containern lyftes av en containerkran som sedan lastade containern ombord på King Jacob.

Kapten Emrah Okyar mötte upp Mustafa i en gästhytt och fick ett välfyllt kuvert.

"Jag ska stå till svars inför honom, och allt ligger naket och bart för honom, så varför skulle jag låtsas vara något som jag inte är?"

Kapitel 1

DEN SJÄTTE OKTOBER 2014

KRIMINALINSPEKTÖR Göran Lindmark vaknade ganska tidigt, det vill säga klockan fem på morgonen i tron att han befanns hemma. Men sanningens minut uppenbarade sig i samband med uppvaknandet för att sekunden senare blev införstådd att han inte befann sig hemma varken i sitt sovrum eller säng.

Väggen framför sängen varskodde obönhörligen sitt kristna budskap med diverse varianter av såväl upphängda kors till lika bibelcitat. Det hängde även två mindre tavlor där Jesus var porträtterad.

Sömndrucken låg han kvar lite avvaktande när det stod klart att han inte var ensam i den stora dubbelsängen som var signerad Hästen. Bredvid låg kvinnan med sitt mörka tilltufsade hår och avklädd ryggtavla som poserade betraktaren medan tankarna febrilt försökte hitta svaren.

Sanningen om vart han befann sig kom inte direkt som en överraskning. Onekligen blev han tydligen kvar hemma hos henne trots att så inte var syftet till hennes oskyldiga inledning till en invit till middag igår. Göran riktade åter blicken mot hennes nakna ryggtavla och kunde strax efter konstatera med viss kännbar ömhet i könsorganet att det hade vart fall skett mer än middagen igår kväll.

"God morgon" sa en lite morgontrött kvinnlig ryggtavla som precis hade vaknat.

Göran log utan att svara medan kvinnan låg kvar i samma position och inväntade avvaktade en respons. Efter en stund vände hon sig om och gav en, om än en frågande blick, så var blicken vart fall lite irriterande.

"Brukar man inte besvara en morgonhälsning?"

"Oj förlåt. Jag satt i lite… andra tankar.", sa Göran medan han tvingande fram ett litet oskyldigt odramatiskt leende.

Den mörkhåriga kvinnan slet av sig täcket medan hon reste sig ur sängen med tämligen utökad irritation som följd. Naken spatserade hon förbi sängen utan någon som helst notis av Göran medan hans blick följde henne som återigen kunde gotta sig på den fasta rumpan och bröst innan hon försvann ut genom dörrhålet.

Ja uppenbarligen fanns det önskvärda skäl och tillika anledning att bli kvar här i Knutby efter en middag, tänkte Göran samtidigt som han drog på smilbanden.

Tankarna trängde in i hans medvetenhet. Spaningarna efter Jacob var förnärvarande i det närmaste resultatlösa. Även den syriska madamen Yasmin hade helt oväntat försvunnit spårlöst.

Han tittade på klockan som stod vid nattduksbordet på andra sidan sängen. Han kunde konstatera att han skulle komma lite sent till jobbet. Om ungefär trettio minuter kommer förmodligen Reneé eller Lelle ringa och ifrågasätta hans frånvaro, tänkte han medan blicken vilade på en liten norsk flagga som hängde på en förkromad flaggstång som stod på fönsterbänken.

En vit mugg med polisens vapensymbol stod på skrivbordet medan en kaffedroppe rann nedför mot bordsskivan och efterlämnade en kaffefärgad rand på muggen. Reneé var fundersam medan hon gick igenom ärendet om Jacob Lester-Sjögren. Även mordet ute på Arlanda var inte ens i närheten av en lösning och än mindre hade man inte hittat någon gärningsman. Bägge ärenden verkade famla i ovisshet. Man visste inte heller om bägge ärenden hade någon som helst anknytning till varandra.

Det knackade samtidigt som dörren öppnades. Det var Lelle som stack in huvudet och meddelade att var hög tid till morgonsamling. Reneé gjorde en gest med tummen medan hon var upptagen med att läsa en nykommen rapport från Bris.

"Jag kommer.", sa Reneé när hon upptäckte att Lelle stod kvar vid dörren.

"Har precis fått…", inledde Lelle innan han blev avbruten.

"Jag kommer.", upprepade Reneé samtidigt som hon tittade upp och gav en bestämd blick.

"Okej.", sa Lelle och stängde dörren.

Reneé öppnade dörren till konferensrummet och gick in varvid dörren stängdes. Hon la två välmatade mappar märkta med två olika ärendenummer. Hon tittade sig omkring och kunde konstatera att alla utredare var på plats, förutom…

"God morgon!", sa Reneé medan hon gjorde en upprepad överblick över alla som närvarande. Nej, hon hade inte sett fel att Göran saknades?

"Lelle! Var är Göran?", frågade Reneé.

"Jag vet inte. Jag har försökt att nå honom."

Resan från Knutby gick sålunda smärtfritt eftersom det var gles trafik vid tidpunkten det vill säga efter klockan sju på morgonen. Mobiltelefonen hade ringt i omgångar varvid skärmen indikerade "Lelle". Göran undvek att svara utan försökte så fort han kunde komma närmare Stockholm med sin mörkblåa BMW.

Den planerade undanflykten för sent ankomst gick hem. Nu satt han nämligen i köerna strax innan Norrtull. Nu kunde de ringa, bäst fan de ville, jag sitter nämligen i kö, tänkte Göran medan han trummade med händerna på läderratten.

Han la i drive så att bilen rullade med köerna när mobiltelefon återigen ringde varvid skärmen indikerade "Reneé". Förstod det, tänkte Göran medan han tryckte lurknappen på ratten.

"Göran.", svarade han.

"Var är du?", frågade Reneé.

"I köerna vid Norrtull min kära kollega."

"Norrtull!", utropade Reneé förvånat.

"Ja jag har varit i väg och gett Kristi brud en omgång av sexuell karaktär.", sa Göran och skrattade.

"Lägg av! Vi har planeringsmöte och det hade varit en fördel om du närvarade.", sa Reneé.

"Som sagt jag är på väg. Du...", samtalet bröts.

Okej, hon är på det humöret.", tänkte Göran lite illavarslande medan han svängde in på St: Eriksgatan.

"Bra, skriv ner en rapport om fynden ni hittade i taxibilen samt komplettera med rapporten från SKL även det i sig inte kanske har gett något konkret att gå på.", sa Reneé när det knackade på dörren. "Ordnar du det, bra. Jag har fått besök. Vi hörs senare, hej då." Avslutade Reneé och la på luren medan Göran samtidigt kom in och stängde dörren försiktigt.

"Stäng den jävla dörren ordentligt. Jag har lagt på.", sa Reneé irriterat.

Göran visade upp ett leende medan han drog ut en av besöksstolarna framför skrivbordet och satte sig.

"God morgon kära kollega!", inledde Göran medan han mötte Reneés blick.

Reneé skakade på huvudet och lät bli med att kommentera något spydigt.

"God förmiddag snarare.", sa Reneé.

"Vad har jag missat?"

"Planeringsmötet naturligtvis.", sa Reneé.

"Och den ledde till?"

"Ja, du var inte där!", snäste Reneé.

"Jaa... och du får ursäkta mig för morgontrafiken. Lite svårt att trolla med knäna."

"Just nu skiter jag i det. Lyssna! Det har kommit fram dna ifrån den här taxibilen som hittades i garaget. Eftersom vi tog ett dna test på den här damen Yasmin så gjordes det en jämförelse. SKL fann spår både av Yasmin och Jacob.", sa Reneé.

"Bra! Då har vi en gemensam anknytning till den där Ali. Då kanske det finns en rimlig anledning om varför vi inte får tag i Yasmin", konstaterade Göran med en spontan gest.

"Precis! Nu till en annan information som du har missat från morgonens möte. Man har också funnit dna spår på en viss Mustafa som är internationellt efterlyst. Fick precis ett mejl ifrån Säpo."

Göran sken upp med förvåning.

"Å fan! För vad?... trafficking?"

"Nej, snarare krigsförbrytelse mot kurder, etcetera"

"Så vi kan släppa teori misstanken på föräldrarna?"

"Ja, du kan släppa den. Nu vet vi ju inte varför den här Mustafa befinner sig i Sverige och inte minst vilken anledning?", sa Reneé.

"Ja om han är kvar i landet vill säga?"

"Precis, jag föreslår att vi åker till den där stripphaket och försöker få fram mer info om Yasmin?", sa Reneé.

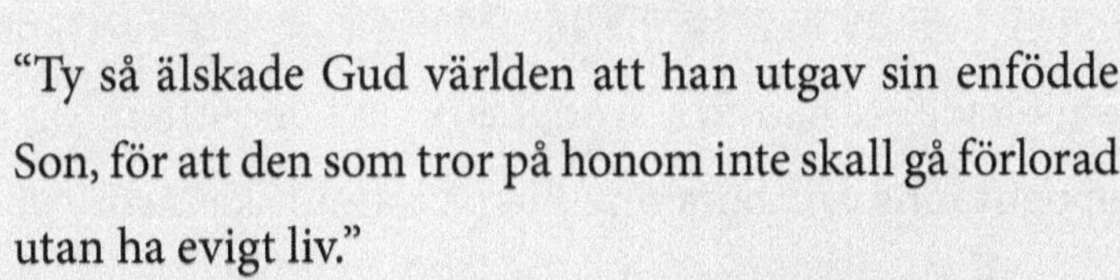

"Ty så älskade Gud världen att han utgav sin enfödde Son, för att den som tror på honom inte skall gå förlorad utan ha evigt liv."

- Johannesevangeliet 3:16

Kapitel 2

DEN SJÄTTE OKTOBER 2014

BARA DEN INNERLIGA obehagskänslan som Chris Lester-Sjögren bar på med sina axlar och därtill bära den blotta misstanken om att han skulle ha förgripit på sitt eget kött och blod resulterade att han fick svårigheter att koncentrera sig på sin arbetsuppgift inne på laboratoriet K4 på Karolinska institutet.

Chris och hans team försökte skapa ett isolerat patogenas virus vilket förhoppningsvis skulle ge helt andra forskningsmöjligheter inom rna-viruset och Ebola. Ett av problemen som uppstod var att kunna isolera viruset med någon typ av protein. Uträkningen visade visserligen rent teoretiskt att detta konstgjorda rna-viruset skulle bli än mer smittsamt som dessutom hade högre dödlighet än tidigare.

Genom att karakterisera proteinerna kan olika proteinråvaror och utvinningstekniker utvärderas och matchas mot lämpliga processer och slutprodukter. Vid karaktärisering av fysikaliska egenskaper tittade Chris på löslighet, vilket var starkt förknippat med proteinets viskositet under olika förhållanden.

Man studerade även vattenhållande förmåga, som motsvarar proteinets förmåga att hålla vatten och beroende antalet polära "siter" där interaktion med vatten kan ske. Även emulgerande och skumbildande förmåga, det vill säga hur väl ett protein bidrar till att stabilisera emulsioner och skum genom att fördela sig i gränsskiktet mellan vatten och fett/luft gjordes.

Även gelbildande förmåga och koagulering, proteiners förmåga att bilda geler vid olika förhållande som pH, salthalt, vattenhalt och temperatur. Alltför att kunna isolera rna-viruset.

Teamet utförde reologiska egenskaper som viskositet hos proteinet när det bildade smälta vid högre temperaturer och tryck.

Medan Chris satt och kikade i ett stereomikroskop var det oundvikligt att tankarna om vart och hur Jacob lyckats försvinna gång på gång. Hur kunde en oskyldig cykelolycka involvera så många människor som också ökade i antal ju längre tiden gick? Människor som dessutom var helt främmande för både Jacob, Chris och Linda.

Chris släppte sina tankar då något hände i mikroskopet med suddig skärpa. Han torkade bort tårarna för ögonen med ena handen för att kunna se bättre.

Att Linda satt hemma med grubblerier vid vardagsrumsbordet med lika många tankar som obesvarade frågor om Jacobs försvinnande var obevekligt. Dagarna var ungefär detsamma som tidigare nämligen att vänta tills någon ringde och berättade något nytt. Helst ett positivt besked i stället för att höra de standardsvaren som hade upprepats gång på gång hos polismyndigheten nämligen: Tyvärr så har vi inget nytt att komma med i dagsläget, vi har inte fått något svar än. Vi letar oavbrutet med stora resurser efter honom.

Linda efter flertals övertalningsförsök från Chris började träffa en överläkare inom psykiatrin. Det vill säga en gång varannan vecka vid Öppna psykiatriska mottagningen vid Anton Tamms väg 3 i Upplands Väsby.

Moa Waldarud kristna moraliska stöd som Kristi brud inom synonymen själavård ledde egentligen till inget annat förutom lockelser av åtrå och försök till förbjuden kärlek. Stödet ifrån Knutbyförsamlingen fanns där eftersom de deltog i skallgångar och gick ut på sociala nät med efterlysningar, samt deltog med letande både i Uppsala samt Stockholm.

Linda tittade på klockan. Det var dags att träffa överläkaren för ett timmes samtal.

Klockan var precis två på eftermiddagen när det knackade på dörren. Den ungerska chefsöverläkare George Keresztesi drog sin högra hand genom sitt välvuxna skägg.

"Det är bara att komma in när du ändå står där.", ropade George lite ironiskt medan blicken var låst på den stängda bruna dörren som vette mot korridoren.

Dörren öppnades och där stod fru Linda Sjögren – Lester klädd i jeans och blå blus samt en höstjacka i vitt. Hon såg sig omkring innan hon gick in och möttes av den storväxta skäggiga karln som hade rest på sig och var på väg att stänga dörren åt henne med ett välkommet leende.

Linda satte sig ner på en av besöksstolarna från Kinnarp och placerade sedan handväskan över sina ben med en ångerfull blick.

George Keresztesi satte sig på en stol. Han studerade henne noga med buskiga ögonbryn och bestämd blick utan att säga något sedan kom ett leende.

"Välkommen Linda. Hur har den här veckan varit för dig?"

Linda tittade lite frågande med ett nedstämt ansiktsuttryck och ryckte sedan på axlarna. Vad var det där för fråga? tänkte hon och lät frågan förbli obesvarad.

George satte sina grova händer mot sina knän och harklade sig en aning.

"Frågan kan uppfattas kanske som dum men hur mår du?"

Linda blev i det närmaste irriterad och nästan förnärmad av frågan.

"Du får faktiskt ursäkta mig! Vad är det för idiotiska frågor du ställer till mig? Jag går igenom en personlig kris uppenbarligen. Jag har förlorat mitt enda barn och min tro på gud. Nu när jag kommer hit så frågar du hur jag mår! Hur min jävla vecka ha varit!? Har du fler ovidkommande frågor?

George smålog när han insåg att framförvarande patienten i fråga hade kvar av sin energi vilket också kunde antas att personen i fråga hade fortfarande mental styrka att kämpa vidare trots depression. Han gjorde en formel anteckning på sitt kollegieblock och nickade.

Chris upptäckte i mikroskopet att hans syntetiska rna virus gav en reaktion, en positiv sådan till och med. Nämligen att han lyckades förena sig med två olika sorters glykoprotein med viruset. Det var en teori som han inte trodde på från början.

Nu gällde att göra ett nytt test med att förena två olika monoklonala rna virus det vill säga överföra Dna mellan dessa virusceller. Var det verkligen genomförbart? Skulle det gå?

Jag tror på Gud och sista dagen. Muslimskt citat.

Kapitel 3

DEN SJUNDE OKTOBER 2014.

EFTER ATT HA lämnat Rotterdams stora containerhamn så satte Liberiaflaggade containerfartyget King Jacob kurs mot Portugal. För att vara början av oktober så var engelska kanalen relativ lugn medan det var högvatten.

Det etthundraelva meter långa fartyget bröt vågorna ganska fridfullt när hon satte kurs mot Biscaya bukten. Befälhavaren Emrah Okyar hoppades på fortsatt bra väder när de väl skulle passera Biscaya bukten. Han lyfte upp kikaren på kommandobryggan och tittade för ut över havet och yrkesfarleden som i det närmaste var tomt av mötande sjötrafik och fattade beslutet med att containern kunde åter öppnas igen. Han tog bärbara komradion från kartbordet och gav order till däckbesättningen.

Mustafa Baykal stod på däck och höll ett vakande öga på besättningen medan han strök mustaschen medhårs med tummen och pekfingret. Genom komradion hörde han plötsligt kapten ropade ut en order att Mustafas container skulle åter öppnas!

"Emrah! anropade Mustafa." Det blev tyst i komradion i tio långa sekunder.

"Lyssnar.", svarade Emrah.

"Det är jag som fattar beslut om containern. Alla beslut! "

"Vi är på internationellt vatten och lite trafik.", svarade Emrah.

"Jag kommer upp.", sa Mustafa och vände sig om och med bestämda steg gick han fram till trappan som ledde upp till kommandobryggan.

Dörren till kommandobryggan öppnades och in klev Mustafa med till synes en irriterad blick. Han stängde dörren efter sig medan blicken låstes på styrmannen som genast blev osäker såväl över sin existens och inte minst hans befinnande på kommandobryggan.

Kapten Emrah stod på motsatta sidan av kommandobryggan och tittandes i sin kikare. Han sänkte ner kikaren till brösthöjd och vände sig om.

"Jag kan inte riktigt förstå problemet. Jag är fullt medveten med dina instruktioner och order när jag kan släppa ut dem på däck och inte.", påminde Emrah med en påfallande lugn röst.

"Det är jag övertygad om att du är. Eftersom jag är befälhavare i guds namn så ska också besluten fattas med mitt slutliga godkännande."

Emrah tittade ner på däck. Där stod tre man avvaktandes vid den blå 40 fots container som stod på däck närmast kommandobryggan. Emrah gav Mustafa en frågande blick.

"Okej, så vad gör vi?", frågade Emrah med en efterföljande gest med armen mot fönstren.

"Ja, enligt din bedömning så kan vi släppa ut dem om du anser det som riskfritt."

Emrah räckte fram sin kikare.

"Titta själv."

Mustafa gick fram och tog kikaren och spanande ut mot horisonten samt omgivande vatten.

"Vi lägger på en kurs som är ytterst på farleden.", upplyste Emrah.

"Jag litar på dig.", sa Mustafa och gjorde samtidigt en gest att öppna containern.

Bahiti hade precis vaknat sittandes i bilen. Hon hörde fartygets motorer karaktäristiska gång samtidigt som röster hördes utanför samtidigt som Jacob vaknade till.

Han hade tidigare somnat i Bahitis famn och för ett ögonblick vaknat till när ljudet av hamnkranar som lyfte på och av container på fartyget varvid han hade somnat om igen.

Nu visste han inte vart de befann sig eftersom det enda som hördes var bara fartygets lugna monotona motorgång vilket betydde att de var troligen ute till havs.

Ljudet från containerns låsningar hördes innan dörrarna öppnades varvid en strimma dagsljus uppenbarade sig innan ståldörrarna öppnades på vid gavel. Jacob vände sig om och kisade med ögonen mot det starka ljuset medan de övriga barnen i den bakre baksätet vaknade en efter en.

Bahiti motade undan Jacob så att hon kunde öppna sidodörren. Samtidigt kom en matros för att hjälpa till. Matrosen lyfte ut ett barn i taget varav Jacob kom först ut enligt en erinran ifrån Bahiti.

Jacob kisade fortfarande lite med ögonen för att vänja sig med dagsljuset medan han samtidigt tittade sig omkring. Jo, han var fortfarande på samma fartyg som tidigare. På däck stod två enklare campingbord där mat och dryck skulle serveras inom kort. Bahiti kom gående med en engångstallrik med tillhörande plastbestick och räckte fram det till Jacob.

"Du får hämta mat där borta.", upplyste Bahiti och pekade samtidigt på utspisningen vid campingborden.

Jacob tog tallriken samt besticken och gick sedan fram till matkön och ställde sig. Han tittade lite nyfiket vad det var för sorts mat som erbjöds medan de övriga barnen passerade förbi med påfyllda tallrikar. Det var kokt ris och till det var någon sorts gryta kunde han konstatera med lite tveksamhet.

När Jacob fick mat från en synnerligen vältatuerad asiatisk kock eller matros så var det någon bakifrån som tog tag om hans axlar. Jacob vände sig om och där stod Mustafa med ett leende.

"Kom min pojke så kan vi sätta oss en bit bort.", sa Mustafa på engelska medan han pekade mot en livbåt vid relingen.

Mustafa och Jacob gick och satte sig på några stålpollare vid relingen. Jacob åt med god aptit för han var rejält hungrig medan Mustafa hade gått bort för att hämta vatten till Jacob eftersom han hade glömt det vid bespisningen. Det visade sig ganska snart att behovet av vatten blev mer omfattande än Jacob hade kanske förväntat sig med tanke på att maten var rejält kryddad.

Jacob sträckte genast ut handen mot Mustafa som närmade sig för att påvisa att han behövde dricka vatten. Mustafa gav Jacob en plastmugg med vatten och log.

"Var det starkt?"

Jacob nickade samtidigt som han drack så det rann längs mungiporna. Han torkade sig sedan om munnen med armen och tittade sedan på maten och gav sedan Mustafa en vädjande blick.

"Hmm… okej jag ska ordna något annat." sa Mustafa som reste sig och gick.

Jacob sköt undan papptallriken och drack sedan mer vatten för att lindra den värsta hettan från halsen och munnen. Efter en kvart kom Mustafa tillbaka med en tallrik med mat. Det var återigen ris och till det var något som påminde om köttfärssås. Jacob provsmakade och maten var inte alls lika stark som förra portionen.

"Bättre?", frågade Mustafa.

Jacob nickade samtidigt som han började att äta.

Jacob höll på att äta den sista tuggan med gaffeln när någon ifrån besättningen började hojta varvid Jacob titta upp mot kommandobryggan. Kapten Emrah kom ut och ropade hetsigt på arabiska samtidigt som han pekade mot horisonten.

Jacob tittade väldigt frågande när alla barnen på däck i ren förskräckelse försökte få i sig det sista av maten från papptallriken medan Bahiti och tre besättningsmän kom hojtande och springande på däck. Alla barnen reste sig skyndsamt medan Bahiti och besättningen började fösa barnen i riktning mot den öppna containern.

Mustafa hukade sig och räckte fram handen.

"Kom!", sa Mustafa.

Jacob tog hans hand och reste sig. Mustafa började småspringa med Jacob framför sig i riktning mot containern.

"Livet är en resa njut av åkturen."
Motiverande muslimsk Citat.

Kapitel 4

DEN SJUNDE OKTOBER 2014

YASMIN HÖLL PÅ att byta ut simkortet i sin mobiltelefon med ett kontantkort från Comviq sittandes i en äldre Opel Kadett. Dels skulle det bli svårare att nå henne och hon kunde med ett anonymt nummer försöka nå Ali som hittills varit resultatlösa.

Hon hade efter att hon hade lämnat hemmet i Flemingsberg tagit sig till Harem på Dalagatan 7 och lyckades övertala en kvinnlig kollega att få låna hennes bil i och med det blev sökandet efter Ali i full gång.

Yasmin lade mobiltelefonen på passagerarsätet och startade bilen. Hon skulle åka till Alby till några adresser där Ali, enligt vad hon visste, hade del av sin bekantskapskrets boendes.

Hon passerade förbi Vårbytrafikplats på E4:an och strax därefter passerade hon även förbi Fittjaviken. Vid Hallunda trafikplats och Shell macken på sin vänstra sida körde hon sedan ut på Hågelbyleden i riktning mot Norsborg. Just när hon svängde in på Albyvägen så körde en röd BMW om henne och där i passagerarsätet satt Ali.

Ilskan och snabbt växande hat växte inom henne när hon målmedvetet körde efter BMW: n. Hon skulle inte för varje pris tappa den här chansen med Ali och frågan var, vart är de på väg någonstans?

Den röda BMW:n svängde till vänster till Domarbacken och stannade till vid första parkeringen. Mannen som körde klev ur bilen tillsammans med Ali varvid en kortare ordväxling skedde mellan dem. Yasmin som hade stannat till lite på avstånd kunde se hur Ali klev in i förarplatsen medan den andre mannen började gå mot de intilliggande höghusen. Yasmin körde en bit till för att sedan avvakta vart Ali var på väg någonstans?

I backspegeln observerade hon hur Ali svängde vänster mot Albyvägen. Yasmin vände bilen och började köra efter. Ali körde i riktning mot Alby centrum medan hon följde efter. Efter cirka etthundra meter svängde Ali vänster mot ST bensinstationen och Alby bilverkstad. Han skulle inte tanka visade sig utan stannade vid bilverkstan och klev ur bilen. Yasmin körde mot bensinstationen och stannade vid en intilliggande parkering.

Ali gick in till bilverkstan varvid entrédörren stängdes efter honom. Yasmin klev ur bilen och småsprang mot den röda BMW:n. Mycket riktigt bilen var olåst. Yasmin kände efter i ena jackfickan och konstaterade att kniven fanns där innan hon klev in i baksätet och bildörren stängdes försiktigt. Hon kröp ihop bakom ryggstödet på förarstolen och gömde sig.

Entrédörren öppnades och ut kom Ali. Han stannade till och såg sig omkring. Kunde sedan efter att fått en överblick över omgivningen konstatera att det var lugnt. Det enda som hade tillkommit var en grön Opel Kadett som hade parkerat strax innan bensinstationen och bilen var tom. Ali gick fram till BMW:n och klev in.

Han startade bilen som med hög volym spelade popmusik från mellanöstern och sjöng med. Han körde fram till en verkstadsport och stannade. Han vevade ner sidorutan och knappade in en kod varvid porten öppnades och körde in i en tvätthall. Porten stängdes och strax efter började automattvätten få liv och satte sig i rörelse.

Volymen på musiken vreds ner och Ali plockade fram mobiltelefonen och ringde. Enligt vad Yasmin kunde uppfatta på arabiska var det en barnrekrytering nära förestående. Hon bet ihop av ilska samtidigt förstod hon att Ali pratade med en, för henne, okänd kvinna eftersom han föreslog henne en date. Ali avslutade samtalet och såg allmänt nöjd ut.

Yasmin stoppade ner ena handen försiktigt i jackfickan.

Efter att den röda BMW:n blivit besprutad av både avfettning och schampo började samtliga borstvalsar göra sitt jobb. Yasmin kunde se där hon var ihopkrupen att hela bilen blev alltmer täckt av lödder.

Ali satt bakåtlutad i förarsätet med en avslappnad sittställning medan han lyssnade på musiken med slutna ögon. Han drömde sig bort i fantasin till en värld med ett harem av kvinnor och en ledande position inom Islamska staten. Han hade ett mål, ett slutligt mål, där drömmen skulle en gång bli verklighet.

När musiken tonades ner vid sista refrängen kände Ali att det stack till mot halsen. Blundandes satte han upp högra handen mot halsen för att känna efter. Då kände han en arm som tryckte mot bröstet samtidigt som någon med varma andetag andades mot hans högra öra. Ali spärrade upp ögonen och kunde då ansikte mot ansikte se Yasminas hatiska blick samtidigt som hans hand kunde rent formellt också intyga att det var ett förhållandevis kallt men vasst knivblad som var upptryckt mot hans hals.

"Yasmin!", väste Ali med ett påtvingat leende medan knivbladet trycktes än hårdare mot hans hals.

"Jag hittade dig.", konstaterade Yasmin med ett förtjusande hatiskt leende.

"Uppenbarligen."

"Var är min son?" frågade Yasmin med ett bestämt ansiktsuttryck.

Ali ryckte försiktigt på axlarna.

"Din son? Kära Yasmin!... Jag vet inte."

Yasmins ögon svartnade fullständigt och i samma ögonblick försvann knivbladet från hans hals. Ali hann precis uppfatta en viss lättnad när ett kraftigt hugg ifrån sidan träffade buken. Med bägge händerna kände han Yasmins hand intryckt mot sidan nedanför revbenen samtidigt som det sipprade blod över hennes hand innan smärtan blev ett faktum.

"En chans till. Var är Jacob?", frågade Yasmin.

Ali fick ingen möjlighet att vare sig svara eller tänka förrän en olidlig smärta bröt ut i kroppen. Yasmin visade bokstavligen att hennes tålamod var nästan obefintlig när hon vred knivbladet ett halvt varv. Ett väsande gurglande ljud hördes när Ali försökte skrika ut den obarmhärtiga smärta som han just nu genomled.

"Jag fick inget svar.", konstaterade Yasmin när Alis ansiktsuttryck inte visade några som helst gränser av påtaglig smärta.

Yasmin gav Ali någon minut att svara trots den ihärdiga smärtan. Ali hämtade andan medan han försökte tränga undan smärtan för att kunna svara innan nästa hugg skulle komma. Att han skulle dö det var Ali nu helt övertygad om.

"Han är på en båt.", sa Ali krystande.

"På en båt! Vilken båt?"

"King Jacob", krystade Ali smärtsamt med stora besvär.

"Var?"

"Göteborgshamn.", svarade Ali med ett halvt andetag.

Yasmin stirrade på Ali medan hon funderade.

"Vad är det för båt och vart är den på väg?", frågade hon och var beredd att vrida runt knivbladet i honom ytterligare om det skulle behövas.

"Container.", svarade Ali kort och grimaserade samtidigt av den ihållande smärtan.

Båten fraktar container, tänkte Yasmin medan hon sakta drog ut kniven. Hon satte den blodiga knivspetsen mot hans nästipp.

"Vart är den på väg?", frågade Yasmin.

"Portugal!", svarade Ali med en vettskrämd blick.

Yasmin log medan hon samtidigt smekte hans kind med en blodig hand. Frågan om du ska dö här? Tänkte Yasmin tyst för sig själv. Hon lyfte upp den blodiga kniven och stirrade på den. Blodet hade inlett koaguleringen sedan riktade Yasmin blicken mot Ali. Hon stirrade på honom med en kall och känslolös likgiltig blick.

"Jag tänkte att gud får avgöra ditt framtida öde.", sa Yasmin och stabbhögg honom tre gånger i magen.

Polisens nationella operativa avdelning (NOA) är en, i januari 2015, inrättad organisationsenhet inom Polismyndigheten som ersatte den tidigare Rikskriminalen.

Den nationella operativa avdelningen leder Polismyndighetens operativa verksamhet och kan besluta om insatser och resursförstärkningar i hela landet i olika typer av verksamheter. Den har vad som betecknas "funktionsansvar", inklusive personalansvar och resultatansvar, för den Nationella insatsstyrkan, Polisflyget, det Nationella bombskyddet och sektionen för särskilda insatser. Inom avdelningen finns också det arbetsuppgifter som den tidigare centrala gränskontrollenheten haft.

Avdelningen svarar inom polismyndigheten som dess kontaktpunkt mot Säkerhetspolisen, Försvarsmakten och Försvarets radioanstalt.

Nationella operativa avdelningen utreder kulturarvsbrott, krigsbrott, artskyddsbrott (CITES-brott), immaterialrättsliga brott, penningtvätt och finansiering av terrorism samt korruptionsbrott.

Kapitel 5

DEN SJUNDE OKTOBER 2014.

RENNEÉ SATT VID sitt skrivbord. Hon var inte förargad, jo kanske? Ja, vart fall så var hon högst irriterad över det eländiga spanings läget. Besöket igår på Harem gav absolut ingenting. Hon fick känslan att någon eller några ville tysta ner hela händelsen om Yasmin och med frågorna som kretsade runt henne. I synnerhet när frågorna kom ifrån polisen eller nyfikna journalister som törstade efter mer dramatik.

Även kollegorna som utredde mordet vid Arlanda hade kört fast. Förutom att man kunnat fastställa att taxibilen förmodligen befunnit sig vid brottsplatsen vid någon tidpunkt. Däckspåren som man har funnit tyder på att det är samma bil och dessutom har man funnit blodfragment i förardörren. Det ringde i Reneés mobiltelefon.

"Reneé Grahn"

"Hej det är Göran. Vi har fått resultat från SKL."

"Okej, låt höra."

"Blodet som man fann i taxibilen härrör från offret vid Arlanda."

"Det be…" hann Reneé bara säga innan hon blev snabbt avbruten.

"Precis, den här Ali blev än mer intressant i den här utredningen. Frågan är, var håller han hus?", sa Göran.

"Vänta lite det ringer i den andra luren."

Reneé la mobilen på skrivbordet och skyndade sig att svara den andra telefonen.

"Ja det är Grahn.", svarade hon.

"Hej mitt namn är Lindén och ringer ifrån Norsborgspolisen", sa en manlig röst.

"Ja hej!"

"Jag ser att ni har efterlyst en viss Ali Shamoun.", sa Lindén.

"Ja det stämmer." bekräftade Reneé

"Då har jag glädjande nyheter. Nej förresten, inte så glädjande kanske. Hur som helst så har vi hittat honom i en biltvätt i Norsborg. Han är ganska illa tilltygad och är på väg till sjukhus."

"Vilket sjukhus?", frågade Reneé.

"Huddinge sjukhus. Svårt att säga om han kommer att överleva."

"Är han skjuten?"

"Nej, snarare blivit illa knivhuggen. Vi fann honom inne i en bil i tvätthallen", sa Lindén.

"Okej, låt bilen stå kvar där ni fann den. Vi skickar tekniker på stört. Jag och en kollega kommer också", sa Reneé.

"Bra då vet jag, jag har personal på plats som släpper in er."

"Är mannen fortfarande i medvetet tillstånd?", frågade Reneé.

"Ja han var vart fall vaken när vi fann honom."

"Bra. Tack för du ringde, hej då.", sa Reneé och la på.

Hon tog mobiltelefon från skrivbordet.

"Förlåt att det tog tid. Är du kvar?", sa Reneé när det samtidigt knackade på dörren.

Dörren öppnades och in klev Göran Lindmark med ett leende.

"Jag hörde att något var på gång så jag la på och gick hit i stället", sa Göran och satte sig på en av besöksstolarna.

"Ja, nu händer det saker. Kom vi måste i väg. Jag berättar under färden", sa Reneé när hon reste sig och tog på sig sin ytterjacka.

Under färden på Essingeleden mot Norsborg berättade Reneé om telefonsamtalet som Göran delvis anande eftersom han hörde bitvis av själva samtalet medan han väntade.

"Otroligt! Mr Ali försvann från jordens yta i flera dagar och helt plötsligt dyker killen upp i en tvätthall i Norsborg.", sa Göran med ett förvånat tonläge.

"Ja, samtidigt som vi fick provsvaren från SKL rörande taxibilen. Vilket sammanträffande!", sa Reneé och fick ett leende svar från Göran.

Reneé gasade på lite mer vid vänsterfilen när de passerade Essingeöarna. alldeles strax närmade de sig Årsta länken.

"Tänk på att vi ska av mot Södertälje där borta. Kanske läge att byta fil nu." sa Göran medan han samtidigt pekade mot framrutan.

"Orolig?" frågade Reneé

"Nej, skulle jag vara det? "

Reneè bytte fil och körde sedan i riktning mot Södertälje på E4:an.

"Vi får hoppas att killen är talbar." sa Göran och samtidigt höll i sig.

"Vi borde få svar på flera av våra frågor som gör att bägge utredningarna kan gå vidare."

"Vi kanske få lite andra svar väl vi kommer fram till biltvätten. Med lite tur så finns det kanske övervakningskameror vid fastigheten."

Reneé log när de hade passerat Västberga avfarten.

Yasmin hade passerat Örebro i en lånad grön Opel Kadett. Hon försökte under färden hålla hastighetsbegränsningarna i synnerhet när hon passerade genom större samhällen och städer. Hon var också medveten att bilen var gammal och i och med det tog hon risker i samband med färden mot Göteborg.

Under tiden medan hon körde kom också flertalet obesvarade frågor. Överlevde Ali hennes attack? Hur långt har den där båten kommit? Kan det vara så att hon är redan efterlyst efter att någon kanske hade hittat Ali i tvätthallen? Å andra sidan…Hur kunde hon bli sammankopplad till just den händelsen om han är död? Det var ingen som såg henne komma ut ifrån tvätthallen, tänkte Yasmin men var inte helt övertygad om det.

När hon passerade förbi Kumla på E20 började bilen betes sig konstigt. Den började misstända och lämnade svart rökkorridor bakom bilen. Plötsligt stannade den. Medan bilen rullade och tappade fart försökte Yasmin starta bilen medan hon styrde mot vägrenen. Den gamla Opel Kadetten vägrade att starta trots flera försök. Yasmin skrek hysteriskt medan hon återigen försökte få liv i bilen.

Det här fick absolut inte hända, hon måste till Göteborg till vilket pris som helst. Bilen stannade vid en busshållplats och Yasmin skyndade sig ut och hukade sig ner och öppnade instinktivt på motorhuven. Hon tittade misströstande på den oljiga smutsiga motorn och konstaterade samtidigt att en motortvätt skulle vara på sin plats men inte just nu. Hon stängde motorhuven efter att ha insett att hon kunde absolut ingenting om motorer.

Efter att ha funderat över sin rådande situation kom i stället tanken om hon skulle försöka få bilen till en verkstad? Hade hon tur så kunde vara ett lätt fel som kunde vara snabbt åtgärdad av en kunnig mekaniker. Risken fanns och var även överhängande att bilen kunde bli kvar på verkstaden. Hur som helst hon måste härifrån så snart det är möjligt och dessutom få bilen bärgad.

Hon tog mobiltelefonen och hittade sedan ganska snabbt ett telefonnummer till Falck vägassistans och ringde. Beskedet hon fick blev inte som hon från början hade tänkt sig. Det skulle dröja minst två timmar innan någon bärgare kunde hjälpa henne. Alternativet var kanske att ringa till andra bärgningskårer om assistans?

"Av "Rikspolisstyrelsens föreskrifter och anvisningar för polisiär spaning" framgår redan inledningsvis att så kallad "blandad spaning utgör ett komplement till den allmänna och riktade spaning som utgör det huvudsakliga syftet med den polisiära spaningen". Med detta förstås att man som spanare med fördel bör hålla sig vaken på jobbet och "även notera iakttagelser av ett övergripande intresse för kampen mot brottsligheten trots att de i och för sig icke har att göra med det uppdrag av allmän eller riktad karaktär som man för tillfället utför". Eftersom jag ännu några månader lever mitt liv helt i enlighet med min arbetsgivares föreskrifter skyndar jag mig därför att delge omvärlden resultatet av den blandade spaning som jag själv genomfört under den senaste veckan trots att den även är av blandat värde för den brottsbekämpande verksamheten." Leif GW Persson.

Kapitel 6

DEN SJUNDE OKTOBER 2014

P Å ADRESSEN ALBYVÄGEN 1 så fanns förutom bilverkstaden även en butik och en intilliggande ST bensinautomatstation. Reneé stannade bilen bredvid en polisbil som stod vid avspärrningen. Både Reneé och Göran visade upp sina tjänstelegitimationer för en kvinnlig kollega och blev insläppta.

De gick till tvätthallen som låg i fastigheten intill och gick sedan in genom en sidodörr. Inne i tvätthallen stod en röd BMW. Alla sidorutor på bilen var nervevade och kriminaltekniker var redan i arbete.

Reneé ropade på en polisman som stod intill bilen att komma. I stället för att presentera sig så visade de bägge sina legitimationer.

"Hej, vet du var mannen satt i bilen?", frågade Reneé.

"Han satt på förarplatsen när vi hittade honom."

"Var det någon utifrån som påträffade honom här?", frågade Reneé

"Det var en kille ifrån verkstan som fann honom."

Reneé tittade lite frågande på Göran.

"Okej, du vill att jag går dit och pratar med vederbörande?", sa Göran med ett utstuderat hånflin.

"Ja, om du kollar upp den killen och se vad han har att säga så tänkte jag kolla lite med våra tekniker under tiden.

Göran himlade lite med ögonen och ryckte sedan på axlarna.

"Jaha.", sa Göran som vände sig om och började gå mot utgången när det ringde i Reneés mobiltelefon varvid hon svarade.

"Reneé", svarade hon medan blicken följde Göran ut genom dörren.

"Hej igen, det är Lindén från Norsborgspolisen. Jag vill bara berätta att er man är faktiskt vaken och nyligen omplåstrad och väntar på operation."

"Jag förstår, då åker vi till sjukhuset på en gång. Tack för informationen.", sa Reneé och avslutade samtalet.

Reneé funderade lite innan hon ringde till Göran.

"Ja Reneé, vad är det nu då!? Jag sitter mitt i ett...", hann Göran säga inledningsvis innan han blev avbruten.

"Släpp det där. Vi måste åka till sjukhuset nu på en gång."

"Håller Ali på med att lämna jordelivet?", frågade Göran lite sarkastiskt.

"Sluta flamsa och kom ut till bilen."

Färden till Huddinge sjukhus gick relativt snabbt genom att ta avfarten Vårbygård och sedan ta Glömstavägen raka vägen till Huddinge.

"Den här mekanikern kände han Ali?", frågade Reneé.

"Nej, däremot hade de tydligen gemensamma vänner. En kompis till honom och till den här Ali äger tydligen den här BMW:n som påträffades i tvätthallen. Vilket också var anledningen att han gick till tvätthallen för att träffa honom.", sa Göran.

"Fick du något namn på bilägaren?"

"Det fick jag och är antecknat. Vi får kolla upp det lite senare."

Framme vid Huddinge sjukhus så körde Reneé direkt till akuten. Det skulle ta onödig tid att söka upp Ali via huvudentrén. Av erfarenhet visste Reneé att det skulle gå fortare att få kontakt med Ali eftersom han förmodligen befinner sig på akuten.

Göran klev först in genom dörren in till akuten och strax bakom kom Reneé. Vid mottagningsreceptionen knackade Göran på glasluckan samtidigt som en sköterska satte sig på stolen och hon öppnade luckan.

"Hej, jag heter Göran Lindmark och är från polisen.", inledde Göran upplysningsvis tillsammans med en uppvisad legitimation." Kvinnan bakom mig är min kollega och heter Reneé Grahn."

"Jaha hej. Vad kan jag hjälpa er med?", sa sköterskan med ett neutralt ansiktsuttryck.

Reneé trängde sig förbi Göran och log sedan åt sköterskan medan hon letade efter sin legitimation.

"Ja ursäkta, jag letar efter min leg. Hur som helst så söker vi en herre vid namn Ali...", sa   Reneé innan hon blev avbruten.

"Naharaim. Han heter Ali Naharaim.", tillade Göran med ett litet hånleende till Reneé.

"Han kom in akut för några timmar sedan.", upplyste Reneé.

Sköterskan nickade medan hon samtidigt sökte i datorn.

"Ja, jag hittade honom. Ali Naharaim 31 år. Han ligger här på akuten i rum sju."

"Finns det möjligheter att få träffa honom?", frågade Reneé med ett leende.

"Vänta så ska jag kolla... Kommer snart.", sa sköterskan medan hon reste sig och gick.

Göran gick in till väntrummet och gjorde en visuell överblick över de personer som satt där och väntade. Han lät ytterjackan glida lite isär så han kunde presentera sig genom att legitimera en skymt av tjänstevapnet.

Mycket riktigt, två killar med utländskt ursprung reste sig och avlägsnade sig medan Göran stod kvar och log. När ljudet av att ytterdörren slog igen gick han fram till fönstret och tittade ut. Som förväntat satte sig killarna i en Audi och backade sedan ut ifrån parkeringen.

Göran tog fram mobiltelefonen och tog ett foto på bilen. När han granskade bilden så visade det sig att han fick med registreringsskylten.

Sköterskan kom tillbaka och meddelade att kunde gå bra att träffa honom en kortare stund. Reneé tittade in i väntrummet och vinkade till Göran att komma.

Inne på akutrum sju låg Ali. Han låg med dropp och smärtstillande som lindrade lite av smärtan. Läkarna kunde konstatera att man hade hejdat blödningarna så pass mycket att han i vart fall inte förblödde. Troligen skulle man ge honom blod under den kommande operationen enligt vad läkaren hade sagt ute i korridoren.

Tankarna eller någon större oro över den kommande operationen var inte det primära just för tillfället för Ali. Snarare var det Yasmin som var hans tankeplåga ända in i själen som dessutom gav en annan form av inre smärta i form av känslor. Att hon, just hon av alla människor, kunde med berått mod försökt döda honom var inget han kunnat förutse på långa vägar eller ens kunnat förstå.

Satte hon inget värde över vad han hade gjort för henne? Han skyddade henne eftersom hon skulle bli hans fru och mor till hans framtida barn. Hon var kärleken trots olika religionsuppfattningar eftersom hon var kristen och han en sann muslim. Som inte det var nog, han hade kört henne precis överallt med taxin, passat hennes tider, med mera, tänkte han.

Vad skulle hon göra? Grabben befann sig inte ens i Sverige och han skulle bli en av Islamska statens soldater. Han skulle strida till döden, insha'Allah.

Det knackade på dörren varvid dörren öppnades och en sjuksköterska tittade in.

"Du har fått besök?", sa hon med ett kort leende.

"Vem är det?", frågade Ali med lite besvär.

"Det är polisen."

"Jag har ont.", sa Ali och grimaserade illa.

Sköterskan försvann och Ali hörde hur några personer började diskutera utanför. Efter en liten stund så öppnades dörren igen och Ali beklagade återigen över sina smärtor medan han tittade åt motsatta hållet i rummet. Han stelnade till när han helt oväntat hörde en mansröst bakom sig. Han tog tag i armstödet och grimaserade när han försökte vända sig om i sängen.

Kriminalinspektör Göran Lindmark stannade till några steg innan sängkanten medan Reneé Grahn stannade till vid motsatta sidan.

"Hej. Jag heter Reneé Grahn och är kriminalinspektör."

Ali tittade misstänksamt på Reneé.

"Vem är han?", frågade Ali och gjorde en nickande gest mot Göran.

"Du, det går bra att fråga mig. Jag heter Göran Lindmark och är kollega med Reneé.", sa Göran och tog ett steg närmare sängen.

"Har du ont?", frågade Reneé.

Ali gjorde en nickande grimaserande gest.

"Kan du berätta vad som har hänt?", frågade Göran.

"Det var en maskerad man som slet upp dörren och högg mig i bilen med en kniv."

"Stod han utanför bilen och högg dig?", frågade Göran samtidigt som han studerade skadorna.

"Ja, han böjde sig in i bilen och högg mig.", sa Ali med en grimaserande ansiktsuttryck.

Reneé tittade lite närmare på Alis skador på buken. Hon kunde konstatera att flertalet hugg skedde ifrån hans högra sida och två vid naveltrakten.

"Jag tycker att dina skador motsäger lite vad du har berättat hittills. Enligt vad vi har förstått från brottsplatsen skedde själva attacken snabbt. Att gärningsmannen skulle ta den tiden och inte minst risken att hamna en konfrontation med sitt offer låter inte troligt.", konstaterade Göran medan det ringde i Reneés mobiltelefon.

Reneé gick undan och svarade.

"Ja, Lelle."

"Jag har precis granskat några filmklipp från tre bevakningskameror.", sa Lelle och visade en antydan till iver."

"Ja, jag hör det. Berätta."

"Jag har hittat gärningsmannen från tvätthallen och det är inte en han utan en hon!"

"Är det någon som figurerar i vår utredning om barnen."

"Jepp. Hon har även varit här på förhör."

"Lelle! Vem är det?", sa Reneé otåligt.

"Det är Yasmin! Bruden från strippklubben." sa Lelle utan som helst någon tvekan.

"Är du säker?", frågade Reneé.

"Till hundra procent. Hon åker i en Opel Kadett med registreringsnummer ATG 765"

Under ett förhör kontrollerar polisen din identitet och du får veta vad du är misstänkt för. Du får möjlighet att lämna din berättelse om det inträffade och din inställning till det du är misstänkt för. Du har rätt att begära att en advokat närvarar vid förhöret och också rätt att inte uttala dig. Tingsrätten prövar om du har rätt till en offentlig försvarare. Beroende på bland annat din inkomst och omständigheterna kring brottet kan staten stå för kostnaden för din försvarare. Om du är frihetsberövad har du i de allra flesta fall en offentlig försvarare förordnad för dig.

I vissa fall kan åklagare besluta att du ska vara anhållen efter förhöret. Omständigheter som leder till ett anhållande är exempelvis att det finns risk att du på något sätt kan försvåra brottsutredningen om du är på fri fot, att det finns risk att du begår nya brott eller att du lämnar landet. Polismyndigheten.

Kapitel 7

DEN SJUNDE OKTOBER 2014.

POLISINSPEKTÖR Ulf Sandborg knackade på dörren till akutrum sju. Efter en liten stund så öppnades dörren av Göran Lindmark.

"Det där tog tid, men kom in.", sa Göran medan han vände på klacken och gick in i rummet där Reneé satt bredvid en säng.

"Det var en jävla trafik på Essingeleden.", svarade Ulf lite besvärat.

"Okej, nu är det så här att den här kanaljen envisas fortfarande att det var en man som attackerade honom i tvätthallen. Detta till trots att vi har tekniska bevis att så inte är fallet.", förklarade Göran medan han höll ut armarna av uppgivenhet och smärre irritation.

Ulf gick fram till Ali som nu såg än mer besvärad ut.

"Hej, Ulf Sandborg heter jag och kommer ifrån Sollentuna polisen. Utan några jävla omsvep så kan jag berätta att vi har hittat taxibilen som du har kört åt en åkare. I samband med ett mord som skedde ute vid Arlanda så har vi funnit lite blod ifrån förardörren. Blodet härrör mordoffret vilket är konstaterat. Vad har du att säga om det?"

"Jag har inte dödat någon!", försvarade sig Ali grimaserande.

"Mycket möjligt att det är så. Däremot vet vi med säkerhet att du satt i bilen när mordet begicks.", sa Ulf Sandborg och lutade sig över sängkanten med stöd med händerna.

Reneé knackade försiktigt på Alis vänstra axel.

"Nå?"

"Det var en kvinna som heter Yasmin som attackerade mig. Hon bor i Flemingsberg.", erkände Ali motvilligt.

"Bra! Nu är jag väldigt övertygad om att du vet varför hon gjorde det här mot dig. Varför blev du ett offer?" Frågade Göran som samtidigt ställde sig bredvid kollegan Ulf Sandborg för att markera åtminstone allvaret.

"Hon letar efter en pojke"

"Pojken heter Jacob, eller, antar jag?", frågade Reneé.

Ali nickade medan han insåg att han nu var riktigt insyltat tack vare Yasmin.

"Berättade du var han är?", frågade Reneé.

Ali nickade igen och blundade.

"Han är på en båt med andra barn. Vi körde dem till Göteborgshamn."

"Är Mustafa Baykal med på den båten?", frågade Reneé.

Ali gav henne en blick och svarade med tystnad.

"Okej, då undrar vi om Yasmin är på väg till Göteborg?"

"Jag tror det.", svarade Ali.

Reneé reste sig och började gå mot dörren.

"Vart ska du?". frågade Göran.

"Hem och packa en väska och ordna barnvakt, vi ska till Göteborg… men, Vänta!", sa Reneé och vände sig mot Ali. "Vad heter båten?"

"King Jacob.", svarade Ali lågmält.

Reneé nickade och gjorde en gest till Göran att följa med innan hon öppnade dörren och lämnade rummet.

Tre timmar senare.

Linda satt och bad tillsammans med Knutbyförsamlingen under en gudstjänst med andlig ledning av Moa Waldarud, kristibrud. Hon hade intalat sig själv att tro att hon skulle få mer andlig kraft och därmed energi med att bearbeta den svåra och tyngdfyllda saknaden av Jacob, med att söka sig tillbaka till församlingen och Kristi brud.

När en av församling medlemmarna reste sig och gick fram till scenen efter presentationen av Moa ringde det i Lindas mobiltelefon.

"Linda.", svarade hon medan hon skyndade sig ut ifrån församlingshemmet.

"Hej Linda! Det är Kriminalinspektör Reneé Grahn."

"Hej."

"Jag vill bara informera att vi har fått ny information om Jacob. Jag och min kollega är just nu på väg till Göteborg för att om inget annat få fram mer fakta.

"Va! Är Jacob i Göteborg?", frågade Linda.

"Vad vi har fått fram hittills är att Jacob och andra barn befinner sig just nu på en båt.", förklarade Reneé så sakligt och kortfattat sätt.

"På en båt!! Varför då? "

"Vad vi misstänker i nuläget är att barnen har skeppats till något annat land. Vi har givetvis kontaktat Interpol om det.", sa Reneé.

Det blev tyst under samtalet.

"Hallå!", sa Reneé.

"Öh… ja jag är kvar. Då tyder det på att Jacob kan ha hamnat i klorna hos människosmugglare, eller?"

"Ja det finns farhågor om det kan jag väl säga. Linda, jag lovar att återkomma när jag har mer information. Vänta! Du behöver inte komma till Göteborg utan låt oss få sköta det här rent polisiärt.", underströk Reneé samtidigt med skarp betoning.

"Okej. Tack för att du underrättade mig, hej då.", sa Linda samtidigt som någon kom bakifrån och la armarna runt henne och kramade henne.

Göran körde medan Reneé la mobiltelefon i mittenfacket mellan stolarna och gav honom en frågande blick eftersom Göran betedde sig lite onaturligt medan ena handen grävde i ena jackfickan. Ja, han såg faktiskt nervös ut, vilket i sig inte var första gången. Det här beteendet hade han visat upp tidigare i synnerhet när hon hade pratat med Linda i telefon, tänkte hon med ett konstaterande medan de passerade Örebro.

"Är du nervös, Göran?", frågade Reneé.

"Nej, varför skulle jag vara det? ", mumlade Göran när hans mobiltelefon ringde i jackfickan.

"Sök inte efter att händelserna ska ske på det sätt du önskar att de ska ske, utan önska i stället att de ska ske som de sker, så kommer ditt liv att bli gott." Epictetus

Kapitel 8

DEN SJUNDE OKTOBER 2014

ATT BILEN PLÖTSLIGT startade och som till synes av en okänd anledning vilket förvånade märkbart Yasmin med ett leende. Nu hade hon vart fall passerade Partille och var inom räckhåll till Göteborg. Hon hade under resan från Kumla ringt sin mamma eftersom hon hade bytt sim-kort i mobiltelefonen. Anledningen var främst för att lugna hennes mors nerver och för att låta henne få veta att Yasmin var vid liv och i samband med det hade Yasmin fått veta att polisen hade sökt efter henne. Vad som lugnade Yasmin en smula var att Polisen hade sökt henne någon dag innan hon hade träffat Ali.

Samtal nummer två gick till Göteborgshamn. Efter att blivit omkopplad till flertal personer så kom hon fram till slut till en kvinnlig handläggare vid namn Gunilla Månsson. Med hjälp av fartygets namn fick hon veta att fartyget var Liberia flaggad och anlänt till Skandiahamnen och lastat och lossats containers per den trettionde september. Yasmin fick en adress: Sydatlanten port 2. Arendal, Göteborg.

Yasmin följde gps:en på mobiltelefon medan hon körde längs E20 tills hon skulle vika av till E6:an i riktning mot Ringön och Tingstad för att sedan fortsätta ut på Lundbyleden och genom Lundbytunneln. Efter cirka tjugo minuter var hon vid hamnen och med hjälp av lite efterforskningar och några hamnarbetare lyckades hon lokalisera var King Jacob var förtöjd.

Hon parkerade bilen vid uppställda containerns för att sedan promenera fram till kajkanten. Hon tittade ut över vattnet och fick se Älvsborgsfästning på en ö ganska nära hamnen. Strax intill fanns Aspholmarna. På samma förtöjningsplats som King Jacob angjort låg ett containerfartyg från Sea Cargo. Norge.

Visst var hon fullt medveten om att King Jacob inte skulle ligga kvar i hamnen när hon kom dit, det var inte heller främsta anledning att hon åkte dit. Hon var också fullt införstådd att de som tog Jacob ifrån henne var hela tiden steget före. Viktigaste just nu var att bädda in samvetet på samma plats som Jacob befanns sig sist. Hon vände sig om och började sakta gå tillbaka mot bilen. I morgon skulle hon först ringa tillbaka till Gunilla Månsson. Det finns kanske uppgifter vart fartyget skulle åka och till vilken hamn.

Hon satte sig i bilen och bad till högre makter att bilen skulle starta. Hon vred på nyckeln och vips så var motorn i gång. Yasmin höjde bägge armarna av förvåning men var ändå tacksam att bilen startade. Hon var hungrig och behövde äta något rejält innan hon kunde sova. Nu måste hon hitta någonstans att äta.

Reneé avslutade samtalet med hamnkontoret vid Skandiahamnen. Hon hade fått information var den här containerfartyget King Jacob hade lagt till och vart den sedan var på väg. Förmodligen har Yasmin fått fram liknande information och åkt dit.

"Vi ska till Skandiahamnen som ligger borta vid Arendahl. Kör mot E6:an och mot Tingstad.", sa Reneé till Göran som nickade.

När de kom fram till den stora containerhamnen stannade Göran.

"Och nu?", undrade Göran och gjorde en gest med armarna.

"Vänta, jag går in där och frågar.", sa Reneé och klev ur bilen.

Reneé försvann sedan in genom dörrentrén. Efter cirka tio minuter kom Reneé och satte sig sedan i bilen.

"Vi ska till hamnplats 3. Du kör ditåt.", sa Reneé som pekade mot bortre delen av hamnen vid hamnkranarna.

Göran körde i väg och följde skyltarna: Sydatlanten. Göran och Reneé beundrade de stora containerkranarna som stod längs kajen när de passerade förbi.

"Jag stannar här.", sa Göran och bromsade.

"Gör så. Vi kan gå fram till kajen."

Reneé och Göran klev ur bilen och tittade sig omkring. De började gå mot kajplats nr 3 där ett norskt containerfartyg var förtöjd. De mötte en äldre herre i arbetsställ. En lite orakad man med en gissningsvis ålder runt sextio. Cirka 170 cm lång.

Reneé och Göran stannade till och visade upp sina legitimationer.

"Hej, vi är från polisen. Kan vi prata lite ostört.", sa Reneé.

"Polisen! Ja, ni kommer inte från Göteborgspolisen i alla fall det hörs.", sa hamnarbetaren Alvar med en ren göteborgsdialekt.

"Det stämmer. Vi kommer ifrån Stockholm.", upplyste Göran.

Alvar log och nickande.

"Och vad kan jag hjälpa er med?"

"För några dagar sen så kom ett fartyg hit till er hamn med container.", sa Reneé.

"Och hon hette?"

"King Jacob.", sa Göran.

"Jaha! King Jacob igen…en populär båt måste jag säga. Det kommer folk hela tiden som frågar efter henne.", sa Alvar och skrattade.

Reneé plockade fram ett foto på Yasmin och visade den för Alvar.

"Jaha… så ni springer omkring och visar upp foton för varandra.", sa Alvar.

"Vad menar du?", frågade Göran.

"Ja, den där damen stötte jag på här för en timme sedan. Hon visade upp ett foto på en ljushårig pojke som hon letade efter."

"Och det var för en timme sen?", undrade Göran.

"Ja, ungefär så. Hon åkte i en grön Opel tror jag att det var "

"Var det ATG 765?", frågade Reneé.

"Vad är det?"

"Registreringsnumret på bilen", sa Göran.

"Jaha… det kanske stämmer. Ni kan gå dit och titta själva för hon kommer nu med sin bil.", upplyste Alvar och pekade i riktningen bakom Reneé och Göran.

"Jaha! Tack.", sa Reneé och skyndade sig i väg och gömde sig bakom en container.

"Tack, du kan gå nu.", sa Göran snabbt och småsprang sedan till en annan container.

"Det ska jag nog göra", sa Alvar som vände på klacken och gick.

Yasmin hade stannat bakom en VW passat Combi. Hon hade strax innan besökt en mindre restaurang som låg några kvarter därifrån. Kalops stod det i menyn och så blev det till middag. På vägen tillbaka hade hon stannat till vid en Lidl affär och inhandlat yoghurt och bananer samt lite choklad för natten. Hon hade bestämt sig att sova i bilen vid hamnen.

Hon klev ur bilen. Hon tänkte undersöka vart fartyget var på väg. Med lite tur kanske skulle hon hitta den äldre mannen som jobbade vid kranarna. Hon vände sig om och skulle precis börja gå när hon hörde en manlig röst bakom sig.

"Hej Yasmin. Jag vill att du sträcker upp bägge händerna nu? Vi är från polisen."

Yasmin vände sig om. Öga mot öga stod hon med ett bekant ansikte nämligen kriminalinspektör Göran Lindberg med sitt tjänstevapen riktad mot henne. När Yasmin sträckte upp bägge armarna hördes steg bakom henne.

"Det är bara jag, Yasmin.", sa Reneé med lugn röst.

Yasmin vände sig om med bägge armarna hållandes i luften när hon mötte Reneés blick.

"Jag vill att du tömmer dina fickor och lägger allting på motorhuven innan jag visiterar dig."

Yasmin tog sakta ner bägge armarna och stoppade ner händerna i jackfickorna.

"Jag vill väldigt gärna att du tar upp alla vapen du har på dig först.", tillade Göran.

Yasmin nickade och började tömma alla fickor.

Först kom stiletten fram som hon placerade lite för sig innan hemnycklar och bilnycklarna lades en bit ifrån.

Göran gick fram och tog kniven medan han siktade med sitt tjänstevapen mot Yasmin som nu hade tömt alla sina fickor.

"Har du tömt alla fickor?", frågade Göran lugnt.

Yasmin nickade.

"Bra, då antar jag att du klarar en kroppsvisitering av min kollega utan att hon får några obehagliga överraskningar."

Yasmin nickade en gång till när Reneé närmade sig henne.

"Okej.", sa Reneé för att säkerställa själva innebörden av visiteringen.

"Ja. Jag har tömt alla mina fickor och kniven har han.", sa Yasmin.

Reneé började visitera och det visade sig att Yasmin inte hade något överhuvudtaget på sig och hon fick lov att ta ner armarna.

"Yasmin, du är anhållen och vi har en lång bilfärd hem till Stockholm.", sa Reneé medan Göran stängde bakluckan på tjänstebilen och kom bärandes med två mindre plastpåsar som skulle försegla kniven för sig som teknisk bevisning samt Yasmins övriga tillhörigheter som låg på motorhuven i den andra påsen.

Reneé förde Yasmin till den grå VW Passat och öppnade sedan bakre bildörren.

"Du får sätta dig här.", sa Reneé.

Yasmin satte sig i baksätet varvid bildörren stängdes och låstes. Hon tittade ut över hamnen och alla containers som stod radade för att sedan skeppas ut över hela världen. Där ute någonstans fanns Jacob utan henne, tänkte hon innan hon svor för sig själv och samtidigt förbannade att hon inte skar av halsen på den där Ali.

Libanon, formellt Republiken Libanon, är ett land
i Mellanöstern vid östra medelhavskusten. Landet
gränsar i norr och öster till Syrien samt i söder till Israel.
Huvudstaden i Libanon är Beirut. Ordet Libanon betyder
mycket vit eller berg av snö på gammal hebreiska.

Wikipedia

Kapitel 9

DEN FEMTONDE OKTOBER 2014.

ET VAR STRAX före innan containerfartyget King Jacob passerade vattnen vid Cypern som Bahiti fick direkt order av Mustafa att samla barnen för att föra tillbaka dem in i containern. Enligt kapten Emrah Okyar var risken ganska överhängande att en skeppskontroll kunde ske i dessa farvatten.

Barnen ställdes upp i rad på däck innan Bahiti placerade sig själv bakom Jacob som stod sist i ledet. Containern öppnades av en asiatisk besättningsman varvid Bahiti gav order till barnen att gå in och sätta sig i bilen då två av barnen protesterade. Vilket slutade med varsin örfil för både olydnad och ohörsamhet av Bahiti.

När sex av barnen väl hade satts sig längst bak i bilen fick Jacob sätta sig i det främre baksätet tillsammans med Bahiti.

Efter tre timmar och från distans kunde Emrah se i kikaren staden Beirut och konturen av den långa vågbrytaren som skyddade delar av hamnen. Han kände också en viss lättnad att kunna angöra vid Beirut sea port och sedan lossa sin last i synnerhet Mustafas container med dess innehåll. Resan från Göteborgs hamn till

Libanon hade skett utan några missöden. Till och med vädret hade varit gynnsam under hela färden trots höstmånaderna med dess ständigt kommande lågtryck. Mustafa klev in i kommandobryggan och stannade till.

Han gav en blick till Emrah innan ett leende visade sig.

Mustafa tog sin satellittelefon och ringde sin befälhavare det vill säga: Abu Bakr.

Jacob vaknade av livlig aktivitet ute på däck. Närmade de sig någon hamn? Blev hans första tanke och blev klarvaken. Efter en stund hördes liknade mekaniska ljud som han hört tidigare. Nu var alla vakna i bilen och oroliga röster på arabiska hördes samtidigt som Bahiti försökte få dem att vara tysta.

Efter någon timme hördes något som hakade sig fast på deras container och med ett vinande motorljud. Nu kom samma hissande svävande känsla som tidigare innan det vinande ljudet avstannade och det blev helt tyst. Enda som Jacob kände fortfarande var en svävande liten gungning. Nu startade motorerna igen och tillsammans med det återkommande vinande ljudet så kändes det som att de förflyttades i sidled med containern för att sedan stanna igen tillsammans efterkommande metalliska ljud.

Det dröjde inte länge förrän Jacob kände en sugande känsla i magen efter att först befinna sig i en svävande tillvaro till helt plötsligt börja känna att de faller. En känsla som var mycket obehagligt för Jacob och de andra barnen. Känslan att sedan känna stadig mark under containern var befriande även om det kanske skulle vara tillfälligt. En massa röster hördes utanför och strax efter så visade sig en strimma ljus samtidigt som bägge dörrarna på containern öppnades på vid gavel.

Jacob såg hur Mustafa försökte komma fram till förardörren genom att pressa sig fram mellan alla kartonger. Mustafa hejdade sig och backade tillbaka och samtidigt hojtade på arabiska. Vad Jacob kunde bedöma lät inte Mustafa särskilt glad.

Några hamnarbetare skyndade sig med att plocka undan alla lådor som stod intill bilen. Mustafa gjorde ett nytt försök att komma fram till förardörren och den här gången gick det bättre.

Utanför den blå containern stod hamnarbetarna och tittade in i containern när en röd Toyota Hi Ace buss backade ut. Jacob såg att de hade kommit till en hamn med röda containerkranar samtidigt som värmen gav sig till känna i bilen. Mustafa vände sig om ifrån förarplatsen och visade upp ett leende.

"Vi är i Libanon, Jacob. Du kan känna dig trygg nu.", sa Mustafa med kvarhållande leende.

By Hatarh i Irak

Nassiva kom bärandes med fyra nyvärpta ägg i ett förkläde efter att gått runt på gården och plockade ägg som låg i sina reden längs stenmuren som var försedd med både taggtråd och ingjutna glasskärvor medan hönsen gick lite planlöst pickandes på marken. Nassiva som var på väg till köket såg ryggtavlan på sin far Abu Bakr som precis avslutat ett samtal med sin satellittelefon. Han vände sig om och fick se sin dotter som hade stannat till hållandes i sitt förkläde och med en frågande blick på honom.

"Du ser fundersam ut, Nassiva.", sa Abu och visade upp ett litet leende som delvist doldes i det svarta skägget.

"Far, du ler!", utbrast Nassiva med en förhoppning.

"Ja, jag har anledning till det."

"Berätta Far! sa Nassiva.

"Mustafa har anlänt till Beirut. Du vet vad det betyder mitt hjärta."

Nassiva visade upp ett leende som sprängde alla gränser och nickade sedan.

"Ja Far. Han kommer med min present som jag har väntat på så länge."

"Och otåligt.", tillade Abu Bakr med en fokuserad blick.

Strax bakom Nassiva stod en yngre soldat som var utklädd som bonddräng. Hans blick hade varit fokuserat på unga Nassiva alldeles för länge för att den skall anses som oskyldig.

Abu Bakr hade under en längre stund observerat den hungriga blicken under tystnad och i från en bilrutas spegelbild.

"Soldat!", vrålade Abu Bakr ursinnigt medan han pekade på den yngre soldaten.

Nassiva vände sig om samtidigt som soldaten gick ner på knä för att visa sin underkastelse för sin ledare.

"Vet du vem hon är din hund?", väste Abu Bakr.

Soldaten nickade samtidigt som han svalde en klump i halsen.

"Nå! Vem är hon?"

"Ddd…din dotter, Abu Bakr."

"Precis! Det innebär också att någon som har såväl en dålig tanke eller framtidsplaner om min dotter hamnar ovillkorligen i ovigd jord.

Nassiva vände sig mot sin pappa med bedjande ögon.

"Släpp det!", sa hon.

Abu Bakr låste blicken på sin dotter för att sedan göra en ignorerad gest med armarna lite uppgivet.

"Man kan se förutom att behöva få brunstiga tankar om min dotter."

Nassiva ryckte lite lätt på axlarna och skakade på huvudet innan hon började gå med sina ägg i sitt förkläde.

Bilfärden till Irak.

Under tjugofem graders värme körde Mustafa den röda Toyota Hi Ace bussen genom Beiruts gator utan någon air-condition. Jacob satt väldigt fundersam bredvid Bahiti som hade täckt ansiktet med sin niqab. Jacob hade också blivit tillsagd att sätta på någon form av sjal runt huvudet vilket han också gjorde. Mustafa hade också en önskan att Jacob skulle sitta lite mer ihopkrupen under tiden medan de passerade genom Beirut.

Nyfikenheten växte inte bara hos Jacob utan även de andra barnen tittade sig omkring och kunde även visa sig på ett mer öppet sätt i bilen eftersom de hade utländskt bakgrund och i ju med det blev det inte så ögonpåfallande.

Det var onekligen en stadsmiljö som Jacob inte var bekant med eller ens kunna identifiera sig med. Kvarteren som passerade förbi var i skiftade karaktärer. Det var äldre flervånings byggnader och segregerade lågbyggda hus med korrugerade plåttak som övergick alltmer till mer moderna byggnader när man kom fram till de mer finare affärskvarteren i city. Jacob kunde även skymta flertalet moskéliknade byggnader ifrån sidofönstret.

Eftersom klockan närmade sig tolv på dagen hade Mustafa bråttom med att köra ut ifrån Beirut i riktning mot Syrien med tanke på att det var snart dags för middagsbön klockan tolv och tjugosex. Att då besöka en moské vid tillfället var helt enkelt uteslutet.

Efter att följt väg 30 i några mil så körde Mustafa ut på motorvägen strax efter att ha passerat förbi staden Masnaa och Crossing Checkpoint mot den Syrianska gränsen. Klockan var kvart över tolv svängde Mustafa av motorvägen ut på en mindre grusväg där barnen kunde lämna bilen och få tillfälle att sträcka på benen tillsammans med Bahiti utan att synas från motorvägen.

Efter middagsbönen var det dags för lunch. Bahiti serverade lunchen i form av engångs matlådor som innehöll, ris, stekt kyckling och välkryddad kall sås.

Bahiti tog fram kläder i barnstorlek med svart kulör. Hon gick runt och delade ut kläderna till barnen. Mustafa gick fram och ställde sig så att han hade överblick över alla barnen och Bahiti.

"Barn! Lyssna." sa Mustafa som ville få deras uppmärksamhet medan de åt.

"Om en liten stund passerar vi gränsen till Syrien. Det viktigt att alla byter kläder som Bahiti har gett er som gåva. Era gamla kläder ger ni till henne.

"Varför det?", frågade Jacob förvånat på engelska.

Mustafa tittade på Jacob med en bestämd min sedan log han.

"Det finns strikta regler och lagar hur man får vara klädd i Syrien. Vi måste följa det för att inte hamna i olyckliga situationer.", förklarade Mustafa.

"Tycker att det är konstigt att man inte får välja sina egna kläder.", sa Jacob.

"Det är för vår säkerhet."

Jacob nickade lite motvilligt och fortsatte sedan äta sin mat.

Eftersom de andra barnen hade hunnit ätit sin mat påbörjade de att skifta kläder och till sist satte de på sig en Niqab. Mustafa gick sedan runt och inspekterade att deras klädutstyrsel satt rätt.

Under tiden hjälpte Bahiti Jacob med att sätta på sig de nya kläderna. Sedan samlade hon ihop alla kläderna som barnen hade på sig och la det i en hög på den steniga marken. Med hjälp med lite bensin så satte Bahiti eld på kläderna medan barnen tittade förvånat på.

Mustafa tittade på barnen och log.

"Nu mina vänner så har ert förflutna liv snart blivit aska och ett nytt liv väntar att bli pånyttfött, Insha`Allah.", sa Mustafa.

En av pojkarna som hette Jamilja som ursprungligen kom från Uganda hade gömt ett halsband med en utsmyckning som symboliserar en korsfäst Jesus. Medan han bytte kläder försökte han smussla över halsbandet till de nya svarta byxorna och missade fickan varav halsbandet föll ner på den steniga marken. Något som Mustafa observerade.

"Vänta, vad var det där?", frågade Mustafa som samtidigt tog några steg fram till Jamilja.

Mustafa hukade sig ner och plockade upp halsbandet och granskade det kristna fyndet.

Sedan tittade han med bestämd blick på pojken med en besviken min.

"Varför i min gud gjorde du så här?" frågade Mustafa med en iskall lugn och utan att invänta på att pojken skulle svara fick Jamilja en kraftig örfil.

Pojken satte sin hand mot kinden medan tårarna rann. Under ett ögonblick förvandlades Jamiljas framtidshopp och tro till något helt annat. Mustafa räckte fram halsbandet till Jamilja.

"Här! Det är ditt öde.", sa Mustafa och kastade halsbandet på pojken.

Jacob tittade med en synnerligen oroande och inte minst frågande blick på Mustafa och sedan på Jamilja. Han kände ett obehag som växte över det han precis fick bevittna och kunde inte heller förstå vad som gjorde att Mustafa blev så arg.

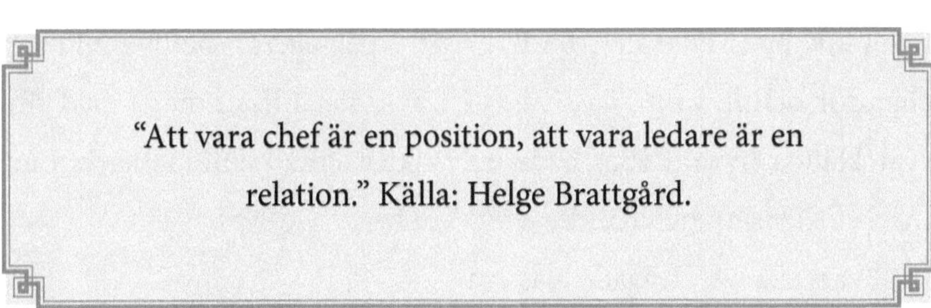

"Att vara chef är en position, att vara ledare är en relation." Källa: Helge Brattgård.

Kapitel 10

DEN FEMTONDE OKTOBER 2014

I TJUGOÅTTA GRADERS VÄRME körde en mörkblå Mercedes G-wagen ut genom entrén mellan de vita stenmurarna som omgav gården i den lilla byn Hatarah. Abu Bakr satt i passagerarsätet bredvid sin chaufför och livvakt. Nassiva satt i baksätet tillsammans med sin svartklädda livvakt som hade en rysktillverkad automatkarbin av märket Kalasjnikov vilandes över sina ben.

"Vart ska vi?", frågade Nassiva.

"Till Raqqa mitt hjärta", sa Abu bakr med ett skäggigt leende.

Nassiva blev lite fundersam för ett ögonblick sedan sken hon upp som en morgonsol vid bergen.

"Jag ska få min present! Jag ska få min present!", utropade Nassiva i en entusiasm som saknade motstycke.

Abu Bakr log med förtjusning eftersom han visste vad som väntade henne när de väl kom fram till basen. Bilresan skulle ta cirka sju timmar och Abu räknade med att hinna till basen innan Mustafa skulle anlända med den nya gruppen. Abu Bakr välsignade även den funktionsdugliga air-condition i bilen medan de körde mot staden Sumail längs väg M4.

Bakom och på distans hördes dovt smattrande ljud och oregelbundna explosioner från flera IS grupperingar som höll på att inta staden Aqrha i provinsen Dahuk i norra Irak.

Efter att ha passerat Sumail mötte de två mindre motorburna IS grupperingar. De stannade till när den blå Mercedesjeepen hade stannat på vägen och en viss Abu Bakr visade sig med ett bestämt ansiktsuttryck.

"Gud är stor mina bröder och systrar!", utropade Abu Bakr medan han höjde högerarmen upp i luften för att ytterligare höja kampmoralen bland IS-soldaterna.

"Gud är större!", utropade de svartklädda män och kvinnor med efterkommande segertjut medan den symboliska svarta flaggan fladdrade i ökenvinden.

Abu Bakr vinkade in en av befälhavarna som gick fram och avrapporterade de senaste striderna med stor respekt och stolthet. Nassiva hade under tiden vevat ner sidofönstret lite nyfiket för att närmare kunna ta del om vad som pågick utanför bilen. Det var något som livvakten livligt protesterade och försökte hissa upp bilrutan för hennes säkerhet. Även chauffören gick in i den heta livliga diskussionen och försökte på sitt sätt övertala Nassiva att hissa upp bilrutan för att inte äventyra hennes säkerhet.

Nassiva var inte tjejen som tog ett nej. Speciellt inte från personer som i hennes ögon betraktas som undersåtar och dessutom hade längre rang än henne själv och deras ledare framför allt.

Livvakten lyckades få upp fönstret och Nassiva fick inte ner rutan igen eftersom fönstret blev spärrad med en knapptryckning av chauffören. Nassiva blev ursinnig och slet upp en kniv och kastade sig över livvakten och tryckte knivbladet mot hans hals.

"Gör som jag säger eller dö!", skrek hon ursinnigt med hatiska ögon.

Abu Bakr som befann sig utanför bilen stod och diskuterade med en av befälhavarna angående om extra skyddstransport blev bokstavligen avbruten när Nassiva av någon okänd anledning blev väldigt upprörd i bilen. Abu gick fram till bilen och öppnade bakdörren.

"Vad är det frågan om?!", sa Abu Bakr med ett skarpt tonläge.

"De lyder inte order, pappa.", urskuldade Nassiva samtidigt som hon gjorde en rispa med knivspetsen mot livvaktens blottade hals med följd av lättare blodsutgjutelse.

"Nassiva släpp honom!", beordrade Abu Bakr.

Nassiva flyttade motvilligt på sig och satte sig i baksätet. Hon placerade kniven innanför linnèt och rättade sedan till sin Niqab.

Skyddstransporten till Raqqa bestod av en Toyota Land Crusier pickup med en bakmonterad Kalashnikov PKM med kassett och fyra man.

Färden till Al-Ya rubiyah gick lugnt och odramatiskt. Det var ett större småbrukssamhälle som man passade på att stanna och äta. Dessutom var det inom IS kontrollerat område.

Färden från Libanon och över Syrianska gränsen blev lika odramatiskt som väntat. Visserligen blev Mustafa stoppad av syrianska militärer i en sedvanlig kontroll. Eftersom Toyota bussen som de färdades i var dels syriansk registrerad, dels hade skolflickorna från Al Aman school i Homs från Syrien varit på studiebesök. Man gick igenom endast Mustafas och Bahitis identitetshandlingar utan någon noggrannare kontroll på barnen.

Färden via Baalbek och staden Homs gick smärtfritt. Man stannade till vid en bensinstation strax utanför Homs längs väg M5 med en stor digitalskylt intill vägen. Medan Mustafa tankade fick Jacob och övriga barn lite färdkost förutom pojken Jamilja som fick sitta bredvid och titta på.

Jacob reagerade behandlingen på Jamilja. Varför blev han straffad så här? tänkte han. Han åt hälften av maten han fick och ville sedan ge resterande till Jamilja. Han vek ihop matförpackningen och tillslöt vattenflaskan med tillhörande lock och reste sig från sin sittplats. När Jacob skulle gå fram till pojken blev han hindrad av Bahiti med ett kycklingben i munnen. Hon gjorde klart att Jacob inte fick gå fram till Jamilja under några omständigheter. Det hjälpte inte heller med någon övertalning på grund av språkproblem och Mustafa var för tillfället inte där. Jacob tittade på Jamilja och kände sig väldigt maktlös över den rådande situationen. Jacob kände av pojkens förtvivlan och rädsla, med utanförskap och inte minst hunger som följd.

Färden fortsatte vidare. Mustafa ville inte heller ge någon förklaring över behandlingen av den svarta pojken från Uganda. Jacob fick helt enkelt nöja sig med svaret, att det där kommer att lösa sig väl de kommer fram till Raqqa.

Efter fem timmar senare svängde den röda Toyotabussen och stannade vid en blå spärrgrind och Mustafa vevade ner sidorutan och presenterade sig samtidigt som han förväntade en reaktion från vaktposteringen. Mörkret hade för cirka en timme tidigare gjort sitt intåg. Ficklampornas sken utanför visade siluetter av beväpnade personer som stannade till runt bilen vilket gjorde Mustafa väldigt frustrerad över den respektlöshet de visade. Han klev ur bilen samtidigt som han skrek på arabiska till de beväpnade männen.

"Hörre ni jävla råttor! Ser ni inte vem jag är?", vrålade Mustafa ursinnigt.

Två stycken mindre strålkastare tändes som lyste upp den bevakade entrén samtidigt som en svartklädd skäggig man med en stor kniv instucken innanför sitt midjebälte kom gående och stannade till. Mannen sa något på arabiska varav två svartklädda män lyfte grinden. Mustafa stirrade på vakterna innan han satte sig i bilen och körde in.

När Jacob klev ur bilen fick han ta av sig den obekväma och varma niqab:en tillsammans med de övriga barnen. Han tittade sig omkring när strålkastarna släcktes vid vaktposteringen. Mustafa kom med en ficklampa och stannade till vid Jacob.

"Välkommen till ditt nya hem Jacob.", sa Mustafa med öppna armar.

"Vart är vi?", frågade Jacob.

"Vi är i guds hem min pojke.", sa Mustafa med stolthet.

"Ska jag bo här med... de andra!? "

"Ja, tillsammans ska vi skapa ett eget land och förgöra de som försöker utrota oss som folk och vår tro.", sa Mustafa och var överväldigande av bara blotta tanken.

"Jaha...", sa Jacob.

"I morgon så kommer du att träffa din nya vän. En vän som har väntat på dig så länge.", sa Mustafa och tog tag om Jacobs axlar för att sedan leda honom fram till en dörr till ett av husen. Efter anmaning från Mustafa öppnade Jacob den till synes bräckliga ytterdörren och steg in. Rummet var spartan möblerad med en säng placerad längst in i rummet samt ett större träbord med fyra rackliga stolar vilket var placerad mitt i rummet. På vänster sida om rummet fanns ett porslintvättställ med tillhörande eroderad vattenkran satt fast mot träväggen. Fönsterna saknade visserligen gardiner men ditsatta svarta rullgardiner fyllde i stället sin funktion vid varje fönster.

"Ska jag sova här själv?", undrade Jacob tveksamt.

Mustafa log.

"Ja i natt får du sova helt själv." De andra barnen kommer att sova vid en annan byggnad strax intill. glöm inte att Allah vakar över dig och oss. Du kan känna dig trygg."

Mustafa rufsade till Jacobs blonda hår med ett leende och sa sedan god natt. Han vände sig om och försvann ut genom dörröppningen innan ytterdörren stängdes.

Jacob hörde sedan hur Mustafa sa något på arabiska varvid fotsteg närmade sig mot ytterdörren och stannade till. Jacob stod och lyssnade fokuserad mot ytterdörren och inväntade att någon skulle komma in. Efter en stunds väntan kunde han konstatera att ingen hade för avsikt att komma in när tröttheten kom på visit.

Jacob gick till sängen och började klä av sig sina kläder. Han vek undan täcket och kröp ner i sängen och lät huvudet vila mot den slitna huvudkudden.

Kronobergshäktet är ett häkte beläget på Bergsgatan 52 i kvarteret Kronoberg på Kungsholmen i Stockholms innerstad. Häktet ligger i Polishuset och drivs av Kriminalvården. Häktet har 269 ordinarie platser och 2010 passerade 8917 personer genom häktet eller i snitt 23,3 personer per dygn.

Wikipedia

Kapitel 11

DEN FEMTONDE OKTOBER 2014

SEDAN DEN ÅTTONDE oktober hade Yasmin fått tillbringa sin tid i cell nr 26 på en häktesavdelning på Kungsholmen. Ett beslut som inte direkt förvånade henne utan snarare var väntat att så skulle ske antingen förr eller senare, något hon varit fullt medveten om.

När frågan kom i förhöret, om hon kände någon ånger över det hon hade gjort? Hade Yasmin enbart tittat lite frågande på kriminalinspektör Reneé Grahn utan för den skull svara på frågan utan sa:

"Jag tror inte att du heller hade känt någon ånger om du var i mina kläder?"

Yasmin tittade mot det gallerförsedda fönstret.

Kriminalinspektör Reneé Grahn satt vid skrivbordet med funderingar medan kollegan Göran Lindmark satt framför henne på en besöksstol och invigde den tystnaden som hade uppkommit mellan dem.

"Vad gör vi nu?", undrade Göran med att avbryta tystnaden.

"Jaa…Yasmin sitter hårt inne med ett erkännande. Däremot har Ulf Sandborg gjort ett bra arbete med offret Ali eftersom det till slut kom ett erkännande att han befanns sig på mordplatsen men utförde inte själva gärningen utan namngav Mustafa som gärningsmannen."

"Hur ska vi få tag i den där Mustafa?", frågade Göran.

"Ja, för tillfället kan inte vi göra så mycket. Han är internationellt efterlyst och befinner han sig i mellanöstern blir det svårt att få honom utlämnad.", konstaterade Reneé när det ringde i telefonen.

"Ja, det är Reneé Grahn."

"Hej, det är jag, Lelle. Jag ringer för att berätta att fartyget King Jacob dök aldrig upp i hamnen i Portugal."

"Nähä!? Skulle inte fartyget dit och lasta?"

"Tydligen blev det ändrat så i stället åkte fartyget till Rotterdam."

"Vadå! Ligger hon där nu?"

"Nej, fartyget har åkt vidare till Libanon.", sa Lelle.

"Okej, kontakta Europol och meddela det. De har större möjligheter att påverka Libanons myndigheter att agera skyndsamt såvida båten inte har lämnat hamnen. Håll mig underrättad", sa Reneé och lade sedan på luren.

Göran tittade frågande på Reneé.

"Vad händer?"

"Fartyget King Jacob hade åkt till Rotterdam och inte Portugal. Sedan har fartyget satt kurs vidare mot Libanon."

"Grattis! Chanserna att återfinna pojken vid liv och få hem honom vill jag påstå är mikroskopiska.", konstaterade Göran som lutade armbågen mot armstödet och placerade pekfingret och tummen mot pannan.

"Jag bad Lelle kontakta Europol, så får vi se."

"Du förväntar väl inte några underverk?"

"Hoppet är väl det sista som överger en.", sa Reneé med ett leende.

Göran gav Reneé en misstrogen blick och skakade sedan på huvudet.

"Å andra sidan så har den här förundersökningen löst de andra fallen. Lars Åke Rosén har erkänt och inväntar rättegång. Vi har också kommit mycket närmare till en lösning gällande Arlandamordet. När vi får tag i Mustafa då har vi vår huvudgärningsman både till Arlandamordet och bortförande av pojken.", konstaterade Reneé medan hon lutade sig bakåt i stolen och slängde samtidigt pennan på bordet.

Yasmin flaggade inifrån sin cell medan hon stod framför den gröna celldörren. Hon hade behov att gå på toaletten. Efter cirka tio minuter så öppnades celldörren av en kvinnlig kriminalvårdare.

"Vad kan jag hjälpa dig med?", frågade kriminalvårdaren Ann-Sofie utan ett leende.

"Jag behöver gå på toaletten.", sa Yasmin med en nedsänkt blick.

Kriminalvårdaren Ann-Sofie tittade ut över korridoren för ett ögonblick. Sedan vände sig hon till Yasmin.

"Ja det är ledigt. Du kan komma med här."

Yasmin gick ut ur cellen och började sedan gå efter det gulmarkerade golvet medan Ann-Sofie gick strax bakom. När Yasmin hade passerat ytterligare två celldörrar och kom fram till den tredje celldörren såg hon ett namn som hon kände igen och stannade till. Hon läste på namnskylten en gång till: Lars-Åke Rosén.

Ann-Sofie stannade till.

"Toaletten är längre bort.", uppmanade hon och pekade över korridoren.

"Den här mannen som sitter här, vad har han gjort?", frågade Yasmin.

"Jag tror inte att du vill veta det.", sa Ann-Sofie medan hon la en hand på Yasmins axel med en liten uppmaning att fortsätta gå.

"Snälla! Berätta.", bönande Yasmin.

"Personen i fråga är misstänkt för pornografi."

"Är det med barn?", frågade Yasmin och stirrade storögd på Ann-Sofie.

"Varför undrar du det? "

"Snälla kan du bara svara." sa Yasmin oroligt.

"Ja, vadå känner du honom eftersom du verkar vara så angelägen?", undrade Ann-Sofie som sekunden senare fick bevittna hur Yasmin satte sitt öra mot celldörren och började sedan klösa dörren med fingrarna i ett synnerligen frenetiskt hat.

"Jag ska döda dig! Du ska få lida så mycket som min Jacob fick göra. Du ska dö!" skrek Yasmin i ett raseri som saknade allt motstycke.

Efter någon minut senare kom förstärkning och fem kriminalvårdare fick bokstavligen släpa Yasmin till hennes cell och pressa ner henne i sängmadrassen och höll henne tills hon till slut lugnade ner sig.

"Vad var det där om!?" frågade en av kriminalvårdarna och tittade på Ann-Sofie.

"Jag vet inte. Hon kände igen namnet som är på dörren och då bröt helvetet ut.", svarade Ann-Sofie som samtidigt kände lite ånger att hon inte i stället höll käften.

In till häktesavdelning 6 klev kriminalinspektör Göran Lindmark tillsammans med Reneé Grahn. De stannade till när de såg att det var förvånansvärt folktomt och ödsligt både i korridoren och vaktexpeditionen.

"Ööö…Jaha?", sa Göran.

"Var är alla?", sa Reneé.

Göran såg längre bort i korridoren att en celldörr stod på vid gavel. Han knuffade till Reneé för att få hennes uppmärksamhet och började gå. Medan de gick längs korridoren hörde de röster. När de kom fram, såg de att de hade kommit fram till cell nr 26. De skyndade sig in och fick se hur tre kriminalvårdare höll i Yasmin nedtryckt mot sängmadrassen.

"Vad har hänt här?", frågade Reneé förvånat.

"Hon fick spel ute i korridoren när hon var på väg till toaletten.", sa Ann-Sofie med en lätt axelryckning.

"Varför det?", frågade Göran och gick fram till sängen.

"Har ingen aning. Förmodligen kände hon igen personens namn i cell 22.", sa Ann-Sofie.

"Tjugotvå, det är ju vår man.", sa Göran och hukade sig ner mot Yasmin.

"Yasmin, hör du mig?", frågade Göran med lugn stämma.

Yasmin försökte nicka med huvudet nertryckt mot kudden.

Reneé gick fram och la handen mot hennes axel.

"Vad har hänt Yasmin? Varför blev du så arg? ", sa Reneé.

Yasmin ögon svartnade igen och visade upp ett grimaserande hat.

"Jag ska döda honom!", väste Yasmin med en otäck stämma. "Inte för fort bara. Sakta sakta", tillade hon med ett hatiskt obarmhärtigt hånleende.

En läkare kom in i cellen med en spruta i handen.

"Hej! Håll i henne så ska jag ge henne lite lugnade.", sa läkaren och pekade samtidigt på Yasmin.

Göran samt två manliga kriminalvårdare höll i Yasmin medan läkaren drog bort nålskyddet och injicerade henne i skinkan.

"Så…klart.", sa läkaren medan han backade två steg.

Yasmins kropp som var så krampaktig spänd började sakteligen visa tecken att slappna av i sängen.

"Hon somnar snart.", konstaterade läkaren. "Var hos henne till hon somnat", tillade läkaren innan han lämnade cellen.

Efter cirka fem minuter somnade Yasmin i sängen och man beslutade samtidigt att en kriminalvårdare skulle sitta kvar hos henne. Göran och Reneé lämnade cellen och började gå mot utgången. När de passerade cell nr 22 så stannade Göran vid dörren.

"Vad ska du göra nu?", frågade Reneé som anade att något var på gång.

"Vänta lite.", sa Göran samtidigt som han knackade på luckan på dörren. Strax efter hördes några släpande steg som närmade sig ståldörren och stannade till.

"Ja, vem är det?", sa Lars-Åke Rosén försiktigt.

"Det är bara jag.", sa Göran med ett utbrett hånflin.

"Jag hör vem det är. Vad vill du? Jag har lagt mina kort på bordet, det finns inget mer att tillägga eller prata om.", konstaterade Lars-Åke.

"Ja, vi är klara med dig. Däremot finns det någon här på häktesavdelningen som vill träffa dig."

"Vem är det?", frågade Lars-Åke

"Det är en kvinna som påstår att Jacob, det vill säga pojken som vi hittade hemma hos dig, är hennes son." Det kändes som att det är väldigt angeläget för henne att få träffa dig.

Reneé tog tag i Görans jackärm och försökte få bort honom från celldörren.

"Vad vill hon? Vad har ni berättat?!", undrade Lars-Åke och samtidigt lät orolig i rösten.

Göran höjde fingret åt Reneé att vänta lite. Reneé gick i väg men stannade till och skakade sedan på huvudet.

"Ärligt talat så vet inte jag vad hon hade för avsikter med att träffa dig. Men det nämndes något om karma. Det kan jag vart fall informera.

Det blev tyst inifrån cell nr 22.

"Men vad gör hon här?"

"Hon är förnärvarande häktad", sa Göran samtidigt som han gav ett leende till Reneé.

"För vad?"

"Vad vi vet nu så är det för mordförsök. Det är inte säkert att han överlever den attacken? Och skulle det vara så, ja då pratar vi om mord."

Det blev återigen tyst inifrån cell nr 22.

"Människor straffas inte för sina synder, utan av dem."- Elbert Hubbard Karma citat.

Kapitel 12

DEN FEMTONDE OKTOBER 2014

KLOCKAN VAR KVART över sex på kvällen på Lillvägen i Upplands Väsby. I en fåtölj inne i vardagsrummet satt Chris och läste dagstidningen med stilla förhoppning att det skulle komma fram något nytt om Jacobs försvinnande eftersom det hade varit så tyst om det under en längre tid och ingen hade ringt.

Inne i sovrummet satt Linda i sängen med bibeln hållandes i handen och bad en stilla bön om förhoppning och välsignelse. Att herren skulle vägleda Jacob tillbaka till tryggheten så att han kan komma hem välbefinnande.

Chris vek ihop tidningen och la den på bordet. Hans hand närmade sig fjärrkontrollen när Lindas mobiltelefon plötsligt ringde och låg tvärs över vardagsrumsbordet. Chris reste sig och gick fram till bordsändan.

"Linda det ringer. Ska jag svara?"

"Gör det. Jag kommer.", svarade Linda.

"Lindas telefon, det är Chris.", svarade Chris.

"Hej, det här är Reneé Grahn kriminalinspektör."

"Hej."

"Jag vill bara informera att den här Lars-Åke Rosèn har i alla fall erkänt och nu väntas att åtal ska väckas emot honom."

"Han går väl inte fri i väntan till rättegången?", frågade Chris och förberedde sig på det värsta.

"Gud nej! Han kommer att sitta i förvar fram tills rättegången."

"Tack. Har det kommit fram något nytt om Jacob?"

"Ja, det kan man säga. Vi har gripit en av gärningsmännen som just nu befinner sig på sjukhus med polisbevakning naturligtvis.", sa Reneé.

"Är han skadad?"

"Ja, vi har även gripit en misstänkt gärningsman i ärendet."

"Du sa en av gärningsmännen, det betyder att det finns fler som är insyltade i det här.", konstaterade Chris.

"Ja, den här damen Yasmin som Jacob bodde hos i Flemingsberg har en viss inblandning i den här härvan och är identifierad som samma person som har våldförts sig mot den här tidigare nämnda gärningsmannen i samband med bortförandet av Jacob."

"Jaha."

"Ja, vi vet i dagsläget att Jacob har blivit bortförd till ett containerfartyg i Göteborg och befinner sig ombord på den båten."

"Var är fartyget nu?", sa Chris.

"Fartyget har åkt till Libanon och finns förmodligen där.", sa Reneé

"Libanon!", utropade Chris.

"Ja, vi har Europol inkopplade i utredningen så får vi se vart det leder. Allt hänger på i första hand om fartyget har kommit till hamn?"

"Jag förstår. Tack, jag ska meddela det här till min fru. Underrätta oss om något mer händer.", sa Chris.

"Jag hör av mig så fort vi vet något mer, jag lovar."

"Tack.", sa Chris och avslutade samtalet.

Chris satte sig i soffan och började bearbeta tankarna. Han kunde konstatera vart fall att polisen har kommit längre med att försöka finna Jacob. Dessutom har man två olika gärningsmän gripna och häktade varvid ett åtal väntas komma gällande en av dem.

Linda kom in i vardagsrummet som stannade till och såg frågande ut.

"Vem var det som ringde?"

"Det var Reneé Grahn."

Linda gick och satte sig bredvid Chris med en frågande blick.

"De fann ingenting i Göteborg eller hur?"

"Hon berättade att de hade gripit ytterligare två personer. En av dem var inblandad med Jacobs försvinnande.", sa Chris medan han lutade huvudet mot sina öppna händer.

"Vem var den andra?", frågade Linda.

"Den andra var den syrianska damen Yasmin. "

"Jag visste det! Jag har anat det här hela tiden. Det är hon som har tagit Jacob.", sa Linda.

"Nej nej! Hon har skadat den personen som hade rövat bort Jacob till Göteborgshamn"

Linda stirrade storögt på Chris.

"Varför det?"

"Har ingen aning men det var någon som hon kände och använde tydligen kniv.", sa Chris.

"Försökte hon döda den personen?", frågade Linda.

"Jag fick den uppfattningen vart fall." Hur som helst, Jacob befinner sig ombord på ett fartyg som är på väg till Libanon. Eller kanske har anlänt.", tillade Chris.

Chris reste sig och började gå.

"Vart ska du?", frågade Linda.

"Hämta min mobil.", sa Chris.

"Vem ska du ringa?"

"Jag ska ringa Owen."

Innan Linda hann ifrågasätta Chris så ringde det i hennes telefon. Det blinkade i displayen: "Moa".

"Livet frågade döden: Varför älskar människor mig men hatar dig?

Döden svarade: Eftersom du är en vacker lögn och jag är en smärtsam sanning.

Fatima H

Kapitel 13

DEN SEXTONDE OKTOBER 2014

JAMILJA BLEV BRYSKT väckt av några IS-soldater tidigt på morgonen. Rummet var således spartanskt möblerad med kala väggar och dessutom var luften kall efter nattens minusgrader. Det enda som värmde honom var kläderna han bar på och en dammig filt med torkat fågelspillning som han låg på mot den kalla hårda trägolvet.

Sedan igår kunde inte Jamilja förstå varför han blev så olikt behandlad och utfryst än de andra barnen. I synnerhet hur den ljusa pojken Jacob fick Mustafas fulla uppmärksamhet hela tiden. Igår förvandlades hela Jamiljas tillvaro på ett oförklarligt sätt under bilfärden. Varför tog han med sig halsbandet? Det var ju för hans kristna tro samt att han hade fått den av sin mormor, det var ju trots allt en gåva.

Solen hade inlett sitt gryningsljus med att börja lysa upp rummet så pass att IS-soldaterna som befanns sig i rummet inte längre existerade som siluetter med hetsande och arga röster. En av IS-soldaterna gick fram mot Jamilja bärande med en svart tygpåse. Stämningen blev hätskt samtidigt som han kände hur någon låste hans bägge armar för att sekunden senare blev hans tillvaro helt svart.

Utan att se något blev Jamilja bortförd ut från rummet förbi en gnisslande ytterdörr. Han råkade snubbla på några överraskande trappsteg varvid han fick motta sparkar och hätska slagord av minst två närvarande personer. Jamilja hörde också att ett okänt antal personer hade samlat sig i hans närhet innan han blev placerad i en ranglig trästol.

Jacob vaknade av högljudda röster som hördes utanför. Han tittade upp med sina morgontrötta ögon medan han låg på sidan med ryggen mot utgången. Hans blick var riktad mot fönstret och såg då en skymt av en siluett som avspeglades mot fönstret. Jag är inte ensam, tänkte Jacob och blev genast klarvaken bara av känslan. Han kände sedan en hand som lades försiktigt på hans axel.

"Är du vaken?", sa en flickaktig röst på engelska.

Jacob vände sig om. Intill sängkanten stod en flicka iklädd med en svart niqab med tillhörande svarta omsvepande klädsel. Han kunde se lite drag av hennes läppar när hon log i sin niqab.

"Vad heter du?", frågade flickan med ett bakomvarande fnitter.

"Jacob."

Flickan tog av sig sin niqab och visade ett änglalikt ansikte som gav en vacker kontrast mot hennes svarta långa hår. Hon gick fram till fönstret för att titta ut för ett ögonblick. Sedan vände hon sig om och tittade på Jacob som såg lite frånvarande ut medan hans blåa ögon stirrade på henne utan att blinka. Hon gick fram två steg mot sängen.

"Jag heter Nassiva."

Jacob som varken svarade henne eller ens reagerade stirrade alltjämt på henne.

"Du är min present.", sa Nassiva med ett försök att få fram någon form av dialog med pojken med sitt dockliknade ansikte.

Jacob reste sig ur sängen samtidigt som han rättade till sin svarta klädsel efter att agerat som pyjamas under gångna natten. Nassiva började fnittra lite generat.

"Du ser ut som en porslinsdocka.", sa hon.

"Men jag är lite hungrig.", sa Jacob försiktigt.

"Vi ska äta frukost snart. Först måste du bevisa att du tillhör oss. Att bevisa med handling att du har renats ifrån din kristna tro och att du har konverterat till Allah och islamsk tro.

"hur ska jag…", hann Jacob bara säga innan Nassiva tog tag i hans arm och föste honom fram till ytterdörren.

Nassiva öppnade ytterdörren på vid gavel. Jacob tittade ut medan Nassiva satte på honom en ansiktsförklädnad och till sist satte på sig sin egen niqab.

Ute på gården stod det ett okänt antal svartklädda män och kvinnor med sina ansiktsbeklädnader och flaggor. Framför stod en träpåle nedslagen i den grusade planen. Intill pålen stod en svart pojke med en svart huva överdragen över hans huvud och var bakbunden med armarna bakom pålen.

"Här.", sa Nassiva och gav Jacob en mindre variant av en blå plastpåse.

Jacob tittade frågande på plastpåsen och sedan på Nassivas bestämda blick. Hon viftade med påsen för att påskynda kommande process.

"Här, ta den!", sa Nassvia.

"Men vad ska jag göra?", frågade Jacob samtidigt som han tittade på alla beväpnade människor som stod i en halvcirkel bakom pojken. Jacob svalde en klump av förtvivlan.

"Du ska rena dig för Allah och för mig.", sa Nassiva medan de maskerade soldaterna försökte påskynda med att ropa på arabiska döda, döda, döda, insha`Allah.

"Kom.", sa Nassiva och tog tag i hans arm.

Hon drog med sig Jacob fram till den bakbundna pojken som var i samma ålder. Nassiva slet av den svarta huvan och slängde den ner på marken. Hon stirrade på den förskräckta pojken med hatisk blick medan Jamiljas tårar av fruktan rann utmed hans kinder.

Nassiva räckte återigen den blå påsen till Jacob som kände sig än mer pressad av situationen. Han tittade på pojken och kände igen honom. Det var samma pojke som Mustafa tidigare straffade på vägen hit. Han var en av pojkarna som också satt längst bak i bilen. Jacob kom ihåg hans namn, Jamilja. Jacob tittade på alla som hojtade på arabiska, döda, döda, Insha`Allah. Jacob tog den blå påsen från Nassiva medan Jamilja kände hur något varmt rann utför hans byxben. Den obeskrivliga känslan rädslan att dö var påtaglig.

Jacob flackade med blicken. Han kunde inte, eftersom han förstod vad påsen som han höll i var till för, när Nassiva ryckte av påsen ifrån hans hand och pressade den blå påsen över Jamiljas huvud. IS-soldaterna hurrade och visslade samtidigt som de höjde sina vapen och skrek, döda, döda.

Nassiva vred om påsen så att den syresatta luften tömdes ut medan Jamiljas ansikte bokstavligen pressades in i plasten och formgjutande hans huvud. Påsen tänjdes in och ut varefter han försökte andas. Jacob kunde skönja pojkens skräckfyllda blick genom plasten samtidigt som han för sitt liv försökte få luft i sina lungor.

"Håll här.", sa Nassiva medan hon bryskt tog hans hand för att visa hur han skulle hålla den åtdragna påsen.

Jacob bad tyst till gud medan han motvilligt höll den ihop virade plasthandtagen och under uppsikt av Nassiva. Jamilja visade antydningar till kvävning och kunde inte längre andas eftersom plasten hade töjts och sedan sugits in i hans mun. Jacob, med tårar rinnandes utmed hans kinder, kunde på mycket nära håll bevittna hur pojken Jamilja krampaktigt håll på att kvävas till döds under massivt jubel.

Pojkens kropp blev hängandes mot stolpen med bakbundna händer. Nassiva gjorde segergest mot de betraktande IS-soldaterna och kramade sedan om Jacob som stod där helt maktlös och var dessutom livrädd.

Abu Bakr gick fram och ställde sig framför sina IS-soldater och visade sitt ledarskap. Han sträckte och bröstade upp överkroppen medan han gjorde en segergest till sin dotter och Jacob.

"Insha`Allah", utropade Abu Bakr med ett leende.

Mustafa som stod i bakgrunden applåderade till den bisarra uppvisningen medan Jacob stirrade med skräckslagna ögon på sina vibrerande händer.

Nassiva tog tag i Jacobs bägge händer. Med begeistrande gnistrande ögon sa hon: "Jag tackar min gud för den gåva jag har fått. Du är en av oss nu."

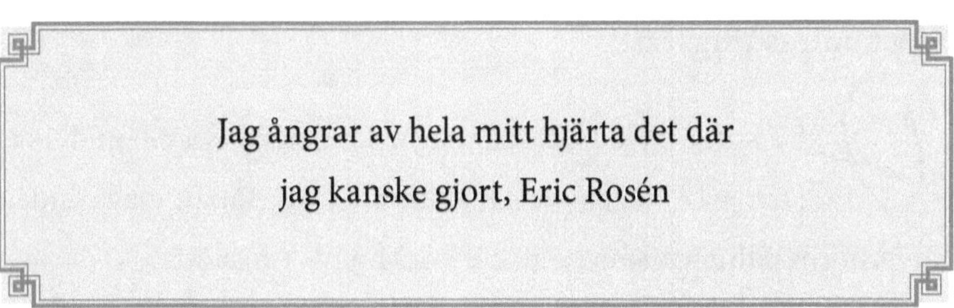
Jag ångrar av hela mitt hjärta det där
jag kanske gjort, Eric Rosén

Kapitel 14

DEN SJUTTONDE NOVEMBER 2014

Stockholms tingsrätt

ET FINNS SÅ kallade måndagar som man helst vill undvika. Den här dagen var i synnerhet en sådan dag under huvudförhandlingen som pågick i Stockholms tingsrätt.

Advokat Lars-Ove Fridolin hoppades på med ett litet trumfkort vid slutet av förhandlingen gällande hans klient och åtalade Lars Åke Rosén. Ur ett mer privat hänseende rådde det ingen tvekan att hans klient inte förtjänade något trumfkort och därmed fördelar med hänvisning på de brott han hade begått.

Åklagare Björn Elofsson var i sitt slutpläderingen.

"Med tanke på Lars Åke Rosén sociala ställning och därtill inte minst läkarutbildning ser jag inte det som något förmildrande omständigheter snarare tvärtom vill jag påpeka med tanke på vad dessa unga offer har blivit utsatta för. Nu har visserligen flera av hans offer varit frånvarande från huvudförhandlingen detta trots kallelse samt att ett av offren Jacob Lester- Sjögren är fortfarande försvunnen.

Den tekniska bevisningen som hade åberopats såsom filmklipp och tillika foton som också blivit personidentifierade samt att den tilltalade Lars Åke Rosén har erkänt samtliga gärningarna. Åklagarsidan har med sitt betänkande gällande straffskalan beaktat den grova hänsynslösa och inte minst brutala sätt att påtvinga drogpåverkade barn till sexuella handlingar. Straffskalan i detta fall torde då ligga mellan fem och tio års fängelse. Åklagarsidan vill därför föreslå en straffskala till sju eller åtta år med behandlingsåtgärd.

"Tack.", sa tingsrättsordförande Margareta Thelin. "Då vänder jag mig till advokat Lars-Ove Fridolin."

Lars-Ove reste sig och lät blicken svepa över tingssalen.

"Jag kan hålla med åklagare Björn Elofsson att dessa gärningar skall anses som grovt med tanke på dels offrens unga åldrar och inte minst tillvägagångsätt. Vad som är lite tråkigt i sammanhanget är att samtliga offren inte har närvarat i huvudförhandlingen, åklagaren har fram till idag bara åberopat teknisk bevisning. Jag ser en möjlighet att om vittnen hade varit närvarande i rättssalen hade det kanske då funnits en chans för min klient att kanske få fram sådan fakta vilket kunde anses som förmildrande omständigheter. Sedan är det så att min klient har i ganska tidigt skede erkänt samtliga åtalspunkter vilket i sig påvisar hans vilja att göra rätt för sig och därmed visa sin ånger. Jag vill därför rekommendera 3 års internering med behandlingsplan.", sa Lars-Ove Fridolin.

"Tack.", sa ordföranden och började bläddra i en kalender.

Lars Åke satt bredvid sin försvarare som var både ångerfull och askgrå kulör i ansiktet med händerna knutna under bordet.

"Jaha, enligt vad jag kan se så kommer dom att meddelas om fjorton dagar, det vill säga den 1 december 2014. Den tidigare begäran från försvaret att den tilltalade blir försatt på fri fot medges däremot inte. Utan den tilltalade kommer även i fortsättningen att förvaras i häkte fram till dom har avkunnats. Härmed avser jag att huvudförhandlingen som avslutad."

Två kriminalvårdare reste sig och gick fram till Lars Åke Rosén. Han fick handfängsel och sakta lämnade de rättssalen tillsammans med advokat Lars-Ove Fridolin.

"Vi har en ljuvlig framtid som väntar! Vi är inbjudna till bröllopsfest - där den högsta kärleken är i centrum! Tänk att du får vara gäst vid det bröllopet - Jesu eget bröllop! Se till att du är värdig och får vara med och dela glädjen med din Herre!" Citatet är hämtat från Knutbyförsamlingen

Kapitel 15

DEN SJUTTONDE OKTOBER 2014

CHRIS STANNADE BILEN utanför garaget klockan 20:15. Han tittade i riktning mot vardagsrummet och kunde konstatera att Linda hade tänt några hängande fönsterlampor och förmodligen var även golvlampan vid soffan tänd.

Klockan var strax halv nio på kvällen och det var mörkt. Gatubelysningen skapade skuggnyanser från fruktträden likaså brevlådan när Chris klev ur bilen.

Han tittade sig om innan han började gå mot husets entré. Kände han sig iakttagen eller var det rentav bara en inbillning, kanske en reaktion efter allt som hade hänt. Arbetsdagen hade i stor del varit positivt, dels hade de senaste forskningstesterna börjat ge svar av det framtagna syntetiska RNA-viruset under förmiddagen och efter lunch kom nästa överraskning för Chris. Han fick ett telefonsamtal ifrån sin bror Owen, vilket var glädjande. Chris hade tidigare försökt nå honom under två dagars tid utan att ha lyckats. Tydligen kom det vidarebefordrande beskedet fram till

Owen ifrån hans fru, att Chris var högst angelägen att få kontakt med honom.

Överste Owen Lester befanns sig i Irak på spaningsuppdrag vilket gav en naturlig förklararing till varför han var svår att få tag i. Chris berättade så kortfattat han kunde eftersom samtalet länkades via satellit. Nämligen att Jacob hade placerats på en båt i Göteborgshamn som hade slutdestination Libanon. Chris lämnade också information om båtens namn och rederi med förhoppning att Owen kanske kan få fram mer information om var Jacob kan befinna sig eftersom Owen trots allt var befälhavare för en amerikansk kommandostyrka som dessutom har helt andra kanaler att tillgå för att få fram information.

Chris satte handen på dörrhandtaget på ytterdörren och avvaktade för ett ögonblick. Han lyssnade och det enda han kunde höra var en bil som passerade nere vid Hagvägen. Sover hon? Tänkte Chris och tryckte ner dörrhandtaget. Dörren var låst. Han plockade fram nyckelknippan ur rockfickan och satte nyckeln i låset och vred om. Han öppnade dörren försiktigt och gick in och ställde ner sin portfölj på hallgolvet.

Han lyssnade och ingenting hördes, ingen teve var påslagen, ingen radio, inget bläddrande i en tidning eller bok, ingen snarkar eller sover. Enda som hördes var klockan i köket och ventilationssystemet i huset.

Chris tog av sig skorna och gick raka vägen till köket. Köksbordet var rent från tallrikar och muggar, det enda som låg på köksbordet var en blåaktig duk som var placerad under en krukväxt som hade tydligen fått vatten eftersom två färska vattendroppar låg utanför duken på bordet. Chris vände sig om.

Med snabba steg gick han mot vardagsrummet och stannade till vid sovrumsdörren som stod på glänt. Han tittade in. Sängen var bäddad och var ren ifrån kläder och bibeln låg på nattduksbordet. Han fortsatte vidare till vardagsrummet, där var teven och stereon avstängda. Det enda som visade livstecken var dvd spelaren som hade hoppat fram någon minut i den digitala klockan som nu visade 20:29.

"Linda!", ropade Chris samtidigt som han vände sig om och med snabba steg skyndade han sig till köket. Han satte sig ner vid köksbordet med en fundersam och orolig blick.

Ur innerfickan i ytterrocken tog han fram mobiltelefonen och tryckte på senaste uppringda numret.

Inne i församlingssalen satt Linda med upphöjda armar tillsammans med andra knutbymedlemmar bedjandes. På scenen framför stod Moa med upphöjda armar och höll huvudet högt som Kristibrud och höll predikan.

Medan Linda bad samtidigt som hon ropade halleluja och amen om vart annat så kände hon vibrationer i sin jackficka. Hon förstod att det var någon som ringde och bestämde sig att inte svara för tillfället. Hon skulle hitta tillbaka till gud med hjälp av Kristibrud oavsett Chris synpunkter om Knutbyförsamlingen och inte minst Moa.

Kristibrud kom ur sin tungomåltyngda predikan förfarandet med ett leende samtidigt som hennes blick stannade till mot Linda. Moa njöt blotta åsynen av Linda medan hon ropade högt halleluja.

Hon gick ner från scenen och gick längs med mittgången och sittbänkarna. Hon stannade till vid Linda och sträckte sedan fram händerna.

Linda reste sig med ett leende medan hon mottog Kristi bruds hungriga blick innan hon tog tag hennes utsträckta händer. I tungomål ledde hon Linda ut till mittgången. Hon placerade Linda framför sig och lade bägge händer på hennes axlar och tillsammans började de gå mot scenen och altaret. Det gick ett sus och viskningar från de övriga medlemmarna där en eller i grupp om vartannat tackade herren.

Kristibrud fick Linda att gå ner på knä på den parkett inlagda scengolvet. Moa inledde en ny predikan medan hon gick runt Linda som blundade medan hon bad till gud. Kristibruds predikan tystande långsamt samtidigt som Moa la sig ner mot scengolvet på mage framför Linda. Med händerna som stöd mot scengolvet pressade överkroppen med skakiga armar och öppnade ögonen med blottade ögonvitor vars pupiller saknades. Moa väste som en hes orm samtidigt som hon blottade tänderna mot Linda som ett vilt djur.

Moa gjorde en ormliknade rörelse med överkroppen samtidigt som hon placerade bägge handflatorna vid varsin kind på Linda och sedan drog ner Lindas huvud mellan benen och drog över nederdelen av den vita dräktsärken över Lindas Huvud.

"Låt mig få pånyttföda dig, Linda. Kom ut ifrån mitt heliga underliv och möt gud.", väste Moa demoniskt.

Dörrarna till församlingssalen öppnades och in steg en man med en svart ytterrock och klädd i jeans med tre dagars skäggstubb. Han stannade till och stirrade över alla närvarande i salen.

På scengolvet låg två kvinnor, påklädda visserligen, men i en pågående förförisk lesbisk sexakt vid första anblicken. Chris kände igen kvinnan som satte sig och gav honom en hatisk blick. Det var utan tvekan Moa med sitt långa mörka hår som fick henne se demonisk ut. Kvinnan som var placerad framför Kristibrud hade huvudet instucken mot Moas underliv var Linda.

"Vad är det som pågår här?", sa Chris högt och bestämt.

1 § Samhällets socialtjänst skall på demokratins och solidaritetens grund främja människornas

ekonomiska och sociala trygghet

jämlikhet i levnadsvillkor

aktiva deltagande i samhällslivet.

Socialtjänsten ska under hänsynstagande till människans ansvar för sin och andras sociala situation inriktas på att frigöra och utveckla enskildas och gruppers egna resurser.

Verksamheten skall bygga på respekt för människornas självbestämmanderätt och integritet.

Kapitel 16

DEN NITTONDE NOVEMBER 2014

SOCIONOMEN CHARLOTTE METZER satt på sitt kontor och var allmänt bekymrad över ett åldrande och pågående socialärende vilket ämnade till att inte vilja få ett avslut av någon form eller vart fall någon positiv förändring i rätt färdriktning. Hon sneglade på fotot på sin dotter Anna som stod inramad och prydde skrivbordet. Hon skakade på huvudet åt tankarna som i repris återspeglade de tidigare förehavanden som hennes dotter var involverad i gällande den där pojken Jimmy Sporre.

Nu hade man i alla fall fattat ett beslut under morgonmötet om Jimmys framtida öde fortsättningsvis. Allt enligt lagen om 22§ LVU.

Ett beslut som nu Charlotte Metzer skulle delge Jimmys föräldrar, det vill säga Gunn-Britt och Henke Sporre varvid Gunn-Britt redan satt i väntrummet som en plikttrogen förälder. Det här kommer inte bli lätt, tänkte Charlotte medan hon tog tag i bordskanten med bägge händerna och reste sig med en tung suck.

Gunn-Britt satt på socialkontoret och delade väntrummet tillsammans med några kvinnor med utländskt påbrå kunde hon konstatera, eftersom deras ansiktsförklädnad dolde allt utom ögonen och det hetsande samtalet mellan dessa kvinnor var inte heller på svenska. Gunn-Britt kände en liten tacksamhet över att framför allt Henke inte satt med henne i detta ögonblick.

En medelålders kvinna kom och ställde sig vid de utländska kvinnorna och försökte uttala deras namn så korrekt som det var möjligt genom att läsa innantill ur en personakt. Bägge kvinnorna reste sig och tillsammans med socionomen gick de i väg.

Strax efter såg Gunn-Britt hur hennes man Henke och sonen Jimmy forcerade entrén och stannade till på dörrmattan innanför.

Jimmy sprang fram och slängde sig över sin mamma och gav henne en kram. Om kramen var oskyldig eller skyldig kunde hon inte avgöra, snarare som alltid väcktes det en misstänksamhet och naggande oro i själen.

Henke gick fram med tunga motvilliga steg och satte sig ner bredvid Gunn-Britt.

"Vad vill den här kärringen nu då?", frågade Henke.

Gunn-Britt slog till Henke över låret och gav en argsint blick.

"Hörre du! Här är inte rätt plats för dina dumma utspel eller kommentarer.", sa Gunn-Britt upplysningsvis.

"Jag undrar bara vad hon ville oss?", sa Henke med ett oskyldigt ansiktsuttryck.

Gunn-Britt var på gång att säga något när hon såg socialsekreterare Charlotte Metzer kom gåendes mot dem. Hon gjorde en avfärdande gest åt Henke att hålla tyst.

Charlotte stannade till och gav ett professionellt leende lite stelt och motvilligt.

"Bra att ni kom. Ska vi gå in till mig och prata lite.", föreslog Charlotte och gjorde en riktad gest med handen mot korridoren.

Gunn-Britt reste sig och började gå. Henke tog Jimmy på axeln och gjorde en gest att resa sig vilket Jimmy gjorde tillsammans med sin pappa.

Gunn-Britt och Henke satte sig i varsin besöksstol medan Jimmy ställde sig framför Henke. Charlotte stängde dörren efter sig innan hon gick och satte sig bakom skrivbordet. Hon sträckte sig och tryckte på en röd knapp på skrivbordet innan det där leendet hittade tillbaka.

"Så, ni har fått mitt brev eftersom ni är här?" undrade Charlotte samtidigt som leendet försvann och ett frågande ansiktsuttryck visade sig i stället.

"Ja vi har fått det. Det står ingenting förutom att det har gjorts en LVU utredning på Jimmy.", sa Gunn-Britt.

Henke tittade oförstående på Gunn-Britt och sedan på Charlotte Metzer.

"Stopp och belägg! LVU utredning? Det är inget som jag känner till."

"Du har inte läst brevet?", frågade Charlotte och tittade på Henke och sedan på Gunn-Britt.

Gunn-Britts blick föll ner mot golvet likt en skamsen rödhårig pudel.

"Jaha!", sa Henke med en förvånad blick till Gunn-Britt.

"Jag visade brevet för dig som du bara nonchalerade och sa att du skulle ta det sen."

Henke tänkte efter och ryckte sedan på axlarna.

"Nä, precis!", konstaterade Gunn-Britt.

Charlotte satte bägge armarna på bordet.

"Hur som helst, vi har beslutat att Jimmy ska få flytta till ett fosterhem där han kan få det extra stöd som han för närvarande väl behöver.", sa Charlotte.

"Va! Ska ni ta vår grabb bara så där?", protesterade Henke samtidigt som han slog bägge handflatorna på armstöden i stolen.

"Ja, vi anser att Jimmys problem har för stora utökande proportioner att ni ska kunna hantera det helt själva."

"Vart ska han bo?", frågade Gunn-Britt med gråten i halsen och visade ett förtvivlat ansiktsuttryck.

"Mamma!", utbrast Jimmy med gråten i halsen.

"Vad i helvete håller ni på med?" skrek samtidigt Henke.

"Nu lugnar vi ner oss. Det här handlar bara om under en tillfällig tid. Ni kommer naturligtvis ha kontakt med Jimmy och följa hans utveckling. Alla beslut som fattas gällande Jimmy kommer alltid ske i samförstånd med er föräldrar."

Gunn-Britt gav en blick av förtvivlan till Henke.

"Hur länge kommer det vara så här?", frågade Gunn-Britt.

"Tills att han har kommit över den värsta och att vi ser en mognad som motsvarar hans ålder.", sa Charlotte.

Henke tittade på Charlotte med en misstänksam blick. Vilket skitsnack! I samförstånd, jo, hej du! tänkte Henke medan han strök handen på Jimmys ryggtavla.

"Du sitter här mitt framför våra ögon och påstår att alla beslut skall ske med samförstånd med oss. Vart befann vårt samförstånd när ni fattade detta beslut?", sa Henke och knöt ihop sina tatuerade händer.

"Detta beslut är ett samhällsbeslut inom ramen av sociallagen och LVU. Ni kan naturligtvis även påverka detta genom att överklaga beslutet till Länsrätten.", upplyste Charlotte.

Henke tittade på Gunn-Britt.

"Bra! Då överklagar vi hos Tingsrätten", sa Henke.

"Länsrätten.", rättade Charlotte.

"Skitsamma, vi kommer att överklaga."

"Lägg av Henke!", utbrast Gunn-Britt trött. "Varför ska du alltid ta strid på allt och alla? Det här har vi bäddat för oss själva. Charlotte hjälper oss trots allt som har hänt och det viktigaste som du måste ha klart för dig, vi har inte förlorat Jimmy. Linda och Chris Jacobs föräldrar har däremot förlorat sin son. Hade den här åtgärden kommit tidigare så skulle Jacob befunnits sig hos sina föräldrar idag. Det är dags att Jimmy lär sig konsekvenserna av sina handlingar innan det är för sent.", sa Gunn-Britt.

"Vadå för sent?", fräste Henke.

"Den dagen då vi får infinna oss i ett besöksrum med Jimmy på en fångvårdsanstalt eller än värre i ett obduktionsrum. Då är det jävligt för sent.", upplyste Gunn-Britt med tårar i ögonen.

Charlotte nickade instämmande med fokuserad blick på Henke.

"Vad yrar du om? Bara för att jag har suttit på kåken innebär det inte att han hamnar där. Se på mig, jag överlevde den resan. Jag är gift, har jobb, har en underbar son…och fru.", sa Henke.

"Sen när handlade det här om dig om jag får fråga? Är det du som har fått ett LVU beslut enligt tjugoandra paragrafen? Skulle inte tro det." sa Charlotte med ett allvarligt röstläge.

Henke var på väg att kommentera när Gunn-Britt höjde handen mot honom.

"Ett jävla ljud till eller kommentar i den här specifika frågan ifrån dig, så kastar jag vigselringen i hennes papperskorg och imorgon hör du ifrån min advokat. Begrips!"

"Ett rop höres i Rama, klagan och bitter gråt; det är Rakel som begråter sina barn, hon vill inte låta trösta sig i sorgen över att hennes barn inte mer är till." (Jer 31:15)

Kapitel 17

DEN TJUGOTREDJE NOVEMBER 2014

E N ÄNNU EN söndagsmorgon som inte var sig lik konstaterade Chris efter att han hade vaknat. Han vred på huvudet och sneglade mot Lindas sängplats som visade sig vara tom. Han reste sig sittandes och såg sig omkring. Han hörde hur duschen sattes i gång medan kaffebryggaren spottade och fräste med ett gurglande läte över morgonbryggningen.

Han klev ur sängen och tittade fundersamt på sina kläder som låg ihopvikta på en stol. Vid sängkanten låg Lindas kläder snyggt och prydligt. Han brydde sig inte om att byta om i från sin pyjamas utan satte på sig sina tofflor och lämnade sovrummet.

Kaffemuggen fylldes med nybryggt kaffe varvid Chris ställde muggen på köksbordet. Eftersom frukosten inte var uppdukat så satte han i gång med att plocka fram och dukade upp snyggt och prydligt. Han kokade ägg medan havregröten kokades upp i en kastrull bredvid.

Chris hade precis brett en smörgås sittandes vid köksbordet när Linda steg in i köket i klädd med en morgonrock.

"Godmorgon älskling.", sa Chris och smekte hennes rumpa när Linda passerade förbi och satte sig.

Linda gav Chris en blick. Hon svarade inte utan var fortfarande upprörd över det som hände under måndagskvällen. Hon började äta sin gröt medan hon tog en brödskiva från brödfatet.

"god morgon.", upprepade Chris där blicken svarade tillbaka.

Linda drack lite av sitt nybryggda kaffe.

"Smakade det bra?", undrade Chris medan han tog en slurk av sitt kaffe. "Linda, vi måste kunna prata med varandra.", tillade han.

Linda ställde ner kaffemuggen på bordet och stirrade på Chris.

"Om vadå?", sa Linda och började bläddra en morgontidning.

"Om det som hände igår under måndagskvällen?", sa Chris.

"Det fanns ju inget att prata om sa du, för du hade bestämt det."

"Linda, vi tillhör inte den församlingen något mer. Det var ju därför vi flyttade hit.", sa Chris.

"Säg som det är i stället. Du gillar inte Moa, för du föraktar Kristi brud."

"Jag föraktar inte henne som människa. Du måste förstå resoluta fakta som jag ger. Särskilt efter det som hände när jag kom in och fick se dig med huvudet intryckt mot hennes underliv och rumpan i vädret på scengolvet.", sa Chris samtidigt som han försökte bevara sitt lugn.

"Du kom in mitt under en pånyttfödelse där jag fann gud igen.", sa Linda upprört samtidigt som hon slog med skeden i tallriken så mjölken skvätte.

"Det där har ingenting om vår religion att göra överhuvudtaget. Det var en ockult ceremoni som ni ertappades med. Det vill säga Djävulens verk."

"Det är du som går med Lucifers uppdrag med att förgöra vår kristna tro. Det är helvetet som blir din himmel.", konstaterade Linda innan hon med skakig hand försökte ta en slurk kaffe.

"Du träffar inte Kristi brud något mer. Du åker inte för huvud taget till Knutby. Vi har lämnat allt det där bakom oss och börjat ett nytt liv. Du måste stå för det."

Linda stirrade med en hatisk blick på Chris, samtidigt sträckte hon ut högerarmen skakandes

och med ett pekande långfinger riktad mot Chris. Hon skulle precis säga något när hon helt plötsligt krampaktigt höll om magen med ett kvidande läte.

Chris skyndade sig fram till Linda och försökte få henne att resa sig upp. Smärtan var olidlig när hon försökte resa på sig. Med hukande ställning och stöd från Chris så lyckades hon stappla i väg mot toaletten. Chris som höll i henne såg att det droppade något ner på köksgolvet. Framme vid toaletten fick Linda hjälp att sätta sig på huk på toalettstolen av Chris.

På golvkaklet inne på toaletten såg Chris att Linda har droppat blod, även hennes morgonrock hade blivit blodstänkt.

"Vi måste till sjukhuset.", konstaterade Chris medan han försökte hålla om henne för att lindra smärtan.

Linda nickade samtidigt som hon stönade med krampaktig andning medan hon höll om magen med bägge händerna.

"Sitt kvar här så ska jag köra fram bilen.", sa Chris och vände sig om för att skynda sig iväg.

Chris gasade på medan de körde mot Löwenströmska sjukhuset. Linda låg i baksätet klädd endast i morgonrock och hade fruktansvärt ont. Vid rödljus-korsningen vid gamla apoteket körde Chris helt enkelt mot rött för det fanns ingen tid att stanna. Han tackade samtidigt högre makter att det var söndagsmorgon vilket resulterade att det var ytterst lite trafik på vägarna.

Efter tre oerhörda långa timmar inne på akuten så var det fortfarande en väntan för både Linda och Chris. Läkaren hade dock konstaterat vid första undersökningen att blödningarna kom ifrån hennes underliv. Eftersom Linda var inne i en tre månaders graviditet blev den tillkallade gynekologen ganska oroad och kunde nästan ana vad som föregick.

En timme senare stod det klart att Linda hade fått missfall vilket var anledningen till Lindas oerhörda smärta efter en ultraljudskontroll. Förmodligen hade även fosterembryot blivit nedspolat i toaletten.

Linda blev inlagd på sjukhuset för observation. Hon blev samtidigt sentimental och med det svårt att hålla tillbaka känslorna. Chris satt vid sängen och höll henne i handen samtidigt som han kramade om henne.

"Förlåt att jag var så elak mot dig.", snyftade Linda.

"Det är okej älskling. Tänk inte på det där."

"Jag älskar dig, Chris"

"Jag älskar dig.", sa Chris och kysste henne på kinden.

"Tror du att det här var guds straff?"

Chris skakade på huvudet och borrade in ansiktet i hennes hår.

"Nej älskling. Jag tror att det här var en naturlig företeelse och en kroppreaktion som visade att något blev fel helt enkelt."

Efter någon timme hade Linda somnat, då passade Chris på att åka hem. Väl hemma så tillagade han en enkel middag som bestod av en tidigare tillagad köttgryta som han värmde upp i mikron och serverades med nykokt potatis. Tanken var först att ta lite rödvin till middagen men ändrade sig till att ta bordsvatten eftersom Linda låg på sjukhuset.

Efter maten och allting var avdukat så försökte han nå sin bror Owen på mobiltelefon. Det var bara en telefonsvarare som tog emot och Chris talade in ett kort meddelande.

Efter att pratat med Linda så dröjde det inte länge förrän Owen ringde upp.

"Chris."

"Hej broder, det är jag. Du hade ringt.", sa Owen på engelska.

"Linda har fått missfall.", sa Chris.

"Jag beklagar, Chris. Jag visste inte ens att hon var gravid?"

"Jag ville vänta med att berätta med tanke på Jacobs försvinnande och allt.", sa Chris.

"På tal om Jacob. Vi har undersökt lite internt och kommit fram till att Jacob finns förmodligen inte kvar i Beirut. Vi har hållit ett inofficiellt förhör med en kapten vid namn: Emrah Okyar."

"Han är då kapten på det nämnda fartyget som lämnade Göteborg?" frågade Chris.

"Ja. Rederiet och framför allt den här kaptenen är intressant för oss i ett pågående spaningsärende angående en viss känd terroristorganisation."

"Vad pratar vi om, IS? Polisen har nämligen angett det som en trolig orsak till Jacobs försvinnande." sa Chris och greppade tag i bordskanten.

"Tyvärr Chris."

"Vad innebär tyvärr?" sa Chris och skakade på huvudet.

"Du vet mycket väl. Jag har sekretess"

"Okej, vad händer nu?"

"Vi fortsätter att handlägga vårt ärende och håller lite uppsikt på vissa platser.", sa Owen.

"Du har inget bättre svar som jag kan vidarebefordra Linda?"

"Jag har gett dig de svar som jag förnärvarande kan ge dig. Du måste tolka själv och dra en slutsats av det.", sa Owen.

"Okej, hör av dig så fort det sker en förändring eller uppslag." sa Chris.

"Det vet du min broder, hej." sa Owen innan samtalet avslutades.

Chris reste sig och la mobiltelefonen på köksbordet. Han gick sedan med en mugg i handen och hällde upp lite kaffe.

Han stod kvar vid kaffebryggaren och lutade sig mot köksbänken och funderade medan han tog en klunk av sitt kaffe. Vad var det han försökt säga? En känd terroristorganisation? Det finns flera... Han förnekade inte heller när jag föreslog IS eller när jag nämnde om polisens teori, tänkte Chris medan han slängde en blick på mobiltelefonen.

Vi människor är fria och kan alltid agera som vi vill. Våra val kommer avgöra vad som sker i vår framtid. Det finns ingen tur eller otur, endast konsekvenser av våra handlingar, och många av dem dyker inte upp förrän långt senare.

Kapitel 18

DEN FÖRSTA DECEMBER 2014

ATT TIDEN MER eller mindre hade stått stilla för Lars Åke Rosén rådde det ingen tvekan om, särskilt under de senaste fjortondagarna i väntan på domen inne på häktet. Kontakten med advokat Lars-Ove Fridolin hade varit mer eller mindre obefintligt under den här tiden av evig väntan. Det sista Lars-Ove Fridolin sa i telefon att han inte skulle förvänta sig en frikännande dom. Mycket tydde på det med tanke på åklagarens bevisläge och inte minst Lars Åkes erkännande.

Lars Åke satt på sängbritsen med huvudet vilande mot sina händer när det knackade på celldörr nummer 22. Dörren öppnades efter ljudet av nyckelknippor och in klev advokat Lars-Ove Fridolin. Dörren stängdes varvid ljudet av nyckelknipporna hördes igen.

"Hej Lars Åke! Hur står det till?", frågade Lars-Ove medan han lade sin portfölj på skrivbordet och öppnade den.

"Inget vidare. Jag antar att du har domen med dig?", sa Lars Åke.

Lars-Ove plockade ut ett häftat protokoll ur väskan och höll upp den.

"Här är den. Kan väl konstatera att tingsrätten har i stort sett gått efter åklagarens linje.", sa Lars-Ove och räckte över protokollet.

Lars Åke började bläddra och hejdade sig vid näst sista sidan.

"Sex år!! Fick jag sex år. Hela mitt liv är nu raserad.", sa Lars Åke förtvivlat.

"Tyvärr, jag hade hoppats på mellan fyra och fem år eftersom du är ostraffad sen tidigare."

"Vi måste överklaga den här domen!"

"Då ska du veta att chansen finns att du får längre straffpåföljd i hovrätten."

"Vad ska jag göra?", sa Lars Åke som nästan gränsade till panik.

"Som din advokat så vill jag att du funderar över dina möjligheter innan du bestämmer dig för att överklaga."

"Vad ska jag fundera på, jag fick sex år. Hur stor är chansen att få strafflindring? ", sa Lars Åke.

"Den är nog minimal. Antingen fastställer hovrätten din dom eller så får du en längre strafftid utöver sex år. Om du inte överklagar och tar den här straffpåföljden så har du möjlighet att komma ut efter två tredjedelar, såvida du har genomgått behandling och visat gott uppförande."

Lars Åke riktade blicken ner på det gröna repade linoleumgolvet med svarta klackmärken. Han tittade sedan upp.

"Jag måste fundera på det här. Får jag återkomma?", sa Lars Åke.

"Absolut, du kan ringa mig när du har funderat och bestämt dig."

"Tack."

Han är världens liv tack vare att han är vår Skapare, och tack vare att hans uppståndelse försäkrar han oss alla om att vi ska leva igen. Och livet han ger oss är inte bara ett jordiskt liv. Han lärde: "Jag ger dem evigt liv, och de skall aldrig någonsin gå förlorade, och ingen skall rycka dem ur min hand" (Joh.)

Kapitel 19

DEN TREDJE DECEMBER 2014

MOA WALDARUD SATT köket i morgonrock med benen uppdragna upp på stolen. Vid bordskanten stod en större mugg med varm grönt te. På muggen stod texten: Gud finns med ett efterföljande förgyllt kors. Tankarna cirkulerade medan hon försökte hitta en lösning av ett nyss påkommet problem.

För tio minuter sedan hade hon ett telefonsamtal med pastorn i församlingen, det vill säga ett allvarligt samtal rörande hennes framtid inom församlingen och inte minst som Kristibrud. Den nuvarande pastor Peter Flodin hade på eget bevåg tydligen sammankallat ett krismöte utan att kalla in henne som ingick i styrelsen. Ett beslut som gjorde henne både arg och inte minst förtvivlad under pågående samtalet.

Enligt vad Peter Flodin var mest uppriven över var att Kristibrud hade visat upp så kallat ockulta ceremonier som var långt borta i från Kristi tro som man möjligen kunde komma, enligt flera närvarande församlingsmedlemmars vittnesmål. Dessutom hade pastorn även vägrat namnge dessa församlingsmedlemmar när Moa ställde frågan.

Moa försökte behålla behärskningen när Pastor Peter Flodin meddelade att hon inte var önskvärd i församlingen och dessutom var hon utesluten från styrelsen. När pastorn tackade för sig så hörde han ett väsande ljud innan samtalet bröts.

Skulle hon flytta? enligt vad pastor Peter Flodin föreslog, tänkte hon medan hon drack lite te. Nej dumheter! Jag ska bilda en ny församling tillsammans med mina allra trognaste medlemmar som stod henne nära som Kristibrud, tänkte hon och reste sig från bordet.

Hon knöt om morgonrocken och gick sedan till diskbänken och ställde ner te muggen. Hon funderade vidare över sin nya situation.

Linda satt vid sängkanten i nyvaket tillstånd och belastade tankarna om hon verkligen skulle resa sig upp och sätta på sig morgonrocken? Varför det? Chris är på jobbet och jag är ensam hemma…Jacob är försv… tänkte hon med en avbruten tanke.

Hon tittade på morgonrocken som hängde på en galge på en klädställning. Nej, hon tar på sig morgonrocken när hon har duschat, beslutade hon sedan.

Medan duschens vattenstrålar sköljde bort schampot från hennes hår så tvålade hon in kroppen. Det var ett visst obehag hon gjorde det med tanke på vad som hade hänt. Duschvattnet avslöjade att hon blödde fortfarande lite vilket var normalt efter ett missfall.

Medan hon satte på sig morgonrocken funderade hon över den situationen som hände i måndags. Vad hade Chris för mänsklig rätt att avbryta en kristlig ceremoni som skulle ge henne möjlighet till en pånyttfödelse och samtidigt komma närmare gud? tänkte hon. Att

Kristibrud går in i ett annat väsen under ett kort ögonblick i sin bön och predikan visade att hon stod närmare gud och hans välsignelse.

Otuktad ceremoni! sa han när han kom inrusande in i kapellet. Tillade sedan: djävulens påfund. Vad hade han för rätt att döma Kristibruds gudstjänst och sedan anklagade henne för att ha försökt driva fram Lucifers ritualer genom mig, tänkte hon när mobiltelefonen ringde i sovrummet när hon var på väg till köket.

Hon skyndade sig tillbaka till sovrummet och svarade.

"Linda!"

"Hej det är Moa."

"Hej! Jag kom precis ut från duschen.", sa Linda.

"Oj, jag kanske ringde lite olämpligt?"

"Nej, Jag är klar och har morgonrocken på mig."

"Hur gick det med Chris? "

"Hur då, menar du? ", undrade Linda.

"Han gjorde väl inte illa dig när ni åkte hem?"

"Nej, nej, nej! Han skulle aldrig göra illa mig fysiskt. Han var egentligen arg för att jag inte hade meddelat vart jag var någonstans!", sa Linda.

"Har du hört något mer om Jacob?"

"Chris bror har kollat upp både rederiet och kapten på den båten. Han tror att Jacob har blivit förflyttat till grannlandet Syrien.", sa Linda.

"Hur mår du?"

"Moa, jag fick missfall för några dagar sedan.", sa Linda med tårar i ögonen.

"Va! Varför ringde du inte?", utbrast Moa förkrossad.

"Jag har legat på sjukhuset och sedan är det Chris som inte vill att jag har kontakt med dig."

"Fick du missfall på sjukhuset?"

"Nej. Jag fick det här hemma när jag befann mig på toaletten."

Det blev tyst. Linda kunde bara höra hur Moa andades i mobiltelefonen.

"Jag kommer över till dig.", sa Moa och avslutade samtalet.

Linda tittade förvånat på sin mobiltelefon.

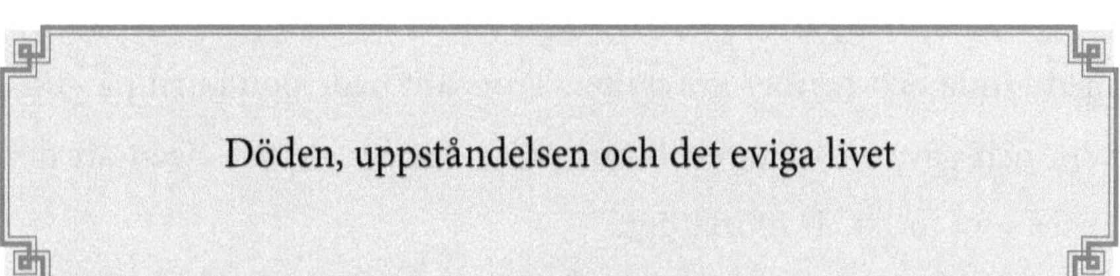

Döden, uppståndelsen och det eviga livet

Kapitel 20

DEN TREDJE DECEMBER 2014

MOA KÖRDE ALLDELES för fort så att hon höll på att missa korsningen mot Arlanda vid Almunge kyrka. Hon var övertygad och därmed fått det bekräftat att något inte stod rätt till med Linda och hennes graviditet. Trots allt hade hon burit på guds verk och gåva. Att låta ett barn spolas ner i toaletten, även att det anses som foster, är oförlåtligt.

Linda satt hemma vid köksbordet och kände en obehaglig känsla av nervositet efter samtalet med Moa Waldarud. Hon tittade på klockan som precis slog elva på förmiddagen. Förmodligen jobbar Chris över idag och Moa behöver inte heller vara här mer än nödvändigt, trots vår gemensamma kärlek till gud, tänkte Linda.

En bil stannade till vid infarten till garaget. Linda tittade ut och såg Moas bil, en blå Audi combi A4. Linda vände sig om och rusade till sovrummet för att hinna byta om innan Moa ringde på. Beslutångesten att välja mellan kjol och jeans gjorde att hon tappade tid vilket stressade henne ytterligare. Det var inte under en övervägning eller ett val att hon valde jeansen utan snarare en snabb instinktiv reaktion som gjorde att hon satte på sig jeansen när det ringde på ytterdörren. Linda gick med snabba steg ifrån sovrummet ut till hallen och stannade till vid ytterdörren för ett ögonblick. Efter ett visst övervägande öppnade hon dörren samtidigt som ringklockan ringde en gång till.

Där stod Moa med ett brett leende och öppen famn klädd i en pälsjacka.

"Hej! Jag kom så fort jag kunde.", sa Moa och kramade om Linda.

Linda besvarade kramen snabbt och släppte in Moa för att sedan skyndsamt stänga ytterdörren. Hon gick snabbt ut i hallen i riktning mot köket.

"Häng av dig och kom in. Jag går och sätter på kaffe under tiden.", sa Linda.

Moa tog av sig pälsjackan och hängde upp den på en galge medan hon såg hur Linda försvann in till köket.

Moa kom in till köket och reflekterade över Lindas oväntade reaktion och nervositet. Hon satte sig ner vid köksbordet medan Linda plockade fram en kaffemugg och ställde fram vid den puttrande kaffebryggaren.

När Linda sedan ställde fram den kaffefyllda muggen till Moa så tog hon tag i Lindas arm.

"Vad är det?", frågade Moa med en stirrande blick.

"Jag ska bara hämta min mugg.", sa Linda och tog sig loss och skyndade sig fram till kaffebryggaren och tog sin mugg.

Linda satte sig mitt emot Moa och drack lite av sitt kaffe innan muggen ställdes på köksbordet.

"Hur är det?", frågade Moa.

"Ärligt talat. Det är väldigt påfrestande att heta Linda och hamna i kläm mellan dig och Chris. Han vill inte att du och jag ska umgås eller ha någon kontakt överhuvudtaget.

Moa log.

"Det är tydligen fler och fler som inte vill ha med mig att göra tydligen."

Linda tittade på Moa med frågande blick.

"Vad menar du?"

"Jag har haft ett intressant telefonsamtal med pastor Peter Flodin.", sa Moa.

"Och?"

"Vad som framkom i samtalet var att jag inte var önskvärd i församlingen helt enkelt. tydligen var det några församlingsmedlemmar som hade reagerat negativt vid vår sista gudstjänst."

Linda visade synnerligen ett förvånat ansiktsuttryck och skakade sedan på huvudet.

"Jag tror inte att Chris skulle ligga bakom…" sa Linda och blev avbruten.

"Nej, det tror inte jag heller, Linda. Jag funderar på att starta en egen församling i stället för att ta strid. Jag är utvald som Kristibrud och inte ens döden kan frånta mig det.

Linda log medan hon fångade upp Moas kvinnliga charm.

"När kommer Chris hem?", frågade Moa.

"Det dröjer flera timmar till dess och förmodligen blir det övertid som vanligt."

"Vill inte du hellre…", sa Moa när hon snabbt blev avbruten.

"Nej…Jag vill ha det så här just nu.", sa Linda.

"Okej. Linda, vi måste ordna en värdig begravning.", sa Moa och tog tag Lindas händer och varsamt smekte dem.

Linda tittade förvånat på Moa.

"Va?"

"Vårt barn, guds gåva, kära du.", sa Moa med ett leende.

"Ja men…snälla Moa. Fostret är nedspolat i toaletten."

"Jag förstår. Vi ska försöka leta fram det och ge det en värdig begravning i Guds namn."

Linda stirrade förskräckt på Moa och gjorde sedan en grimaserande min.

"Var då någonstans?!", sa Linda

"Utanför vårt kapell.", föreslog Moa med ett leende som snabbt tynade bort och förvandlades i stället till ett allvarsamt ansiktsuttryck.

"Har inte det här dragit i väg en aning? "

"Skulle du acceptera att bli nedspolad i en toalett när du dör? ", frågade Moa.

"Absolut inte!", protesterade Linda.

"Nej, precis. Varför får då inte din avkomma och guds gåva en värdig begravning? "

Linda tittade frågande på Moa som drack sista kaffeslurken innan kaffemuggen ställdes på bordet.

"Jag behöver en sliten jacka som du inte är rädd om.", sa Moa och reste sig från bordet.

Klädd med en vinterjacka som hade sett sina glansdagar hade Moa vart ut till redskapsförrådet och hämtat ett spett, räfsa, samt ett äldre borstskaft. Hon gick runt huset och lämnade allting vid avloppsbrunnen som hon tidigare hade inspekterat. Linda stod motvilligt vid fönstret och följde Moas förehavanden. Ska hon ta sig in i avloppstanken? tänkte hon bestört.

Med hjälp av spettet lyckades Moa förflytta betong-locket och placerade det lutandes mot betongkanten. En vidrig stank spred sig snabbt vilket medförde att Moa fick kväljningar. Hon tog fram en mindre ficklampa som hon tidigare hämtat ifrån sin bil. Hon började lysa ner i avloppstanken samtidigt som hon vred bort huvudet för att kunna andas någorlunda frisk luft. Hon tog ett nytt djupt andetag och började titta ner i avföringen med förhoppning att kunna hitta fostret och kunna avlägsna det från avloppstanken.

Moa fick syn på någonting som förändrade bilden av den skumbildande jäsande yta som hade bildas. Vid andra sidan av avloppstanken strax under kanten vid den utstickande delen betong-locket låg något ballongliknade och flöt på ytan. Moa tog fram räfsan och försiktigt drog fram den ballongformade föremålet. hon vände sedan på räfsan och lyfte upp det och la sedan ner på marken.

Linda kom utspringande och stannade till vid Moa.

"Vad har du hittat? Gud vilken stank!", utropade Linda med en kraftig grimas.

"Hämta vatten.", sa Moa medan hon backade några steg för att få frisk luft.

Linda sprang och försvann runt huset. Strax därefter kom hon tillbaka med en fylld vattenkanna. Moa tog vattenkannan och började vattna på den ballongliknade föremålet. Efter ett litet ögonblick kunde man skönja något som liknande ett foster som var cirka 6 cm. Förmodligen hade fostersäcken fyllds med svavelväte som möjliggjorde att fostersäcken kunde hålla sig flytande i avföringen.

Linda stirrade chockerat på fostersäcken med bägge händerna täckta över munnen.

Chris var på väg hem efter halva dagen för att ledningen på Karolinska institutet K4 hade reagerat på hans övertidstimmar. Han gladde sig åt att äntligen kunde han åka hem tidigare och sedan kunna överraska Linda med lite blommor och speciell inhandlad och påkostad middagsmat. Middagen skulle avnjutas med en nyinköpt flaska rödvin.

Arbetsgruppen på K4 klarade sig själva den här dagen vilket möjliggjorde att Chris inte protesterade när han fick order att åka hem. Vid slutet av Hagvägen så svängde han höger ut på Rundbyvägen. Alldeles strax skulle han vara hemma, tänkte Chris när han mötte en blå Audi A4 combi som precis hade kört ut från Lillvägen. När bilarna passerade varandra såg Chris med bestörtning att det var Moa Waldarud som han mötte.

Chris parkerade bilen på garageinfarten och skyndade sig ur bilen med sin dokumentportfölj i högsta hugg. När han rundade huset fick han se Linda komma ut från redskapsskjulet och stannade plötsligt till när hon fick syn på Chris. Han stannade och blev överraskad med att finna Linda vid redskapsskjulet.

Chris gick fram och ställde sig framför Linda med en bestämd blick.

"Vad är det här!?", utropade Chris.

"Hej älskling! Vad pratar du om? "

"Vad gör du inne i redskapsskjulet?", sa Chris.

"Snälla älskling vad är det? Varför har du kommit hem så tidigt, har det hänt något? "

"Vad det är! Om det har hänt något? Låt mig få ställa samma fråga till dig.", sa Chris.

Linda försökte beröra honom men Chris reagerade med att backa några steg stirrandes på henne.

"Vet du vem jag mötte här ute på vägen och utkörande från vår väg?", sa Chris med en bestämd blick.

"Nej, vem då älskling?"

"Moa!"

Linda stirrade ner på gräsmattan och försökte finna en förklaring som inte skulle sluta med ett verbalt erkännande. I stället rann betänketiden ut i sanden när hon inte kunde hitta en vettig förklaring.

Hon började gråta och tog av sig sina arbetshandskar och kastade dem på gräsmattan framför   fötterna på Chris.

"Det där hjälper inte.", upplyste Chris.

"Nähä! Vad är det då som hjälper?", snyftade Linda.

"Sanningen. Vad gjorde Moa här? "

"Hon hämtade vårt barn."

Chris stod och stirrade på henne med halvöppen mun.

"Barn! Vilket barn?"

"Som vi förlorade.", sa Linda

"Va! Jacob!? ", utbrast Chris med chockerat ansiktsuttryck.

"Nej! Vi har förlorat ett barn till! Jag fick ju för sjutton missfall!"

Chris vända sig om och funderade om han verkligen hade hört rätt.

"Linda, vad har Moa gjort här egentligen?"

"Hon hittade fostret i avloppstanken. Hon ska ge en kristlig begravning i guds namn."

Chris stod som förstummat. Vad skulle han säga? Vad det här verkligen sant? Eller har de haft ytterligare så kallat ett själavårdsamtal med varandra? Tänkte Chris.

Chris vände sig om och gick i väg och försvann runt huset. Linda följde efter och stannade till vid husknuten och tittade.

Chris gick sakta runt avloppstanken. Mycket riktigt det var mängder av fotspår vid avloppstanken samt stickmärken i gräsmattan. Det här har inte slamsugarbilen gjort, tänkte han och vände sig mot Linda borta vid husknuten." Har hon hittat fostret här i tanken? "

"Ja", svarade Linda innan en ny gråtattack inledes.

Chris skakade på huvudet. Han gick till bilen och hämtade blomsterbuketten och slängde den framför fötterna på Linda.

"Det här kom väldigt oväntat måsta jag säga. Jag har handlat mat och blommor för att överraska dig med något trevligt, något vi inte är bortskämda över.", sa Chris och visade sin besvikelse.

"Förlåt älskling! Det här blev så himla fel av mig att låta bli påverkad av Moa. Hon trycker på rätta knappar som leder till att jag får svårt att säga nej. Jag har inte den styrkan helt enkelt hur banalt det än låter."

"Vart skulle Moa nu?", sa Chris och vände sig om och började gå mot bilen. "Kom.", tillade han medan han gick. Linda gick efter och såg lite frågande ut. Chris stannade till vid främre passagerare sidan och öppnade bildörren. Han plockade fram papperskasse från City Gross och räckte över den till Linda.

"Här är maten som jag har handlat och nu får du tillaga den medan jag är borta. Är du med på vad jag säger?", sa Chris.

Linda tog papperskassen och tittade i den.

"Vart ska du?", sa Linda medan hon tittade upp från papperskassen.

"Vart skulle Moa? "

"Jag vet inte.", svarade Linda.

"Okej, då vet jag inte heller vart jag ska.", sa Chris med en irriterad blick.

"Snälla!", bad Linda medan Chris satte sig i bilen och startade motorn.

"En gång till, vart skulle Moa?", upprepade Chris med högerhanden placerad på växelspaken.

"Hem…nej!... till kyrkan.", sa Linda med panik i rösten.

"Bra. Nu vet jag vart jag ska någonstans.", sa Chris och började backa bilen medan han stängde förardörren.

Att dö är seger, inte nederlag. Det lyser över bergen.

Natt har blivit dag. Sörj inte den som äntligen är fri

Och frukta ingenting ty Gud är liv.

Bo Setterlind

Kapitel 21

DEN TREDJE DECEMBER 2014

MOA ÖPPNADE BAGAGELUCKAN på bilen och tog skyndsamt ut en spetsig spade. Bredvid låg en pappkartong som var adresserad till karolinska institutet K4. Hon vände sig om för att kontrollera att hon var ensam därefter tog hon tag om kartongen med lite famlande för att få ett bra grepp om kartongen tillsammans med spaden.

Hon hade bestämt sig var graven skulle ligga särskilt nu som hon hade blivit exkluderad ifrån församlingen. Det finns en plats i närheten av entrén till kyrkan där det skulle vara lätt att gräva i eftersom marken bestod av mest sandjord.

Moa lade ner kartongen på marken och började genast gräva. Hon hade bestämt sig att hon skulle gräva så pass djupt att inga vilda djur kommer åt fostret. Efter en halvtimme låg kartongen i den öppna gropen varvid Moa började med att skotta igen gropen. När gropen slutligen var igenfylld till marknivå gick hon ner på knä och krypandes försökte dölja alla tänkbara spår med händerna vid den nysatta graven.

Hon skyndade sig tillbaka till bilen och hämtade en kniv som låg på passagerarsätet. Hon gick förbi församlingshuset i riktning mot andra sidan vägen vid en gammal grävmaskin av märket Åkerman H7 där församlingen hade samlat ihop ris och bråte till nästa års majbrasa. Efter en stunds letande i rishögen fann hon en gren från en Rönn. Med lite lättare täljarbete så skulle man få arbetsstycket formad till ett kors.

På vägen tillbaka mot den nysatta graven var oroskänslan mer påtagligare än tidigare. Skulle hon bli påträffats här på plats av någon församlingsmedlem eller någon från styrelsen inte minst, skulle hon trots svårigheter inte kunna förklara hennes avsikter på plats. I allra helst som Kristibrud, och om varför hon hade gjort en jordfästning utanför deras församlingslokal och kyrka. Att sedan kunna på ett logiskt sätt förklara vem som ligger i graven skulle höja svårighetsmomentet till ett motto av oförklarliga anledningar och inte minst ur ett logiskt perspektiv.

Moa pressade ner det handgjorda korset vid graven med en påföljande kort bön som slutligen avslutades med ett amen.

Chris som närmade sig Knutbyförsamlingen kunde observera på avstånd den blå Audi combin som stod parkerad med vidöppen bagagelucka. Chris gasade på när det återstod ett par hundra meter innan han stannade bredvid Audin med en tvärnit och klev raskt ur bilen för att började gå mot entrén. Han visste inte riktigt hur han skulle reagera när han väl skulle möta Moa Waldarud öga mot öga. Inte heller vad han skulle säga till henne. Allting hade blivit så abstrakt och så fulländat galet och därtill utövande en okonventionell kristen tro som mer och mer efterliknar exorcism, tänkte han.

Halvvägs till entrén hörde Chris oväntade snabba steg bakom sig. Han kände en doft av damparfym under ett kort ögonblick innan ett kraftigt slag träffade bakhuvudet och det svartnade i Chris medvetande samtidigt som kroppen träffade marken.

Chris vaknade upp liggandes på marken. Med tanke på att det var fortfarande ljust ute så hade han förmodligen inte varit avsvimmat så värst länge, konstaterade han med kraftig smärta över bakhuvudet. Han såg även att den blå Audin var borta och kvar stod bara hans vita Mercedes. Chris reste sig upp försiktigt och kunde känna att han i vart fall kunde stå obehindrat.

Innan han vände sig om fick han en bit bort se en stående gren som var nedstucken i marken och var utformad som ett kors. Han gick dit och stannade till. Instinktivt vände han sig om för att försäkra sig att det inte kom fler bakomvarande överraskningar.

Efter att undersökt marken noga kunde han konstatera att någon nyligen hade förmodligen grävt här och med tanke på det hemgjorda korset placering så var det förmodligen en grav. Det här måste ha varit Moas verk, konstaterade Chris och vände sig om och gick till bilen.

Tyvärr så var Moa inte hemma när han åkte dit på vinst och förlust eftersom inte hennes bil stod där. Det var inte heller någon som öppnade ytterdörren när han ringde på. Det var bara att åka hem och bli omplåstrad av Linda.

En timme senare parkerade Chris bilen på garageinfarten. Han kunde genom fönstret se hur Linda inne i huset höll på i köket. Förmodligen så var maten säkert klart och han fick återigen samla mental kraft för att ha ork att besvara alla hundra frågor som skulle komma från Linda innan han klev ur bilen.

"Det är klokare att gå sin egen väg än att gå vilse i
andras fotspår."

Kapitel 22

DEN ÅTTONDE DECEMBER 2014

ET ÄR MÅNDAGSMORGON inne på Kronobergshäktet när cell nr 26 öppnas av två kriminalvårdare som för ordningens skull sa godmorgon. Yasmin satt i sin säng och var påklädd och klar för dagens prövningar.

En av kriminalvårdarna som hade Yasmins jacka, gick in och räckte över den till henne:

"Då var det dags att åka.", sa kriminalvårdaren medan Yasmin satte på sig jackan.

Tillsammans med de två kriminalvårdarna gick de till hissarna och åkte sedan ner till garaget till en väntande vit Volkswagen buss som det stod, Kriminalvården, med en röd stripe runt bilen. Yasmin och de två medföljande kriminalvårdarna klev in i bilen och satte sig i baksätet. Det var dags att åka till Södertörnstingsrätt.

Färden till Huddinge blev i det närmaste okomplicerat trots trafiken. När man kom fram till adressen: Björnkullavägen 5 A i Flemingsberg så hade man kommit före beräknad ankomsttid med en kvart. Yasmin och tre kriminalvårdare gick in genom den stora glasentrén som ingick i det stora glaskomplexet som vette ut mot gatan och där Södertörnstingsrätt hade sitt säte.

Efter att ha tagit hissen till första våningsplanen fick Yasmin och kriminalvårdarna sätta sig ner på sofforna i väntsalen. En av kriminalvårdarna hade för avsikt att hämta kaffe till sig själv samt sina kollegor. När han gick i väg så råkade han krocka med en äldre kvinna som var klädd i en blå kappa och en randig sjal runt huvudet. Kvinnan bad hemskt mycket om ursäkt med dålig svenska till kriminalvårdaren och fortsatte vidare i sakta mak.

Yasmin följde den äldre damen med blicken tills hon försvann utom synhåll.

"Jag skulle behöva gå på toaletten.", bad Yasmin.

"Okej, följ med så ska jag visa dig.", sa en av kriminalvårdarna.

Yasmin reste sig tillsammans med kriminalvårdaren och gick tillsammans i väg. När det kom fram till toaletterna gav Yasmin en snabb blick ut i väntsalen och fick ögonkontakt med den äldre damen. Yasmin gick sedan in på toaletten och låste om sig medan kriminalvårdaren stod kvar utanför.

Borta vid kaffeautomaten stod kriminalvårdaren och fyllde muggarna med kaffe. Av någon okänd anledning kände han att det luktade bränt medan den gamla damen hade precis passerat förbi. Det började ryka kraftigt ur kriminalvårdarens bakficka varvid mindre eldslågor visade sig. Kriminalvårdaren fick panik och började ropa högt efter hjälp i sin bärbara komradio.

Samtliga kriminalvårdare sprang för att undsätta och lyckades till slut att få av honom byxorna medan en av kollegorna hämtade en brandsläckare och släckte elden.

Kriminalvårdaren som hade ansvaret för Yasmin kom precis på att han hade lämnat den häktade utan någon som helst uppsikt av vederbörande och skyndade sig tillbaka för att konstatera att toalettdörren var fortfarande låst.

Sedan kom frågan, är det hon som är kvar i toaletten eller är det någon annan? Han gick fram och knackade på dörren. Inget svar. Han knackade igen lite hårdare, fick fortfarande inget svar.

"Hallå!", Ropade han. Inget svar.

Han tog komradion och ropade efter förstärkning. Inom loppet av en minut kom kollegorna till undsättning. De knackade och bultade på dörren utan någon som helst reaktion.

"Hämta vaktmästaren!"

En kollega sprang i väg och rusade sedan ned för trapporna. Efter fem minuter kom kollegan tillbaka tillsammans med en kvinnlig vaktmästare. Hon låste upp toalettdörren och öppnade. Tre kriminalvårdare stod och stirrade in i den tomma toaletten med frågande ansiktsuttryck.

Hämnden är ofruktsam. Dess frukt är mord och dess följd är förtvivlan.

Friedrich von Schiller

DEN NITTONDE DECEMBER 2014

RESAN MED BIL från Aqqra i Syrien till Ankara i Turkiet tog över femton timmar. Strax före gränsen fick Jacob, Mustafa och två IS krigare skifta klädsel för att smälta in bland de turkiska invånare så mycket som möjligt innan man passerade gränsen med turkisk registrerad Peugot 505. Färden fortsatte efter att ha uppvisat sina identiteter med falska pass vid gränskontrollen med utökad militär närvaro.

Jacob satt i baksätet tillsammans med Mustafa medan de passerade staden Gaziantep och vidare mot Sivas. Halvvägs till Yozqat stannade de till för ett kortare matuppehåll samt bensträckning. Under hela vägen hade Mustafa systematiskt och pedagogiskt bearbetat Jacob om Islamska statens ideologi och vikten att känna Allah och hans tro.

Färden gick vidare medan den grönskade vegetationen i omgivning blev allt glesare och övergick sedan till mer bergigt landskap. De mötte turkiska militärfordon både i konvojer och enskilda fordon. Mustafa glädje sig att deras maskering för att smälta in bland turkiska invånare verkade ha fungerat väl trots alla vägspärrar längs vägen.

Jacob var bekymrad i sina tankar. Under den tiden som han hade befunnits sig i Aqqra dök aldrig Yasmin upp som det var utlovat. Han hade flertalet gånger frågat Mustafa var Yasmin hade tagit vägen men hade fått såväl undvikande som svävande svar att hon var på väg eller det fanns försvårande omständigheter att komma till Syrien just nu, men hon kommer så fort det finns ett tillfälle. Ett alltför formellt svar som Jacob fick höra varje gång han ställde frågan.

Det fanns också en ytterligare fundering som uppehöll hans tankar. Han ställde vid ett tillfälle frågan till Nassiva om hon visste när Yasmin skulle komma? Då hade hon ryckt på axlarna och ställt sedan motfrågan, vem är Yasmin?

Jacob fick inte ihop det. Om inte ens Nassiva visste vem Yasmin var för någon trots att hon var dotter till Abu Bakr? Varför skulle då Yasmin komma om ingen kände henne? Ja, det kan vara så att hon ska komma bara för hans skull, tänkte han och fann i ju med det en logisk förklaring. Jacob tittade på Mustafa vars ansiktsuttryck gav intrycket att han såg i fram emot den här långa resan till Ankara.

De närmade sig huvudstaden Ankara. Jacob tittade sig omkring med nyfikna ögon på omgivningen. Det fanns både höghus och enskilda fastigheter och gamla tempelruiner. Moskéernas torn fanns lite överallt varefter de körde på väg D200. De stannade till vid ett varuhus. Mustafa gav order till IS männen att sitta kvar i bilen. Han öppnade bakdörren och släppte ut Jacob som stannade till och det var med förvånat ansiktsuttryck han tittade sig omkring.

Mustafa log och gav sedan en gest att Jacob skulle komma fram till honom. Han rättade till Jacobs klädsel och såg till att ansiktet doldes ytterligare så att det inte väckte någon större uppmärksamhet.

Inne i varuhuset kom det fram kvinnor som ville hälsa på Jacob men vid varje försök avstyrdes konsekvent av Mustafa. Med en kundvagn handlade Mustafa mat som slutligen fyllde tre stora papperskassar. Jacob fick bära en av kassarna när de passerade genom entrén som bevakades av två poliser medan människor, cyklister och mopeder om vartannat passerade förbi utanför.

En av IS männen stod utanför bilen med öppen bagagelucka varvid matkassarna placerades i bagageutrymmet. Mustafa lät Jacob kliva in i baksätet först innan han själv satte sig i bilen och stängde bildörren. Klockan var då tjugo över sju på kvällen.

Efter ytterligare tjugo minuters bilresa stannade de till på Güvenlik gatan vid entrén till Kinghotell, som låg något kvarter från Ambassadkvarteren. Mustafa och Jacob klev ur bilen medan en av IS männen räckte fram en av matkassarna till Mustafa och tackade för sig för att därefter sätta sig i bilen. Jacob såg hur den vita Peugot 505 åkte i väg för att sedan försvinna framför en buss. Han vände sig om och såg hur Mustafa hade sträckt ut sin hand mot honom. Jacob tog hans hand och tillsammans gick de in genom Hotellentrén.

Vid den lite enklare receptionen stod en medelålders kvinna och tittade på tv medan hon rökte. Mustafa knackade på receptionsdisken för att få hennes uppmärksamhet.

"Jag har bokat ett rum.", sa Mustafa på turkiska innan han tittade mot entrén och sedan på damen som med kraftig hosta höll på att släcka cigaretten.

"Ditt namn?"

"Emrah Okyar"

"Där har vi dig. Rum 25"

"Jag har beställt två rum", anmärkte Mustafa.

"Ja ja ja…rum 22", sa kvinnan medan hon tog två nycklar från en numrerad nyckeltavla. Bredvid hängde ett fotografi av den nyvalda presidenten Recep Tayyip Erdogan.

Hon slängde nycklarna lite respektlöst på disken medan hon gav Mustafa en irriterad blick eftersom hon inte kunde följa tv-serien som visades på tv.

Mustafa gav henne en bestämd blick innan han tog Jacobs hand. Tillsammans gick de uppför trapporna till första våningen. Mustafa låste upp rum 25 och gav Jacob en gest att gå in. Rummet var i förhållandevis enkelt möblerat. En svart säng med höga sänggavlar, ett litet skrivbord samt en mindre modell av byrå som bröt av färgstrukturen i rummet med grått.

"Det här blir ditt rum, Jacob.", sa Mustafa på engelska.

"Vart ska du sova?"

"Jag har rum nr 22, snett över korridoren.", sa Mustafa och log.

"Ska jag sova själv här?"

"Nej. Allah är hos dig och vakar över dig."

Mustafa log och gick ut och ställde sig i korridoren.

"Du kan sova tryggt här. Jag låser din dörr och då kommer ingen in. Dessutom finns jag bara två dörrar ifrån dig. Sov gott.", sa Mustafa och stängde dörren.

Jacob hörde hur Mustafa låste dörren och därefter gick några steg och stannade. Han hör sedan hur nycklar skramlar och en dörr som öppnades och sedan stängdes.

Jacob tittade på sängen och funderade om han skulle ligga med fötterna mot dörren eller med huvudet mot dörren. Han bestämde sig att ligga med benen mot dörren och ha huvudet mot fönsterväggen. Han klädde av sig och kröp under täcket som hade en säregen doft. Han hörde hur det lät ifrån sängens fjädring så fort han rörde sig.

Jacobs tankar hade ingen ro. Han tänkte på mamma och pappa och var mer eller mindre införstådd att han inte skulle få träffa dem något mer, men saknaden fanns alltjämt där. Han bad en bön där han bytte ut orden Gud och Jesus till Allah.

Allah, du är barnens vän. Du har i Bibeln sagt

att barnens änglar får se Allahs ansikte och att

himmelriket tillhör barnen. Jag ber för detta

barn. Bevara och beskydda det. Låt det få växa

upp i trygghet och kärlek. Välsigna Yasmin, Mustafa

så att de vårdar och fostrar sitt barn med all

kärlek och vishet. Ge dem fasthet och lugn.

Låt detta få ett lyckligt och meningsfullt liv

genom tron på dig. Amen

INSHA ' ALLAH – OM GUD VILL.

*　　*　　*

Den tjugonde december 2014

KLOCKAN var sju på morgonen när Jacob vaknade med ett ryck när en hand vidrörde hans axel. Mustafa log medan han rufsade till Jacobs ljusa hår.

"God morgon.", sa Mustafa.

Jacob sträckte på sig med hela sin kroppslängd.

"God morgon", sa Jacob med en frågande blick.

"Upp och hoppa, det är dags för frukost.", sa Mustafa och vände sig och gick mot dörren.

Jacob klev ur sängen och skyndade sig att klä på sig. Efter Mustafas tillrättavisning så ändrade Jacob sin huvudbonad likt en hijab så att ansiktet doldes mer för offentlig syn.

Frukosten serverades inne på rummet. Som bestod av en puré av kikärter, små bollar med ris och kött, couscous, vitt bröd, varmt te.

Efter frukosten gick Mustafa och Jacob ut på gatan. Där stod de två IS männen vid den vita Peugot 505. De gjorde en diskret hälsning till Mustafa och Jacob som besvarade med samma gest. Det vill säga underarmen mot bröstet med knuten näve. Därefter skedde en offentlig välkommande med både handskakningar och kramar där även en inledande hälsning konversation skedde på turkiska. Jacob log bara precis som han hade blivit tillsagd att göra.

Tillsammans klev de in i bilen och åkte i väg i morgonrusningen. Efter att svängt höger vid första korsningen körde man till nästa korsning där motorleden passerade förbi. Svängde höger igen ut på Kug´ulu Altgercidi som var parallellgata till motorleden 110 Atatürk blvd. De passerade förbi den högra delen av Amerikanskaambassaden som bevakades av amerikanska soldater. Vid första tvärgatan stannade de till för ett ögonblick. De tittade mot entrén till ambassaden varav Mustafa gjorde en nickande gest.

"Här Jacob…är vårt gemensamma mål. Titta noga nu för vi har kort om tid.", sa Mustafa och satte handen över axeln på chauffören. Jacob tittade över gatan och mot själva entrén. Mustafa knackade på axeln och Chauffören körde vidare.

"Du ska stå precis före busshållplatsen och köra din radiobil.", sa Mustafa.

"Okej."

"När den här lastbilen kör in mot entrén så ska du köra under den. När lastbilen stannar vid bommen trycker du på den gröna knappen som du har övat på.

"Vad händer sen?", frågade Jacob.

"En konsekvens av flera efter att dödat vårt folk och tro och inte minst heder.", konstaterade Mustafa.

"Du kan få barn att göra vad som helst bara du leker med dem." – Otto Von Bismarck

Kapitel 24

DEN TJUGOTREDJE DECEMBER 2014

ET VAR HELA gårdagens eftermiddag som Jacob hade tränat med att köra den radiostyrda bilen som var en Quantum MT80A Flux. Den var också ombyggd för ett enda syfte och förhållandevis stor i jämförelse med originalet. Med tanke på storleken var den ändå relativt lättkörd via den RC-radio som tillhörde, enligt Jacobs tycke och bedömning.

Klockan var kvart i nio på förmiddagen då Jacob blev avsläppt ett kvarter ifrån amerikanska ambassaden. Han hade en ryggsäck bärandes bakom ryggen medan han gick längs med gatan. Han vek av sedan till höger och följde gatan och stannade till mittför entrén till ambassaden.

På motsatta sidan av vägen patrullerade en soldat med hund längs med yttersidan av muren. Jacob tog av sig ryggsäcken vid en busshållplats och placerade den på asfalten.

Efter tio minuter började han gå bärandes med sin ryggsäck och stannade till på den plats som han blev anvisad.

Klockan var nu nio på morgonen när han plockade upp sin radiostyrda pickup med en låda monterad på flaket. Jacob provkörde bilen lite fram och tillbaka och stannade bilen där han stod.

Strax efter kom en buss och stannade till vid busshållplatsen och släppte av människor. Några av passagerarna passerade förbi Jacob som stod med sin radiostyrda bil. Ingen reaktion, ingen stannade, alla var på väg någonstans, vilket det tydde på att Jacobs förklädnad fungerade utmärkt.

En blåvit lastbil svängde in på gatan och körde förbi Jacob där han stod vid vägkanten. På logotypen stod det LPG DURULSAN där en symbolisk gaslåga ingick i själva texten på logotypen. Lastbilen bromsade in innan den svängde in mot själva ambassadområdet och dess säkerhetszon. Jacob satte sig på huk och tryckte på en knapp på RC-bilen. Han tog tag i radion och förde en spak framåt varvid bilen spann till innan den åkte i väg. Den radiostyrda bilen närmade sig snabbt lastbilen. Jacob bromsade in bilen medan den åkte under lastbilen när den körde i riktning mot säkerhetsvakterna och bomspärren.

Lastbilen stannade till vid den stängda bommen varvid två amerikanska soldater gick fram och begärde identitetshandlingar samt handlingar som angav själva anledningen till besöket. Två säkerhetsvakter rullade fram undersökningsstativ med påmonterade speglar.

En av soldaterna hukade sig ner för att inspektera under lastbilen. I samma ögonblick och sekund han observerade den radiostyrda gröna bilen tryckte Jacob på den anvisade gröna knappen på radiokonsollen.

Under samma ögonblick filmade CNN inför ett kommande reportage när explosionen kom med efterföljande tryckvåg som blev enorm. Vaktbyggnaden intill bokstavligen flög i väg under det brinnande inferno som uppstod. Tryckvågen träffade filmteamet som stod ute på gatan som samtidigt vräktes omkull med all utrustning medan filmkameran filmade.

Jacob såg hur lastbilen exploderade i ett enormt eldhav varav den efterkommande tryckvågen träffade Jacob så att han ramlade omkull och hans hijab flög i väg med vinden från tryckvågen. Jacob kände sedan en hetta medan han under ett panikartat scenario försökte resa sig upp. En brinnande arm landade cirka fem meter bort från Jacob medan han såg flertalet personer på ambassadområdet som brinnande sprang skrikandes efter hjälp.

Med en paralyserad blick stirrade Jacob på filmteamet som befann sig ca trettio meter ifrån. Sedan reste han sig och stirrade med chockerat ansiktsuttryck på det brinnande kaos och förvirring som hade uppstått efter explosionen.

Flertal soldater kom springandes under ett skriande larm ifrån ambassadområdet och på distans hörs utryckningsfordons sirener som ökade i styrka ju närmare de kom.

En bronsfärgad Renault Megané combi kom i hög fart och tvärnitade vid T-korsningen. En man klev ur från passagerarsidan samtidigt som en annan man kom ut från bagageluckan.

En av männen sprang och mötte Jacob medan den andre mannen plockade upp Jacobs jihab som låg på gatan. Den mötande mannen tog tag i Jacob och slängde upp honom i famnen och sprang tillbaka till bilen hojtandes på arabiska. Jacob kastades in i bilen i samband med att bilen började sakta rulla så att mannen hann kliva in i bilen. Med spinnande däck for bilen i väg och försvann in i den pågående morgonrusningen medan en växande svart rökpelare steg upp mot skyn från ambassadområdet.

Hemma på Lillvägen satt Chris och Linda i soffan med teven påslagen. De hade gemensamt ätit middag mot kvällningen och försökte få ihop med att livet och äktenskapet skulle få en fortsättning trots efter allt som hade hänt.

Klockan blev halvåtta och Rapport skulle sändas i tv. Både Linda och Chris tittade förstrött och i det närmaste med ointresse medan man visade ett kortare intro av kommande nyhetsinslag. Man inledde med en förhandsvisning om ett sprängattentat som var filmat från luften över amerikanska ambassaden i Ankara, Turkiet då Chris tog tag Lindas arm. Man började att visa inslaget om sprängattentatet i Ankara med ett direkt reportage ifrån CNN.

Chris och Linda fick både se och uppleva vid ett kort ögonblick hur en pojke låg på gatan och stirrade chockerat rätt i kameran i samma ögonblick hans jihab flög i väg av själva tryckvågen. Linda skrek till i samma ögonblick som hon tog tag i Chris arm. Med andan i halsgropen fick de se pojken resa sig upp. I ett chockerat tillstånd så var Pojken instinktsvis på gång att springa när en främmande man kom springandes i mot honom. Mannen tog tag i pojken och sprang sedan i väg med honom bärandes till en väntande bil. För att där blev mer eller mindre burdust in slängd i bilen som rullade sakta och därefter försvinna ifrån platsen.

Reportaget avslutades med att visa den amerikanska flaggan som vajade strax bortanför en växande svart rökpelare.

Nynazism är en term som syftar på olika politiska rörelser som har etablerats efter andra världskrigets slut, med målet att återuppliva nationalsocialismen som ideologi.

Nynazister använder sällan ordet nynazist för att beskriva sig själva, och brukar oftast favorisera termerna nationalsocialist, nationalist eller liknande begrepp. Vissa grupper och individer som stöder ideologin tar öppet avstånd från nazist-relaterade termer för att undvika socialt stigma och lagliga konsekvenser. Vissa europeiska länder har lagar som förbjuder nazistiska, rasistiska eller antisemitiska yttranden.

Nynazister brukar ofta använda indoariska symboler som var i bruk i Nazityskland, såsom svastikan, sigrunor och det röd-vit-svarta färgschemat. Nynazistisk aktivitet verkar vara spridd över hela världen, med organiserad representation i många länder, samt även internationella nätverk. Nynazism har även uppmärksammats i Israel. Wikipedia

Två år senare

Kapitel 25

FÖRSTA MAJ 2016

ET VAR ONSDAG förmiddag när regiontåget från Stockholmscentral ankom till Uppsala central då tio minuter för sent, nämligen klockan 10:44.

Från den mittersta vagnen klev en medelålders dam ut på perrongen med trilskandes resväska som i sin tur spärrade utgången. Där stod också två snaggade tonåringar med finnig hy och hade således bråttom ut. Jimmy och David som var klädda i svarta bomberjackor och svarta byxor med tillhörande och matchande marschkängor var smått otåliga.

Jimmy tog ett steg fram och gav resväskan en rejäl spark så den i sin tur föll ner på själva perrongen med ett bakomliggande hånskratt som följd.

"Du glömde din jävla väska, kärring.", ropade Jimmy med ett efterföljande hånleende och tittade sedan på David för att få medhåll för sin brutala gärning.

Kvinnan hukade sig ner försiktigt för att resa upp väskan medan hennes skrämda blick var fokuserad på bägge pojkarna vid utgången.

"Känner ni stolta nu! ", sa kvinnan medan hon drog undan väskan för att inte vara i vägen.

Både Jimmy och David klev ner på perrongen och ställde sig trotsigt framför kvinnan i en givakt posering med högerarmarna utsträckta i en typisk nazisthälsning.

"Sig Heil!", utropade de vilket gjorde att kvinnan backade två steg av ren förskräckelse.

"Men vad gör ni!" utropade kvinnan medan både Jimmy och David visade ett grinande hånflin.

Both Toranga hade precis klivit av tåget då han hörde bakom sig att någon utropade "Sig Heil" Han vände sig om och fick se två välsnaggade tonåringar klädda i bombarjackor som gjorde en nazisthälsning mot en äldre dam. Hon försökte ta sig förbi ungdomarna med sin resväska men blev hela tiden hindrad av de bägge pojkarna.

Vad håller de på med! tänkte Both medan han i samma ögonblick beslutade att gå fram och hjälpa henne. Both var en sydafrikansk yngre välväxt kille som dessutom var vältränad efter åtskilligt nedlagd tid på gymmet. Both stannade till medvetet mellan kvinnan och de två hånflinande killarna.

"Hej! Har du problem med de här killarna?", frågade Both till kvinnan innan han reflexmässigt flyttade blicken mot bägge killarna.

Kvinnan nickade medan hon tog ett nytt grepp runt handtaget på resväskan.

"Vad fan är ditt problem?", sa Jimmy och plockade fram en 1,5 liters coca-cola som var instucken i bombarjackan.

"Negerjävel!", tillade David samtidigt som han bröstade upp sig.

Jimmy skruvade upp korken på flaskan och drack två rejäla klunkar som bestod av en blandning med hembränt och coca-cola innan flaskan räcktes över till David.

"Grabbar, jag tycker att ni fortsätter dit ni var på väg och lämna henne ifred.", uppmanade Both som tog ett markerande steg närmare killarna.

Jimmy flyttade inte på sig utan svarade med ett hatiskt stirrande blick mot Both. David däremot drog in bröstkorgen och backade tre steg.

Jimmy kastade en snabb blick på David.

"Vad fan! Backar du för en svarting?", utropade Jimmy medan han slet åt sig cola flaskan och drack ytterligare en klunk.

"Äh! Kom, vi skiter i det här. De väntar på oss.", sa David.

Jimmy vände sig mot Both.

"White Power!", utropade Jimmy samtidigt som han gjorde ytterligare en provocerande nazisthälsning.

David gick fram till Jimmy och tog tag i honom.

"Kom!", sa David.

Jimmy vände sig till David.

"Okej, vi sticker.", sa Jimmy medan han gav fingret mot kvinnan och Both.

Grabbarna började gå mot trapporna när Jimmy vände sig om.

"Jag ser i fram emot att träffas senare idag din jävla huding.", vrålade Jimmy.

Both skakade på huvudet och gjorde en ignorerande gest med armen.

"Ska jag hjälpa dig med väskan?", frågade Both med ett leende.

"Ja tack, det var snällt av dig.", sa Kvinnan och log lite försiktigt.

Both sträckte sig fram och tog tag i väskan och började gå tillsammans med kvinnan.

"Tänk om de väntar på dig i tunneln?", frågade kvinnan med en orolig röst.

"Då får de problem.", svarade Both med ett leende. "Ska du med bussen?" tillade han.

"Ja, jag ska till bussen. Jag ska nämligen träffa min dotter.", sa kvinnan medan hon rättade till sin rock.

"Då hjälper jag dig med väskan till bussen.", sa Both innan han tog första trappsteget nedför trapporna.

Nordisk front som huvudorganisatör och med giltigt demonstrationstillstånd hade gemensamt med flertalet nynazistiska organisationer samlat strax över 300 anhängare på Österängen IP inför dagens demonstration i Uppsala. Det var med plakat, Banderoller och inte minst flaggor som symboliserade nazismen när man hade samlats tillsammans med en likasinnad frontfigur vilket försökte få demonstratörer att ställas i led med hjälp av en megafon.

Polisen hade också visat sin närvaro genom att bevaka området med ett större antal kravallutrustade poliser tillika hundförare.

Några kvarter därifrån, närmare bestämt på Celsius skolan vid Björkgatan, hade ett stort antal människor samlats med både plakat och banderoller inför en planerad motdemonstration. Polisen som också här var närvarande kunde konstatera att uppslutningen av människor bara ökade i antal med att visa och stå upp för ilskan mot både nazism och fascism med demokratiska krafter och rättvisa. Detta till trots att man inte fick beviljat tillstånd för demonstration. För att kunna få polisens transportlogistik att fungera någorlunda smärtfritt anlitades bussar för att kunna transportera bort det värsta buset från gator och torg.

Längs Vaksalagatan i riktning mot stora torget marscherade nynazisterna och sjöng nationalsången med flaggbärare som gick i främsta ledet. Raden bakom gick Jimmys pappa Henke solidariskt med bibehållen nazisthälsning medan han sjöng nationalsången.

Mitten av demonstrationståget, gick Jimmy och David sida vid sida med varsitt plakat med texten: Bevara Sverige svenskt. Jimmy sjöng med full hals medan David höll en lägre rösttonart. När demonstrationståget passerade Kungsgatan möttes de av mindre grupperingar av motdemonstranter. Det började med spontana glåpord till varandra medan plakaten och banderoller viftandes om vartannat. Polisen försökte mota bort dessa grupperingar av motdemonstranter som till sist gjorde fruktlösa motstånd med att sätta sig ner och hålla i sig på diverse lyktstolpar och cykelställ.

När demonstrationståget hade passerat korsningen så fick Jimmy se en skymt av en viss person som både han och David hade konfronterat tidigare på tågperrongen. Jimmy knackade på David axel för att sedan peka ut personen i fråga. De togs sig ur demonstrationståget med sina plakat och började gå med snabba steg mot Both Toranga.

Bland åskådarna längs Vaksalagatan stod Both Toranga och bevittnade nynazisternas demonstrationståg. Deras samständiga klädsel och flaggor påminde mycket om dåtidens Apartheids rörelse i Sydafrika. Inte minst de fascistiska och rasistiska slagorden som fortplantade sig längs fasadväggarna gav också en återblick till de rasbråken som utkämpades i Pretoria.

Det kanske var hans tidigare erfarenheter och instinkt som fick honom att reagera när han fick så två tonårskillar med varsitt plakat med texten: bevara Sverige svenskt, kom gående mot honom med snabba steg. Both kände igen killarna dels på utseendet och inte minst deras bombarjackor och övrig klädsel som kom allt närmare.

Both första tanke var att ta sig till Stora torget och sedan försvinna bland folkvimlet. Han började gå och vek av sedan vänster till Dragarbrunnsgatan och började småjogga för att sedan vika av till vänster till Påvel snickares gränd. Han stannade till vid entrén till Fitness 24 seven. Han vände sig om och såg grabbarna kom springande hyttandes med sina plakat i högsta hugg och vrålade verbala glåpord.

Jimmy stannade till, hållandes med plakatet i högsta hugg med avsikten att slå. Both stod intill den glasade entrédörren och var beredd. David stod intill Jimmy och hetsade honom att slå med medföljande glåpord såsom: Negerjävel, blattejävel.

"Klappa till honom innan någon kommer!", hojtade David samtidigt som han såg sig om nervöst.

"Grabbar! Ni har en chans att backa till…", hann Both säga när han blev avbruten med att entrédörren knuffade på honom.

Both klev åt sidan två steg och tog samtidigt tag i entrédörren och öppnade den på vid gavel. Jimmy och David såg två vältränade killar med afrikanskt ursprung och förvånade ansiktsuttryck som stod vid dörröppningen hållandes med varsin träningsväska från Sats.

Den ena afrikanska killen slängde upp träningsväskan över sin axel och tog två steg mot Jimmy och David som stod helt paralyserade. Sedan tittade han på Both och gav ett leende som vilken tandkrämsreklam ville erövra.

"Vad händer Brother?!", utropade han till Both och sträckte samtidigt fram handflatan som Both mötte med ett handslag som en spontan hälsning.

"Bror, jag vet inte, fråga de här White boys.", sa Both och pekade på Jimmy och David som nu tittade sig oroligt omkring. Situationen som sådan hade på ett ögonblick förändrats totalt ifrån att haft ett totalitärt överläge till att nu i stället hamnat i en minoritets underläge.

Med en hel omvändning började Jimmy och David springa i riktning mot Dragarbrunnsgatan. Vid Pithcer's pub kastade de sina plakat på vägen under flykten. Bägge killarna från gymmet slängde ifrån sig sina träningsväskor och började springa efter grabbarna. Both Toranga var inte sen med att hänga med springandes efter.

Ute på Dagarsbrunnsgatan åkte en piketbuss i riktning mot Vaksalagatan eftersom det hade uppstått problem med själva demonstrationen varvid polisförstärkning tillkallades. Vid korsningen till Påvel snickares gränd fick polisen se två grabbar klädda i öppna bombarjackor som vek ut på Dagarsbrunnsgatan i riktning mot Vaksalagatan. I hälarna efter grabbarna sprang tre svarta män som närmades snabbt.

Jimmys pappa Henke gick utmed Vaksalagatan och letade efter pojkarna. Han hade träffat dem vid Österängen IP under ett kortare ögonblick innan själva demonstration påbörjades. Det var överenskommit att de skulle åter träffas vid Stora torget, vilket aldrig skedde.

Henke kom fram till korsningen till Dagarsbrunnsgatan fick han se två grabbar klädda i bombarjackor som kom springandes med blottande vita skjortor och mörka byxor. I hack i häll sprang tre storväxta afrikanska män som såg måttligt roade ut. Strax bakom kom också en polisbil som stannade och sex poliser klev ur bilen i samma ögonblick som David blev fälld ner på gatan av en av de tre männen som hann ifatt honom.

Henke springer fram för att undsätta Jimmy som precis blev inknuffad mot ett skyltfönster till en klädbutik av två afrikanska män. Jimmy kämpar med näbbar och klor för att komma loss.

"Släpp mig negerjävel!", skrek Jimmy.

"White boy! Vi håller dig tills polisen kommer.", upplyste Both.

Två poliser rusar fram och ber Both och den andre mannen att släppa grabben. De släpper Jimmy som såg sin chans att ge sig på Both med flertal knytnävsslag när han såg sin pappa kom springande fram.

De två polismännen tar tag i Jimmy och ber honom att lugna ner sig.

"Vadå! De jävlarna jagade oss.", utropade Jimmy.

"Det kanske finns en förklaring till det?", sa ena polismannen.

"Vad menar du med det? Min grabb blev ju attackerad. Jag såg ju det.", sa Henke

"Vad jag kan se tillhör ni demonstrationståget, med tanke på er klädsel.", konstaterade den andre polismannen och pekade på Henkes klädsel.

"Jaa…och!", tillade Jimmy.

Jag tror att ni alla får följa med oss för ett fördjupat samtal om detta.", sa ena polismannen och plockade fram handbojorna och satte dem på Jimmy.

"Vad fan är det här för fascistiska metoder! Ni sätter handklovar på min grabb medan de här jävla svartingar få gå lösa.", utropade Henke varvid en polisman gick fram till honom hållandes med handklovar.

"Ska du följa med?", frågade polismannen.

"Vad fan har jag gjort?", skrek en frustrerad Henke.

"Det kan vi ta inne på stationen efter vi har tagit målsägande förhör."

"Jag har laglig rätt att få utrycka mig."

"Inte enligt åttonde paragrafen i brottsbalken.", upplyste polismannen.

"Vad fan betyder det?!", skrek Jimmy ursinnigt.

"När man uttrycker sin missaktning på ett kränkande sätt för folkgrupp eller anspelning på ras, hudfärg och liknande.", sa polismannen och gav klartecken till kollegorna att föra bort personerna till polisbilen.

Amerikanska styrkor har dödat tiotals personer som strider för terrorrörelsen IS, vid ett tillslag mot två träningsläger i Jemen, meddelar försvarshögkvarteret Pentagon.

De två lägren i provinsen al-Bayda användes för att lära nya stridande att använda AK-47:or, kulsprutor och att skjuta pansarskott.

IS har använt vissa delar av Jemen för att planera, styra, anstifta och rekrytera för attacker mot USA och dess allierade i världen, enligt Pentagons uttalande. TT

Kapitel 27

DEN SJÄTTE MAJ 2016

B AKOM TRE STORA stenblock stod solen högt i den outhärdliga värmen som passerade en aning på fyrtio Celsius. Owen Lester satt på huk torkade bort svetten från både hals och panna med en välanvänd fuktig trasa. Han luktade på den och insåg att det var nog dags att få fram en ny trasa att torka sig med.

Han lyfte upp kikaren åter igen och kikade utöver den steniga slänten som var beströdd delvis med ökensand. Han såg ifrån sitt gömsle hur IS-krigare patrullerade längs det taggtrådsbeströdda stängslet som omgav själva lägret. Vid ingången fanns även ett vakttorn byggt i trä som var bestyckad med en KSP.

Owen hade en förhoppning att han hade fått rätt information om detta läger i Jemen som tydligen skulle vara ett träningscamp för blivande IS-soldater. Enligt uppgift så ska det finnas en ljusblond tonårskille ifrån Sverige.

Det hade ju i alla fall gått fem år sedan han såg Jacob för ett kort ögonblick under ett intensivt spaningsarbete. Vilket sedan föranledde till en omfattande räddningsinsats i Syrien. En räddningsaktion som inte ledde till den önskade effekt som det ursprungligen var tänkt. Resultatet blev tio dödade IS-krigare och samtliga barn som befanns sig i lägret försvann förmodligen i underjordiska grävda gångar som hittades strax efter tillslaget.

Det var en förhoppning som grusades så fullständigt som slutligen blev ett besked som redovisades till Chris och Linda som tog det minst lika hårt som Owen själv. Efter fem år av fruktlösa spaningar och efterforskningar blev situationen en annan. Efter två veckor av intensiv spaning över lägret fick Owen och hans manskap äntligen fått en visuell kontakt med Jacob vilket även kunde bekräfta hans identitet.

Det fanns förvisso problematiska rörelsemönster vilket gav sken av att Jacob kunde i princip röra sig fritt både inom lägret samt utanför och var alltid beväpnad med automatkarbin. Det var mycket som tydde att han förmodligen hade konverterat sig till terrorgruppen IS och därmed lyckats få en förtroende ställning. Sprängningen som skedde på amerikanska ambassaden i Ankara, Turkiet för fem år sedan var förmodligen själva inträdesbiljetten till Islamska staten.

Jacob befinner sig inne i lägret och förmodligen med flickan som han umgicks med flitigt och varit i hans närhet dagligen under nästan hela observationstiden. Mycket talade för att hon var IS-ledaren Abu Bakr dotter enligt källa. Dessutom var flickan också beväpnad med en automatkarbin vilket gjorde att hela den planerade operation skulle bli mer komplicerad än väntat, tänkte Owen med ett fundersamt och allvarligt ansiktsuttryck.

Hur som helst måste han underrätta Chris när han har kommer till basen. Owen hade även en vågad åtgärdsplan som han hade funderat på under en tid. Om den ska kunna genomföras måste han dra in Chris i det eftersom han hade personlig tillgång till det som krävdes för att det skulle ge den effekt som Owen hoppades på.

Han reste sig försiktigt för att inte bli sedd och smög sig igenom en mindre öppning mellan stenblocken och tog sig till grusvägen. Han gick längs grusvägen ungefär 200 meter innan han nådde bilen som var en kamouflagefärgad Hummer vilket dessutom var övertäckt med ett kamouflage nätöverdrag. Han drog bort överdraget och vek ihop den snabbt så att inte ökenvinden kunde greppa tag i det och blåsa i väg överdraget likt en spärrballong.

Owen startade bilen och körde sakta så inte vägdammet skulle avslöja honom inför fienden. Han tog visserligen stora risker genom att befinna sig på vägen men det var det snabbaste sättet att komma fram till militärbasen som var förlagt cirka två mil utanför staden Dhamar.

Det blev alltmer en grönskande omgivning när Owen rullade emot den hårt bevakade spärrbommen med barrikader av sandsäckar och betongsuggor. Efter att han legitimerade sig så hissades bommen av två soldater som sedan gjorde honnör när han passerade förbi.

Han klev ur bilen och gick med snabba steg in till sin barack och slet av sig sin förklädnad vars kläder hamnade på golvet för att sedan byta om till tjänsteuniform. Han satte sig på en stol och funderade. Han skulle nu tillkalla ett möte med övriga befäl för att informera det senaste rapporten ifrån IS-lägret. Beroende vad man har kommit fram för beslut på mötet så skulle han handplocka frivilliga från sitt stridande manskap vilket i sammanhanget var det minsta problemet förnärvarande.

Under det sammankallade befälhavsmötet så kunde man efter två veckor av intensiv spaning mot IS-lägret konstatera att lägret hade såväl en prioriterad viktig uppgift, nämligen träna upp barnsoldater till att bli kallblodiga terrorister. I synnerhet eftersom IS hade förlorat sitt kalifat och starkaste fästet i Syrien. Man var också ganska övertygad att IS kommer att bilda mindre terrorceller som komma utföra dåd likt den som skedde i Turkiet och amerikanska ambassaden för fem år sedan vilket IS då tog åt sig äran.

Ett beslut fattades att man skulle försöka inta IS-lägret ur ett militärt syfte och frita framför allt barnen som vistas där. Man skulle gå in med en mindre kommandostyrka med stöd av en större basstyrka som också var tänkt kunna förhindra ett oväntat bakhåll. Överste Owen Lester föreslog att man skulle enbart gå in med en mindre styrka och han skulle då ta fulla ansvaret och befälet över manskapet. Han skulle också själv handplocka sitt manskap.

Mötet avslutades och man lät Owe Lester ensam ta befälet och ansvaret över den kommande operationen. Efter att Owen plockat ut de män som ska ingå i specialstyrkan så skulle ett datum fastställas inför uppdraget.

Owen gick in på sitt kontor och satte sig vid skrivbordet medan han placerade en kaffemugg framför sig. Han var tvungen att fundera mer om själva upplägget innan han ringde Chris. Att ringa ifrån en mobiltelefon var som att stå i ett moskétorn och vråla ut sina planer helt offentligt till alla muslimer. Nej, han skulle i stället ringa ifrån en satellittelefon och få kontakt med Chris och sedan övergå till "Whats up", där alla samtal krypteras.

Owen drack sitt kaffe i lugn och ro medan han tittade hur fältpersonalen gick fram och tillbaka ute i korridoren med diverse ärenden. Han reste sig och vred om persiennen i fönstret för att vara i fred.

Hur som helst, han fick väl inleda samtalet med att Jacob är åter hittad vid liv i ett IS-läger här i Jemen. Då skulle det skapa en ny förhoppning och en möjlig chans. Ett tillfälle, om han kände sin bror rätt, inte skulle släppa under några omständigheter. Speciellt efter alla misslyckande försök och chanser att få hem pojken, tänkte Owen med ett litet leende som förstärkte ansiktsdragen ytterligare.

Han reste på sig och lämnade kontoret för att gå till kommunikationscentralen för att hämta en satellittelefon. Fem minuter senare var han tillbaka till kontoret och stängde dörren efter sig. Han tänkte för ett ögonblick låsa dörren men ändrade sig. Han visste att om någon kom in och såg att en befälhavare satt i ett telefonsamtal så bad man skyndsamt om ursäkt och avlägsnade sig. Det var också en god regel att knacka först innan man klev in i ett befälskontor.

Owen slog på datorn för att sedan fälla upp antennen på satellittelefonen.

Chris höll på att plocka undan efter middagen ifrån köksbordet. Linda satt i vardagsrummet och förmodligen tittade hon på teve. När Chris tog stekpannan för att rengöra den i diskhon hörde han att det ringde i hans mobiltelefon ifrån arbetsrummet.

Fotsteg hördes och Chris såg att Linda passerade förbi och var på väg för att svara. Han hörde hur ringsignalen avbröts när Linda svarade.

"Det är Chris Lester telefon, Linda", svarade hon.

"Hej Linda! Hur mår min älskade vän?", sa Owen på engelska och försökte samtidigt låta smicker inleda samtalet genom att charma.

"Jag mår hyfsat bra, jag vet inte riktigt hur jag ska säga.", sa Linda.

"För mig är det viktigt att du och Chris mår under omständigheterna bra.", sa Owen.

"Hur mår familjen? Är du hemma?", frågade Linda

"Nej, jag är på jobb? Har du min kära bror i närheten?"

"Ja, ett ögonblick.", sa Linda och var på väg att lämna arbetsrummet när hon höll på att krocka med Chris.

Linda räckte mobiltelefonen till Chris.

"Det är Owen.", sa Linda medan hon gick mot vardagsrummet.

Chris gick in i arbetsrummet och satte sig vid skrivbordet.

"Hej! Hur mår du?", frågade Chris.

"Det är varmt. Är du ensam?"

"Ja, jag sitter i arbetsrummet.", sa Chris. "Var är du någonstans?"

"Har du datorn på? ", undrade Owen.

"Ja, den är påslagen. Varför frågar du? "

"Lägg på, sedan går du in på "Whats app". Jag kommer att kontakta dig där via appen.", sa Owen och la sedan på.

Chris la undan mobiltelefonen och öppnade sedan appen i datorn och strax hördes en ringsignal. Han svarade.

"Vad håller du på med?", frågade Chris.

"Jag känner mig inte säker med våra kommunikationer just här.", sa Owen kryptiskt.

"Var är du nu?"

"Jemen"

"Okej.", sa Chris och insåg att det var ingen mening att fråga mer om det.

"Chris! Lyssna, vi har hittat Jacob och grabben är vid liv."

Det blev tyst på linjen. Endast som hördes var Chris andetag.

"Hallå!", sa Owen.

"Ja, jag är kvar. Var är han? "

"Han befinner sig i ett IS-läger."

"Hålls han som fånge?", frågade Chris.

Det blev en ytterligare tveksam tystnad igen.

"Hålls han som fången frågade jag? ", upprepade Chris.

"Nej, inte riktigt.", sa Owen medan han drog ut på svaret. "Tänk på att det har gått tre år, Chris."

"Vi måste få hem honom.", sa Chris.

"Precis, jag har tagit ut en mindre insatsgrupp bland mina mannar och jag behöver dig här."

"Mig? Jag tror att det blir svårt…", sa Chris innan han blev avbruten.

"Det är din son, Chris. Jag behöver ditt Ebola som du har framställt. Kan du få med dig det?"

"Vad!", utropade Chris.

"Jag vill göra slut på IS och lägret fullständigt nu när de blev splittrade.", sa Owen.

"Oskyldiga kommer att drabbats, Owen. Hur har du verkligen tänkt igenom det här? Rent tekniskt så ber du mig att genomföra folkmord med katastrofala följder. Det här är oerhört smittsamt och har i runda tal 100 procent dödlighet."

"Det är därför jag vill ha dig med så det sker på ett kliniskt och skyddat sätt. Har en tanke på deras dricksvatten. De har en brunn som förser lägret med dricksvatten. Dessutom finns det inga utomstående civilister i området. Kan du frakta det på ett säkert sätt? ", sa Owen.

"Du, många kommer att dö på ett fruktansvärt sätt. Det här är mot vår kristna tro och mänskliga värderingar, Owen."

"Hur många har inte fått sätta livet till dags datum? Hur många fler kommer att dö i framtiden i diverse terroristattacker nu när deras organisation har blivit splittrade?", sa Owen

"Det här kan bli slutet av våra karriärer och liv, Owen."

"Jag har inget att förlora, inte heller mänskligheten."

"Många människor bekymrar sig mycket över de bibelord de inte förstår. För mig är det tvärtom så, att de är de bibelord vilka jag förstår, som bereder mig de största bekymren."

Mark Twain

Kapitel 28

DEN SJUNDE MAJ 2016

SAMTALET MED OWEN igår satte i gång oroväckande tankar hos Chris. Särskilt nu när han satt i bilen på väg till Karolinska institutet P4. Han vågade inte heller berätta för Linda att Jacob har åter hittats på ett annat IS-läger fast i Jemen. Han ville inte återigen skapa nya falska förhoppningar som skedde sist när man försökte med en fritagning i Syrien och därmed återigen utsätta henne för mer psykiska påfrestningar.

Att få ut provrör via säkerhetspassagen skulle nog inte vålla några större problem i och med hans befattning och trovärdighet. 2 eller 4 ml provrör skulle få rum i ett glasögonetui innanför stoppning, tänkte Chris när han parkerade på personalparkeringen.

Chris gick igenom den sedvanliga säkerhetskontrollen där säkerhetspersonalen gjorde en flyktig visitation med en god morgonhälsning. Han gick direkt till omklädningsrummet och bytte om medan tankarna kretsade runt riskerna utav bortforsling av ett livsfarligt virus. I USA skulle det ge definitivt minst livstidsfängelse och till och med dödsstraff. Straffet i Sverige skulle förmodligen bli något snarlikt om det här skulle uppdagas. Owen hade faktiskt en logisk och tillika en omänsklig ursäkt med att föreslå det här även om oskyldiga skulle bli drabbade i andra och tredje led.

Ombytt och klar passerade Chris igenom nästa säkerhetskontroll innan han kom in i säkerhetsbunkern P4. Även där gjordes inga närmare visitation eftersom alla kände Chris både till namn och utseende. Chris hälsade i vanlig ordning på sina medarbetare med ett leende. Han satte på sig en heltäckande skyddsdräkt och passerade sedan genom en luftsluss och därefter in till det extra förvaringsrum där de syntetiska RNA virus förvarades. Viruset stod åtskild i egen särskild provrörställning med plastkåpa som ytterligare skydd mot andra prover som förvarades där.

Chris tittade sig omkring och kollegorna verkade ha fullt upp med sina arbetsuppgifter och verkade inte lägga någon större notis på Chris inne i förvaringsrummet. Han tog en pipet som låg på ett rostfritt fat och öppnade ett av provrören och sög upp några ml av vätskan och hällde sedan det i två medhavda provrör i boratsilikatglas med tillhörande tätförslutande lock. Han upprepade samma moment med nästa provrör. Sedan flyttade han markeringen på provrören så att det skulle vara i samma nivå vid en eventuell kontroll.

2ml provrören lade Chris försiktigt innanför bröstfickan på säkerhetsdräkten. Han lämnade förvaringsrummet och gick sedan in i luftslussen för att desinfekteras. I omklädningsrummet så tog han av sig säkerhetsdräkten. Han hämtade glasögonetuin ur klädskåpet och öppnade den. Han lyfte upp stoppningen och la den åt sidan. Sedan sträckte han fram armen och öppnade bröstfickan, försiktigt tog han ett provrör i taget och kände att förslutningen satt fast ordentligt innan han lade provrören i glasögonetuin. Han satte tillbaka stoppningen och stängde sedan locket.

Med etuin instoppad i fickan på jackan gick han fram till säkerhetskontrollen. Själva rutinen av kontrollen var detsamma. Chris lade nycklar, glasögonetuin, mobiltelefon på bänken. Vakten räckte fram direkt samtliga nycklar och mobiltelefonen till Chris. Sedan öppnade han glasögonetuin och tittade lite flyktigt innan han stängde igen locket och räckte över den med ett leende. Chris stoppade ner etuin försiktigt i fickan samtidigt som han log tillbaka och började gå. Inne på kontoret satte han sig på sin stol och rullade en lite bit bakåt för att kunna sträcka ut benen. Han plockade fram etuin och lade den på bordet. Han öppnade den och lyfte upp stoppningen en aning. Mycket riktigt provrören låg exakt på samma plats som han hade lagt dem. Det betyder att stoppningen ligger klämd mot provrören vilket gör att de inte kan röra sig. Han satte tillbaka stoppningen och stängde sedan locket.

Han tittade på klockan samtidigt som han erinrades att han hade ett möte om tio minuter. Snabbt stoppade han glasögonetuin i översta skrivbordslådan och låste. Chris reste sig och försökte behärska sig med att få distans ifrån nervositeten som han hade burit på hela förmiddagen. Nu måste han fokusera på kommande mötet och på sitt uppdrag gällande WHO.

Klockan tio klev Chris in på konferensrummet tillsammans med en bakomvarande kollega. Chris satte sig samtidigt som han lade några mappar på bordet. Han såg avslappnad ut men den flackande blicken mellan alla närvarande visade lite nervositet. Han öppnade en av mapparna för att fokusera just på det och den bräckande självförtroendet. Återigen blev han påmind gällande etuin som låg i översta skrivbordslådan som visserligen var låst men inte den plågande samvetet.

Chris fick inleda mötet med att lägga upp en strategi om hur man ska kunna använda det här syntetiska viruset som hade skapats. Chris tankar och framtidsplaner kretsade allmänt med att kunna skapa ett starkt vaccin mot Ebola som även skulle skydda om det skulle ske framtida infektioner som blivit muterande. Vilket också var ett av syftena med att manipulera fram en väsentligt farligare och muterad RNA-virus.

Efter lunch så befann sig Chris i säkerhetslaboratoriet tillsammans med kollegorna som efter en gemensam genomgång återgå med den mödosamma uppgiften att skapa ett vaccin som vart fall ska kunna lindra symptomen och i bästa fall kunna bota och ge ett fullgott skydd.

Klockan 15:00 satte sig Chris i sin bil. Han tog glasögonetuiet försiktigt ur fickan och la in den i handskfacket under bilens handlingar så den inte skulle röra på sig. En kollision skulle räcka att provrören skulle gå i kras och skulle ge sedan fruktansvärda konsekvenser.

På vägen hem ringde Chris hem för att främst kolla att Linda var hemma och hon mådde under omständigheterna bra. Det hade inte framkommit något nytt under dagen enligt Linda som var helt ovetande över Chris och Owens planerade strategi. Efter samtalet funderade han på konsekvenserna som kommer att komma förr eller senare eftersom han hade medvetet undanhållit viktig information om deras gemensamma son. Hur ska han också kunna förklara att han hade för avsikt att flyga till Jemen i ett skyndsamt ärende? Linda var den kvinnan som krävde svar på frågorna. I synnerhet när det gällde Jacob och Chris.

Chris parkerade bilen utanför garaget. Han öppnade handfacket och tog ut glasögonetuin och lade den på passagerarsätet omsorgsfullt och försiktigt. Han öppnade locket och lyfte på innanmätet och kunde konstatera att provrören var oskadad skick. Han satte tillbaka allting och stängde sedan locket och placerade etuin i innerfickan.

Chris stängde ytterdörren och tog sedan av sig skorna och jackan. Han satte handen i innerfickan och tog glasögonetuin och gick direkt till arbetsrummet samtidigt som han sa:

"Hej älskling!"

"Hej, du är hemma tidigt?", konstaterade Linda inifrån köket.

Chris la glasögonetuin i skrivbordslådan.

"Jag var med på inledningen av den nystartande processen i laboratoriet under eftermiddagen. Sedan var jag också på möte under förmiddagen.", sa Chris medan han lämnade arbetsrummet.

Chris kom in till köket när Linda stod med ryggen mot honom medan hon lagade en gryta. Han gick fram till henne och höll om henne bakifrån medan han kysste hennes nacke.

"Hur har du haft det idag?", frågade Chris.

"Utöver den här eviga väntan, så är det ganska bra. Jag har i alla fall gud vid min sida."

"Jag finns också vid din sida, älskling.", tillade Chris med ett leende.

"Naturligtvis älskling. Så maten är klar."

Chris tog med sig kastrullen med kokt ris till matbordet och satte sig sedan ner. Linda kom strax efter med gjutjärnsgrytan och ställde ner den på ett större underlägg. Hon satte sig ner och sökte ögonkontakt med Chris medan hon lade ris på sin tallrik vilket Chris undvek genom att fokusera sig på maten på ett onaturligt sätt.

"Vad är det?", frågade linda och satte tillbaka besticken på tallriken.

"Vadå?", svarade Chris och tittade upp från sin tallrik.

"Jag försöker få kontakt med dig, Chris."

"Jaa. Jag sitter här med dig och äter.", sa Chris lite besvärad.

"Har det hänt något på jobbet eftersom du inte tittar på mig?"

"Vad syftar du på?", sa Chris och tog ögonkontakt med Linda.

"En ogenomtänkt fråga i sammanhanget. Jag syftar närmast på din assistent Nettan."

"Det där har vi kommit överens om gemensamt och jag har inte svikit dig i den frågan.", sa Chris och bibehöll ögonkontakten med att visa sin lojalitet och trovärdighet.

"Okej, då är det något annat.", konstaterade Linda och tog samtidigt en tugga till av maten.

"Nej, jag ska bara ringa ett samtal efter maten."

"Till vem då?", frågade Linda medan hon fyllde gaffeln med mat från tallriken.

"Linda! Jag ska bara ringa Owen."

"Bara! Du pratade med honom igår?", sa Linda innan hon drack lite bordsvatten.

"Precis mitt hjärta och jag ska prata med honom idag också.", konstaterade Chris irriterat.

"Varför låter du så irriterad?"

"Älskling! Jag kan inte prata om det här. Kan du snälla respektera det?", sa Chris och tog sina bestick och tallrik och reste sig för att gå medan Linda gav honom en misstänksam blick.

"Är det något om Jacob?", sa Linda samtidigt som Chris passerade förbi efter att lämnat tallriken och tillbehör i diskmaskinen.

"Vart ska du?", frågade Linda medan Chris befanns sig i hallen men svarade aldrig på frågan.

Linda hörde hur Chris gick in till sitt arbetsrum och stängde dörren efter sig. Hon slängde besticken på tallriken och började gråta.

Chris satte sig vid skrivbordet när han hade konstaterat att Linda var kvar i köket. Han tog fram telefonen och skickade ett sms till Owen. Sedan startade han i gång datorn och gick in i appen "Whats app" och avvaktade.

Efter 15 minuter så kom ringsignalen och Chris fick ett videosamtal från Owen.

"Hej!", sa Chris medan han tittade på sin mustaschprydde bror.

"Hej. Hur har det gått?"

"Det har gått bra. Det känns väldigt olustigt att ha detta hemma.", sa Chris

"Det är inte luftburen?", frågade Owen och såg allvarlig ut.

"Nej, enbart kroppskontakt så att säga."

"Bra. När kan du komma?", frågade Owen och lät angelägen.

"Jag måste begära tjänstledigt först. Kan jag flyga direkt till Jemen? Det är väl lite oroligt där? "

"Skulle du få frågan om ditt ärende hänvisa då att du är på uppdrag för WHO. Du har väl någon form av legitimation antar jag.", sa Owen och visade ett litet småleende.

"Jag får visa min svenska läkarlegitimation och mitt visitkort."

"Har du kvar ditt amerikanska pass?", frågade Owen med en allvarlig blick.

"Ja, jag har det kvar. Jag tänker inte använda det utan det blir mitt svenska pass.", sa Chris.

"Bra. Hur är det med Linda?"

"Det är bra under omständigheterna men hon är frågvis.", sa Chris.

"Har du berättat? "

"Nej. Jag inte för avsikt att göra det heller. Vart fall inte i nuläget.", sa Chris.

"Det låter förnuftigt. Hör av dig när du har flygbiljetten till hands.", sa Owen och bröt samtalet.

Det knackade varvid dörren öppnades och Linda klev in med en kaffemugg hållandes i handen.

Tala är silver, men tiga är guld. Bibeln

Kapitel 29

DEN TRETTONDE MAJ 2016

CHRIS KLEV UR taxin vid utrikeshallen på Arlanda. Chauffören lyfte ur hans resväska och önskade honom en trevlig resa. Chris drog ut handtaget ur väskan och började gå med den rullandes bakom sig mot entrén.

Han checkade in samtidigt som han ställde resväskan på bagagebandet. Han hade sedan tidigare köpt en liten resenärväska från en glasögonbutik innehållande linser med tillhörande rengöringsmedel och linsetuier samt två 2ml provrör i plast som var placerad i resväskan.

Risken att väskan skulle öppnas efter en röntgen var mycket små eftersom provrören låg i en mindre väska med innehållande linser och tillhörande utrustning dessutom innehöll provrören vätska som liknade engångsförpackningar. Att ta med sig detta in i flygkabinen skulle vara alldeles för farligt och dessutom var väldigt restriktivt att ta in förpackningar som innehöll vätska. Man skulle också ifrågasätta starkt hans säkerhetskunskaper inom flyget eftersom han bevisligen flög mycket i tjänsten som professor inom virologi och epidemiologi.

Flygtiden beräknades till sex timmar och femtiofem minuter till huvudstaden Saana i Jemen. Passeringen genom säkerhetskontrollen var inga problem trots att det var mycket flygresenärer som skulle i väg. Chris stannade till vid en bar och beställde en öl eftersom det återstod en timme innan planet skulle lyfta. Dessutom var han relativt nära själva incheckningen och boardingkortet var instucket i innerfickan.

Tankarna och med bristande självkänslan kom åter tillbaka som många gånger tidigare medan han drack sin öl. Väl innehållet i provrören hamnade i dricksvattnet fanns det ingen återvändo, än mindre någon ursäkt. Förutom att han ska hämta sin son så blev han också indragen på jakten av blodtörstiga terrorister, det vill säga IS. Att de skulle dö i en plågsam död må kanske vara hänt från flertalet perspektiv men alla andra oskyldiga människor som får sätta livet till på grund av avsiktligt förgiftat vatten från en mänsklig hand, det vill säga hans. Ett synnerligen ondskefullt verk signerat av honom och hans bror som sedan får bäras med i sitt samvete resten av livet. Skulle detta komma fram offentligt skulle det bli sådana omfattande följder och familjen Lester skulle skriva historia för all framtid.

Ett utrop om boarding med flightnummer hördes ifrån högtalarna varvid Chris drack upp det sista i ölglaset och tackade för sig. Han ställde sig i kö med en starkt berörande oroskänsla eftersom han inte visste om han skulle komma hem igen eller inte? Linda skulle inte klara en sådan motgång igen om jag skulle omkomma i ett fullständigt vansinnesdåd. Jag kan inte heller ångra och backa ur då skulle det också leda till enorma konsekvenser framför allt inför hans bror men även Linda. Chris tog fram sitt boardingkort och visade upp den vid incheckningen.

På sittplats 22A satt Chris och såg hur marken försvann under honom när planet lyfte ifrån Arlanda. Innan planet lämnade terminalen fick han i väg ett kort sms till Owen att han satt i planet och var på väg. Han bad sedan till gud precis som han gjort så många tidigare, att det här skulle gå bra. Att Gud skulle hålla en vakande hand över Linda medan han var borta. Till sist hade han en liten extra önskan att flygresan skulle gå bra, amen.

Linda hade tidigare på morgonen ätit frukost och precis avslutat en bön när hon reste sig ifrån soffan i vardagsrummet och ställde tillbaka fotot på Jacob på bokhyllan. Hon gick till köket och hällde upp en mugg med kaffe. Hon funderade på Chris märkliga beteende under de senaste dagarna. Det var något som han inte ville berätta och när hon försökte komma till en diskussion påminde han strikt om tystnadsplikten och blev allmänt irriterad och inte minst besvärad av henne.

Dessutom hade han telefonkontakt med Owen i princip varje dag under det senaste en och halv vecka, vilket också var belagd med tystnadsplikt av än mer underlig anledning. Hon fick samtidigt känslan att Owen styrde Chris rent mentalt eftersom han var den psykiskt starkare av dem. Den här ständigt återkommande kontakten med sin bror dag efter dag var något unikt och i princip aldrig skett tidigare.

Hon drack upp det sista av kaffet och sköljde av muggen innan hon ställde den i diskmaskinen. Jag måste släppa på tankarna annars blir jag tokig, tänkte hon medan hon gick till städskåpet och öppnade dörren. Handlar det här om Jacob så kan de inte undanhålla det hur länge som helst. Sanningen träder alltid fram oavsett vad, tänkte hon medan dammsugarslangen trilskades.

Efter en dryg timme hade Linda städat klart deras sovrum, toaletten och köket. I och för sig var inte hallen riktigt klar eftersom hon hade ännu bara dammsugit delar av hallen medan hon städade de rum som var ansluten till hallen utom arbetsrummet. Skulle hon kanske ta arbetsrummet också eftersom Chris var bortrest till Geneve?

Linda gick fram till dörren till arbetsrummet och dörren var olåst när hon tog tag i handtaget. Hon öppnade dörren och tittade in. Sedan gick hon och hämtade dammsugaren ifrån köket och började dammsuga golvet. Efter det gick hon tillbaka till städskrubben för att hämta några vita insatspåsar till papperskorgen. När hon bytte insatspåsen under skrivbordet såg hon att datorn faktiskt var påslagen. Skärmbilden som var en närbild på henne lyste som en oramad tavla i skärmen på laptoppen. Linda lade den fyllda insatspåsen längst ut på skrivbordet. Det fanns lite kryptiska anteckningar på ett anteckningsblock.

Längst ner bland anteckningar så var det något som var överstruken. Linda tittade mer noggrant och kunde urskilja ett flightnummer. Jaha! Varför har han struket över det här, tänkte Linda medan hon fokuserade på tangentbordet på datorn. Han har glömt bort att slå av datorn innan han åkte i morse. Linda placerade långfingret på enter-tangenten och avvaktade för ett ögonblick. Ska jag trycka? tänkte hon. Hon tryckte på tangenten och skärmbilden byttes ut till Windows skrivbordet och ett lösenord krävdes för att fortsätta.

Linda satte sig i stolen och skrev sedan med vana fingrar: RNA och tryckte sedan på enter.

Genom att granska på tidigare öppnade sidor på google kunde hon se att Chris har varit inne på flera flygsiter bland annat Turkish Airlines, KLM, Lufthansa, Swiss, Aeroflot, Egypt Air, SAS och Yemen Airways.

Hon knappade in på outlook och tittade på senaste inkomna mejl som hade kommit. Chris hade fått en bekräftelse från KLM angående ett flyg mellan Stockholm Arlanda och Jemen. Han sa att han skulle på en konferens med WHO i Geneve, tänkte Linda. Vad är det som pågår egentligen? Han är ju bevisligen på väg till Jemen.

Linda rusade ut från arbetsrummet och sprang till köket där hennes mobiltelefon låg på köksbordet. Hon tog mobilen och tryckte fram Chris nummer och ringde. Mobiltelefonen var inte påslagen utan hänvisades i stället till en telefonsvarare. Hon avbröt samtalet. Han sitter på flyget.

Hon var väl medveten om att Owen befann sig i mellanöstern och var befann sig Jacob, jo, i mellanöstern någonstans enligt vad man vet. Nu är Chris på väg till Jemen och det kan inte vara något sammanträffande eller en ren slump. Hon satte sig på en stol vid köksbordet.

Okej, jag ska inte göra en stor sak av det här. Jag får helt enkelt spela med och vara helt ovetande om vad bägge herrarna sysslar med, tänkte Linda medan hon tog stöd med armbågen mot köksbordet och lutade sedan huvudet mot handen. Hon var emellertid säker att det här handlade om Jacob och han faktiskt är vid liv trots allt. Kan inte vara något annat? tänkte hon.

Aden är en hamnstad i Jemen. Den första bosättningen på denna plats uppstod någon gång mellan 400-talet f.Kr. och 600-talet f.Kr. Staden består av två delar: Hamnstaden (Little Aden), som är den moderna staden, och Madinat ash-Sha'b, som är den gamla staden och där regeringskvarteren funnits. Förorterna Khormaksar och Sheikh Othman ligger norr om den gamla staden, och emellan dessa två förorter ligger Adens internationella flygplats Khaur Maksar, en tidigare RAF-bas.

Kapitel 30

DEN TRETTONDE MAJ 2016

KLOCKAN TIO MINUTER över tre på eftermiddagen när planet landade på Aden flygplats efter en extra lov över havet strax innan landningen. Vid stora envåningsbyggnaden med hästskoformade stora glaspartier stod det svampliknande flygledartornet.

När Chris klev ut på avstigningstrappen kom den intensiva värmen på drygt 30 grader celsius. Han tog av sig sin tunna kavaj samtidigt som blicken instinktivt svepte över omgivningen. Han gick nedför trappan och på plattan stod två soldater i sina beigefärgade uniformer. En av soldaterna sträckte fram sin hand och sa på dålig engelska:

"Passport."

Chris plockade fram sitt svenska pass och räckte över den. Soldaten tittade och bläddrade i passet och gav sedan en utstuderande och granskande blick på Chris.

"Är det du?", frågade soldaten och räckte över passet till kollegan för en ytterligare kontroll.

Chris nickade och svarade på engelska ja på frågan. Den andra soldaten tittade noga på passfotot och sedan på Chris.

"Är det du?", ifrågasatte även soldatkollegan med än sämre engelska och arabiskt tonfall.

Chris nickade igen och svarade ja.

Bägge soldaterna gjorde honnör och pekade sedan mot ingången till flygplatsbyggnaden. Chris började gå. Vid entrén hade flygplatspersonalen ställt några bagagevagnar med väskor och där det stod ytterligare en soldat.

Cris stannade till och gick fram till vagnarna medan soldaten närmade sig.

"Kommer det här väskorna från det planet?", frågade Chris på engelska och pekade samtidigt på flygplanet som han anlände med.

Soldaten pekade på flygplanet och gjorde en gest att dessa resväskor kom mycket riktigt från flygplanet. Han gjorde sedan en påvisande gest med att Chris kunde leta efter sin resväska. Chris behövde knappt leta utan upptäckte väskan nästan på en gång och tog den. Soldaten gjorde en honnör och pekade sedan mot ingången. Chris gick och gick in genom entrén bärandes med sin resväska.

Chris passerade tulldeklarationen och blev stoppad av två högljudda tulltjänstemän. De hänvisade att han skulle gå fram till en bänk, vilket Chris gjorde. Han lyfte upp väskan på bänken och öppnade den. Den ena tulltjänstemannen började gå igenom innehållet i väskan medan kollegan stod vid Chris och bläddrade igenom hans pass efter att han hade sagt, välkommen till Jemen.

Chris såg hur den rotande tulltjänstemannen fick syn på den lilla svarta väskan med Synoptiks logotype. Han lyfte upp väskan och öppnade den.

"Vad är det här?", frågade tulltjänstemannen på en bättre engelska och uppvisade samtidigt väskan.

Chris tog väskan och tog sedan ut innehållet och la allt på bordet.

"Det här är mina ögonlinser.", förklarade Chris och pekade samtidigt på sina glasögon.

Tulltjänstemannen tittade på innehållet och öppnade en av de större flaskorna och luktade på innehållet. Chris såg också bägge provrören som låg på bänken och såg intakta ut. Chris försökte se oberörd ut. Han får INTE öppna dem för att sniffa! tänkte Chris medan tulltjänstemannen stängde förslutningen på den öppnade flaskan och ställde ner den på bänken.

"Är det här medlen till för att rengöra?", frågade tulltjänstemannen och tog ett etui och öppnade den.

"Ja precis. Var lite försiktig med lådorna, du kan tappa en lins av misstag.", påpekade Chris.

Tulltjänstemannen stängde igen etuin och lade den på bänken.

"Okej, du kan packa ihop dina saker. Du är fri att gå.", sa tulltjänstemannen och räckte tillbaka passet till Chris.

Chris plockade ihop försiktigt allting i den svarta påsen och la den sedan i resväskan och stängde den. Det var med en viss lättnad han kom ut till själva flygplatshallen och styrde stegen med beslutsamhet mot entrén. Det gällde att hitta en taxi så snart som möjligt.

Han kom ut genom entrén och möttes av två rosa stora stentrappetager som ledde ner till gatan. Chris vände sig om och tittade på själva flygplatsbyggnaden som visade spår av både kulhål och granatträffar som bevittnade flertal kuppförsök och regelrätt krig i detta oljeland Jemen. Vid det stora hästskoformade fönsterpartier saknades också flertal fönsterrutor. En murad stenmur var halvt nedmejad av en eller flera förmodade pansarfordon. Här finns alltså min son, helt obegripligt, tänkte Chris när en gulvit äldre taxibil av märket Toyota Cressida stannade till med nervevade fönster och en lite nedhukad chaufför som vinkade.

Chris vinkade snabbt tillbaka och vips var chauffören ute ur bilen med en vit muslimsk huvudbonad och öppnande bagageluckan med nyckel. Chris var på väg att lyfta in resväskan i bagagerummet när chauffören sträckte fram armarna och höll i resväskan.

"Nej, det går bra.", sa Chris och frambringade ett nervöst leende.

Chauffören ryckte på axlarna och lät Chris lägga i väskan i bagagetrunken varvid bagageluckan stängdes. När chauffören sedan skulle öppna främre passagerardörren då gick bagageluckan upp. Chauffören rusade tillbaka och slog igen bagageluckan medan Chris stod vid passagerardörren. Bakluckan gick inte i lås utan den gick upp igen så snart chauffören tog bort händerna.

Nu blev den muslimska chauffören irriterad. Han tog tag i bagageluckan och drämde ner den hårt. Sedan slog han på låset intensivt med näven och i samma ögonblick uttryckte sig i verbal mening irriterat på arabiska. Han kände på luckan och den verkade ha låst sig något som fick chauffören att känna sig stolt när han sedan gick till förarplatsen och satte sig i bilen. Chris satt sig i passagerarsätet och blev lite tveksam att stänga den rangliga passagerardörren. Det fick bära eller brista, tänkte Chris och stängde dörren.

Den gula vita taxin stannade utanför Coral hotells entré. Under färden till hotellet observerade Chris en relativ stor militär närvaro längs vägen samt flertal utposterade soldater inne i Aden.

Chauffören klev ur taxin och gick till bagagetrunken för att öppna. Chris öppnade försiktigt passagerardörren och klev ur taxin med en viss lättnad. En oförutsedd händelse med dörren som skulle leda till någon form av skada skulle förmodligen leda till problem och i värsta fall polisära eller militära inblandning. Det var absolut inte rätt tid för sådana tillställningar. Det skulle räcka med en arrogant och oförsiktig polis eller militär som skulle öppna dessa provrör mitt inne i staden i formell anledning till visitation.

Bagageluckan öppnades med lite metalliskt gnissel medan chauffören bugade till Chris som en gest att ta resväskan. Chris tog väskan och gick uppför trapporna som ledde till entrén.

Inne i själva foajén bestod golvet av marmor inspirerande plattor och i mitten av golvet så fanns ett infällt cirkelformat mönster som efterliknade mycket en gammal kompassros. I mitten så hade man även placerat en stor svart golvkruka som innehöll en okänd grön växt med hängande blad.

Chris gick fram till receptionen och parkerade resväskan intill sig. En ung mörkhårig hotellreceptionist kom fram med ett vitt leende.

"Hej och välkommen. Kan jag hjälpa dig?"

"Det ska finns ett förbokat rum till mig.", sa Chris medan han plockade fram passet och höll den i handen.

"Ditt pass tack.", sa kvinnan och räckte fram handen.

Chris räckte över passet till henne. Hon studerade passfotot och flyttade sedan blicken mot honom och gjorde en jämförelse. Hon log och bläddrade förbi alla stämplar innan passet slöts ihop medan hon med andra handen knappade in Chris fullständiga namn.

"Det stämmer vi har ett dubbelt rum bokad till dig. Hur många dagar tänkte du stanna?", frågade den unga hotellreceptionisten med en skolad engelska.

"Det blir i alla fall en vecka.", svarade Chris med ett charmigt leende.

Hon vände sig om och plockade fram ett kort med rumsnummer 26 och räckte över den till Chris.

"En trappa upp, sedan till vänster.", sa kvinnan.

Chris nickade och tackade samtidigt för hjälpen. Han greppade sin resväska och gick till hissen och tryckte på knappen.

"Vi serverar frukost från klockan 07:00", påminde hotellreceptionisten när hissdörren öppnades. Chris gjorde en gest med handen till henne innan han gick in i hissen.

Rum 26 vette ut mot gatan, tänkte Chris medan han öppnade dörren med kortet. Belysningen tändes automatiskt av sensorer förmodligen när Chris gick in. Rummet var modernt möblerat med en dubbelsäng samt en grå sittgrupp.

Chris la försiktigt resväskan på dubbelsängen och öppnade den. Han tog den svarta väskan och gick till badrummet med den. Han lade väskan inne i det spegelinfattade toalettskåpet. Sedan hämtade han resterande toalettsakerna såsom kam, schampo och duschtvål. Rakhyveln lade han i toalettskåpet. Han studerade badrummet noga och kunde konstatera att det inte såg konstigt ut på något sätt.

Chris hängde upp alla kläder i klädgarderoben och placerade underkläderna i en byrå intill. Sedan stängde han resväskan och ställde den i ett hörn i rummet. Han lade mobiltelefonen på nattduksbordet och satte sig sedan ner på sängkanten och försökte att slappna av.

Han la sig på rygg i sängen och stirrade mot den vitmålade taket. Det fanns en giltig anledning för honom att befinna sig här vart fall av legitimerade skäl. Det var att hämta hem sonen efter drygt tre år av obönhörlig oro, rädsla, och den ständiga mörka ovetskapen som äter upp en inifrån, tänkte han och blundade. Jag behöver inte ringa Owen, han vet att jag är här och vi ska träffas imorgon. Chris somnade.

Jemen, alternativt Yemen (arabiska:اليَمَن, al-Yaman), formellt Republiken Jemen (الجُمهورية اليَمنِية), är en stat på södra Arabiska halvön i sydvästra Asien. Jemen betyder Landet till höger (om Mekka) och är det område i Sydarabien som antikens grekiska och romerska geografer kallade Arabia felix (Det lyckliga Arabien). Jemen har landgränser i norr till Saudiarabien och i öster till Oman och har en lång kust mot Arabiska havet i sydöst och Röda havet i väst.

Motorfordon från Jemen bär nationalitetsmärket YAR enligt FN:s konvention och nationalitetsbeteckningarna YE respektive YEM enligt ISO 3166.[2][3]

Kapitel 31

DEN FJORTONDE MAJ 2016

KLOCKAN 07:00 VÄCKTES Chris av alarmet ifrån mobiltelefonen som låg på nattduksbordet. Med slutna ögon försökte han finna den med famlade hand. Han tittade upp med sömndruckna ögon och lyckades sedan stänga av alarmet. Chris som låg kvar i sängen och lyssnade på air-conditions monotona surrande ljud. Utanför hördes fordon som passerade förbi hotellet. Han hörde också att någon blåste med en visselpipa som i ögonblicket överröstade alla pratande människor som gick eller cyklade förbi. Chris klev upp och gick sedan raka vägen till toaletten.

På vägen till frukosten passerade Chris förbi foajén där en yngre kille med förmodligen arabiskt ursprung stod innanför receptionsdisken strax efter åtta på morgonen. Hotellreceptionisten hälsade god morgon med en skolad engelska varav Chris hälsade tillbaka med ett leende innan han försvann till restaurangen och frukostbuffén.

Frukostmenyn var väl ombesörjd och tilltaget vars utbud som i princip innehöll allt som man kan förvänta sig till en hotellfrukost. Med brickan bärande med vänsterhanden gick Chris och tog en rejäl portion med äggröra och tillhörande bacon. Till det blev det nypressad juice och nybryggd kaffe. Två brödskivor med tillbehör blev det också efter en stund velande i tankarna. Varför inte ta för sig när det ändå ingick i priset. Det är bara gud som vet när man får mat igen, tänkte Chris medan han satte sig vid ett av fönsterborden med utsikt ut mot poolen.

Chris åt med god aptit och njöt av den stillheten som omgav matsalen. Förutom han själv satt det endast fyra personer, där var och en avnjöt sin frukost. Chris hörde marschsteg av kängor ute från foajén varvid två soldater med automatvapen gick tvärs över stenlagda golvet och stannade till sedan vid receptionen.

Den ena soldaten tilltalade hotellreceptionisten med en bestämd ton och på arabiska, varvid soldaten slog med handflatan upprepande gånger på receptionsdisken för att receptionskillen skulle rappa på. Receptionisten skyndade sig till ett intilliggande rum bakom receptionen och snart hördes ljudet från en skrivare. Efter en stund kom den unga killen ut med flera sidor av hotelliggaren släpande efter sig och skyndsamt räckte över det till soldaten.

Soldaten granskade sida efter sida medan Chris åt vid sitt bord samtidigt som han höll ett öga på vad som pågick ute i foajén. Han var mycket väl medveten att sådana kontroller genomfördes av militären och synnerhet i diktatoriska styrda länder.

Soldaterna avlägsnade sig från receptionen bärandes på pappersluntan och styrde stegen mot matsalen. Chris kände efter innanför kavajen, mycket riktigt passet var med i innerfickan. Soldaterna stannade till vid den närmaste matgästen och bad på skranglig engelska om passet. Den äldre mannen tog upp sitt pass och räckte över den. Soldaten började granska i pappersluntan och jämförde samtidigt med mannens pass. Efter en stund gav soldaten tillbaka passet till mannen med ett leende och avslutade kontrollbesöket med en honnör från de bägge soldaterna.

Chris behöll lugnet medan han reste sig för att hämta en påtår utan att ta någon större notis om soldaterna. Han fyllde kaffekoppen och gick sedan lugnt tillbaka till sitt bord. Efter ytterligare en kvart kom slutligen soldaterna fram till honom. Med knaggig engelska bad ena soldaten om passet medan den andra soldaten höll i pappersluntan med gästernas namn.

Chris tog fram passet ifrån innerfickan och räckte över den. Soldaten granskade passet och jämförde med gästlistan. Han fann Chris namn och lämnade sedan tillbaka passet.

"Hur länge ska du stanna?", frågade soldaten.

"Det blir förmodligen en vecka.", svarade Chris.

"Vad är anledningen till din vistelse här? "

"Tjänstens vägnar inom WHO", svarade Chris med ett medföljande litet leende.

Soldaten nickade och gjorde sedan honnör medan kollegan stod bredvid i andra tankar. Han vaknade till efter en markering från kollegans armbåge och gjorde genast en honnör. Bägge soldaterna lämnade matsalen och passerade förbi foajén mot utgången. Chris tittade på klockan som var nästan halv tio lokal tid.

Klockan halv elva öppnades hissdörren vid foajén. Chris klev ur hissen klädd i vita shorts och en blåvit kortärmad skjorta. Han nickade till hotellreceptionisten medan han passerade förbi i riktning mot utgången.

Han stannade till vid trappen och tittade efter en ledig taxi. Det var tidigare bestämt att Owen skulle möta upp honom vid De La vie Café klockan elva. Förhoppningsvis skulle de få prata lite ostört i någon timme såvida caféet var öppet vill säga.

En svart taxi stannade till nedanför entrétrappan och chauffören vinkade ivrigt genom det öppna sidofönstret att Chris skulle komma. Chris gick nedför trapporna och fram till bilen.

"De La vie Café", sa Chris.

Chauffören nickade ivrigt och gav samtidigt sken av att han kände till caféet och öppnade passagerardörren inifrån bilen. Chris satte sig i framsätet och stängde sedan bildörren, Chauffören nickade medan han log med ett grinande guldinfattad leende och började köra.

Efter cirka 100 meter svängde chauffören höger ut på den stora motorleden 90 och på vänster sida låg den stora havsviken som mynnade ut till Arabiska sjön. De passerade infarten till Ummul island som låg vid vänstra sidan av motorleden. Chris kunde också konstatera att motorleden omgavs av vatten på bägge sidorna av vägen.

Strax efter fick Chris se delar av flygplatsen på sin högra sida när de passerade förbi den stora landningsbanan innan utsikten förvandlades åter till havet igen. Air-condition i bilen gick förfullt medan ute temperaraturen var runt 35 grader varmt. Något som han kunde konstatera väl han kom ut ifrån hotellet. På avstånd kunde han sedan se flertal uppdämda bassänger på höger sida som var anslutna till havsviken. Vid vänster sida kunde han skönja någon form av hamnverksamhet vilket förstärktes eftersom flertalet yrkesfartyg hade satt sin kurs till den delen av havsviken.

Strax innan en korsning låg Buruihi sjukhusområde vid ett närliggande köpcentrum. Hela området bevakades av flera pansarfordon och soldater. Vid korsningen stod en Toyota Land cruiser pickup med en bemannad fastmonterad KSP på flaket.

Vid nästkommande korsning svängde chauffören till höger och kom in i kvarter som mestadels bestod av tvåvåningshus längs kvarteret. De passerade ytterligare två sjukhus som fanns på högersida. Tre kvarter längre bort vid vänstra sidan fanns ett mindre köpcentrum. Efter ytterligare två kvarter svängde chauffören höger till en tvärgata och stannade. Chris såg neonskylten som satt på husfasaden, De La vie Café. Han betalade kontant, 6 amerikanska dollar vilket gladde chauffören lite extra eftersom han skulle tjäna förhållandevis mer för körningen väl han hade växlat in till deras inhemska valuta, Rial.

Chris stannade till innanför entrén medan blicken svepte över hela lokalen. Det var vitmålade fönster som dessutom var gallerförsedda. Interiört gick färgerna på väggarna mestadels i brunt och vitt. Lokalen lystes upp av ett närmare femtiotal infällda runda spotlights med blåskimrande dekorljus. Även möblerna var i färgglada kulörer.

En ung kvinna klädd i vit blus och svarta tunna byxor kom gående fram till honom och välkomnade honom med ett leende tillsammans med sin karikatyriska och vältagna arabiska näsa.

"Välkommen till De La vie Café. Följ mig jag har en reserverad plats åt dig.", sa hon med ett bibehållet leende medan hon greppade tag i hans arm och började gå. Chris tackade och läts sig följas med.

Framme vid bordet fanns fem sittplatser varvid Chris satte sig i ena fåtöljen där designen förde tankarna till delar av Ikeas möblersortiment. Från gatan utanför hördes fordon av varierande slag som färdades förbi medan människorna gick på både trottoaren och gatan samtidigt som man fick dela utrymme med framför allt cyklister. Arabisk bakgrundsmusik hördes i bakgrunden i caféterian.

Chris kände hur två starka händer greppade tag hans axlar bakifrån medan en välkänd röst sa:

"Hej min kära bror! Det var sannerligen inte igår."

Chris vände sig om och mötte Owens blick med ett småleende på sina läppar. Chris reste sig hastigt och omfamnade honom.

"Jag är väldigt glad att se dig också.", påtalade Owen samtidigt som han gav Chris en kram.

"Jag kan inte förstå att vi träffas här för det första. Å andra sidan så är både jag och Linda evigt tacksamma över din oförtröttliga kamp med att finna Jacob.", sa Chris och släppte samtidigt taget om sin bror.

Owen log medan Chris kunde konstatera att hans bror var visserligen kraftigt orakad med sin ständige mustasch vilket var väldigt likt skådespelaren, Sam Elliott.

Chris och Owen satte sig ner på varsin fåtölj. Owen skakade på huvudet och gav Chris en allvarsam blick.

"Har du sett Jacob?", frågade Chris.

Owen nickade samtidigt som han diskret höjde handen som en liten gest att inte prata för i samma ögonblick kom servitrisen för att ta emot bordsbeställningar.

"Låt mig…", sa Owen och samtidigt vände sig mot servitrisen och beställde fem kaffe latte på arabiska. Servitrisen antecknade och gick sedan sin väg.

Chris tittade frågande på Owen varför han beställde fem kaffe latte?

Owen log.

"Nej, jag har inte blivit galen, vart fall inte än.", kommenterade Owen med glimten i ögat och med ett leende. "Du ska få träffa insatsteamet som jag personligen har handplockat och på frivillig väg valt att gå in i den här operationen.", tillade han.

"Ja, det lät ju befriande.", konstaterade Chris.

"Om vad?", undrade Owen med en frågande blick.

Chris gav en mötande blick under en kort tystnad.

"Jaa…att du helt enkelt inte blivit galen.", sa Chris och smakade på sitt kaffe medan Owen utbrast i skratt.

Owen hade precis satt ner kaffemuggen på bordet när tre manspersoner kom gående helt civilklädda såsom de vore turister. De stannade till framför Owen med allvarsam min.

Två av männen hade snaggade frisyrer, den ene med rödbrunt hår och den andre med mörkt hår. Den tredje mannen var flintskallig. Med tanke på deras kroppshållning såg de ut att vara vältränade, var och en hälsade på Owen med ett utbristande leende.

Owen inledde presentationen med att presentera den rödhåriga killen vid namn Malwin ifrån USA. Den mörkhåriga killen hette

Leon och var från Tyskland. Den tredje killen hette Trawis kom från Australien. Samtliga hälsade artigt på Chris innan de satte sig ner.

Servitrisen kom tillbaka med ett större glas på sin bricka och placerade den sedan på bordet medan Malwin makade sig lite.

"Tack!", sa Owen och gav flickan lite dricks för besväret.

Chris tittade på glaset och flyttade sedan blicken mot Owen.

"Vi väntar alltså på en person till?", frågade Chris.

"Ja, och hon kommer här.", sa Owen och gjorde en nickande gest mot utgången.

En svartklädd kvinna med en Niqab över huvudet kom gående och stannade till vid Owen.

"Chris, det här är Adhira.", sa Owen och tillade" Adhira, det här är min bror Chris."

Hon gick fram och hälsade på Chris innan hon satte sig bredvid Trawis som flyttade fram glaset som innehöll te till henne. Hon bugade för att visa sin uppskattning.

"Då är alla närvarande. Det kommer bli att Adhiras besök här blir kortvarig. Det är främst för hennes egen säkerhet och sedan inte äventyra vårt kommande uppdrag. Hon är vår enda nyckel in till IS lägret vilket innebär att vi inte har råd att förlora henne", sa Owen.

Chris nickade.

"Okej."

"Hon har bra överblick om vad som sker i lägret och i synnerhet Jacob som idag tilltalas som Aadel.", sa Owen.

Owen tog Chris hand och höll den hårt med bägge händerna och sökte ögonkontakt.

"Chris, Jacob är 14 år gammal och har suttit i deras klor i drygt över tre år."

Chris nickade för att visa att han förstod.

"Vår pojke är idag en fullvärdig IS krigare som dessutom har både blodspillan och liv på sitt samvete. Flera av dem är också amerikanska liv. Han är konverterad och har förmodligen en relation med Abu Bakr dotter, Nassiva. Det här för saken till sin yttersta spets och förmodligen kommer ytterligare människoliv gå till spillo i och med det här uppdraget. Vi måste även ha med oss att vi kan också förlora Jacob om det vill sig riktigt illa. Det finns inga garantier.", upplyste Owen.

Chris tittade med en fundersam blick på var och en av de närvarande som nickade samstämmigt. Adhira tog tag i Chris hand och sa en längre sammanhållande ordmening på arabiska. Chris tittade på Owen.

"Hon sa att Jacob har dödat en kristen pojke i hans egen ålder redan under den andra dagen inne på Raqqalägret i Syrien.", sa Owen och tillade "Sedan har vi det som hände vid ambassaden i Ankara och vidare."

Chris slöt ihop händerna och sänkte en förtvivlad blick mot golvet. Adhira reste sig och tackade Owen på arabiska och gick. Chris tittade efter henne tills hon försvann bakom en vägg.

Chris mötte Owens allvarsamma blick.

"Fick du med dig varuproverna?", frågade Owen.

Chris nickade och sedan skakade på huvudet.

"Vad behöver du för att kunna utföra detta på ett säkert sätt?", frågade Owen.

"Jag behöver relativt långa skyddshandskar och en smidig liten avbitartång. Till sist behöver jag gud."

"Är det allt? Jag kan kanske rekommendera eller snarare föreslå ett munskydd medan vi ändå håller på?", föreslog Owen. "Däremot finns gud inte i vårt beredskapslager. Naturligtvis hoppas även jag lite samarbete med vår herre.", tillade han och log.

"Ja, om det finns tillgängligt. Jag åsyftade nu på munskydd.", klargjorde Chris.

"Jag ordnar det.", sa Owen.

"Vad händer med den här kvinnan efter det här? Jag vill inte ha hennes liv på mitt samvete", sa Chris och svalde.

"Hon kommer bli hämtad av ett insatsteam. Det är vi som får ta hela uppmärksamheten så att hon kan lämna lägret. Det hänger också på Jacob och hans eventuella agerande vilket jag bedömer att det kan bli en av de svårare situationerna under hela operationen."

"Hur kommer vi in?", frågade Chris.

"Vi har fått information att det ska ske ett besök av tre IS-krigare med hög status. Dessa herrar har vi nu under förvar. Vi har beslagtagit fordonet och Adhira har ordnat med kläder för att inte väcka onödiga misstankar."

"Vi kommer då vara maskerade när vi tar oss in i lägret? ", sa Chris.

"Ja, vi kommer få ungefär fyra minuter med att ta oss in i samband vid vaktbyte. Adhira ska tillföra lite dosering av laxeringsmedel i samband med tillagningen av maten. Vilket då gör att vi kan komma in utan att frågor ställs. De kommer att bli upptagna av något helt annat." sa Malwin med ett litet hånleende.

"Det kommer också ske ett bönemöte vilket innebär att majoriteten av högdjuren kommer att infinna sig på knä på någon handgjord matta.", tillade Travis.

"När sätter vi i gång? ", undrade Chris och drack upp det sista av sin kaffe latte.

"Om två dagar. imorgon åker Abu Bakr i väg och räknas att vara borta i tre dagar. Adhira håller oss informerade och har koll på det.", sa Owen.

"När träffas vi och vart ska vi?"

"Jag kommer på torsdag och hämtar dig klockan 06:30. Vi ska till staden Lawdar och det aktuella lägret ligger några mil utanför", sa Leon.

Owen log och sa:

"Nu ska vi hämta hem grabben.", sa Owen medan han placerade bägge händerna över knäna.

Islamiska staten (förkortat IS, och tidigare även ISIS; arabiska: al-Dawla al-Islamiyya) är en väpnad salafistisk terrororganisation och tidigare icke-erkänd statsbildning som mellan 2014 och 2019 verkade inom främst Iraks och Syriens territorier. Statsbildningen och folkgruppen bakom denna gick tidigare under skiftande namn, men sedan juni 2014 har endast Islamiska staten använts. Den utropade då ett världsomfattande kalifat med anspråk på religiös och politisk makt över alla muslimer.

Hösten 2014 beräknade CIA att Islamiska staten hade 31 000 stridande i Irak och Syrien.[5] Under de följande åren nedkämpades denna styrka gradvis och var helt övervunnen i början av 2019.

Kapitel 32

DEN SEXTONDE
MAJ 2016

$\mathcal{E}$N FÖRMODAD TUPP gal klockan 06:00 någonstans i omgivningarna när Chris klev ut ur hissen. Klädd i vita shorts och en blå passande T-shirt med logotype: WHO och tillsammans med en svart midjeväska gick han förbi receptionen och sa god morgon på engelska.

Chris hade dagen innan bett om en tidig frukost vilket personalen ordnade. Det var också uppdukat vid ett fönsterbord med både äggröra och prinskorv på tallriken under ett värmelock. Ett glas apelsinjuice och bredvid, på en assiett, låg två brödskivor med smörpaket och ostskivor. Han behövde endast själv hämta kaffe, vilket han också gjorde.

Morgontankarna jobbade febrilt med att försöka finna en annan utväg, det vill säga en slutlig lösning som var mer mänsklig och skonsam. Tankarna barrikaderade sig till slut eftersom alla logiska mänskliga förslag till lösningar hade sedan tidigare föreslagits av diverse fredsmedlare och ministrar ifrån hela världen men då hade blivit bordlagt vid oräknade tillfällen på grund av bland annat arrogans, narcissism, och religiös fanatism.

Tanken att allt kunde gå så ofantligt fel vilket innebar att Owen och hans mannar skulle stryka med tillsammans med mig och Jacob under en intensiv eldstrid. Eller kanske än värre, att allihop blev smittade under själva operationen. Eftersom inkubationstiden är mellan 2 och 14 dagar eller än värre 2 till 21 dagar. Vi hinner ju hem och sprida smittan vidare. Det fick inte gå fel, tänkte Chris och tittade på klockan. Det var dags att gå ut.

Chris ställde sig på trappen och det kändes lite småkyligt i bara i shorts trots att det visade 19 grader på morgonen. Tanken till klädvalet var att vara i grunden så tunt klädd eftersom man skulle klä ut sig till IS-krigare. Förmodligen blir det varmt, cirka 28–30 grader celsius och med hög luftfuktighet på cirka 60 %. Då underlättar det med så lite kläder som det är möjligt.

Det var i det närmaste på sekunden till att klockan blev 06:30 när en gammal vit Peugeot 404 stannade till vid trappen. Bilen var inte bara vit utan tre av skärmarna hade följande kulörer, svart, blåmetallic och röd.

Samtliga bilrutor var nedvevade och uppskruvad arabiskmusik hördes mycket väl inifrån bilen. Chris hukade sig och tittade in i bilen. Där satt en arabisk dishdashaklädd storväxt kille och på huvudet hade han en rödvit Bohowaii som tänkte halva ansiktet. Killen vinkade ivrigt att Chris skulle komma.

Chris gick nedför trapporna medan passagerardörren öppnades. Chris tittade åter in i bilen medan chauffören instinktsvis vinkade att han skulle sätta sig i framsätet. Chris satte sig och chauffören drog ner sin ansiktsmundering under ett kort ögonblick. Chris kände igen killen. Det var den tyska killen Leon.

Färden gick förbi landningsbanan till flygplatsen och strax senare passerade de samma sjukhus som två dagar innan när Chris åkte samma sträcka med taxi. Leon körde igenom centrala delen av Aden och passerade förbi diverse Moskéer och stormarknader som bevakades av militären. Efter cirka tjugo minuter hade de lämnat Aden och körde längs med länsväg N1 mot Lahij.

Konversationen mellan dem i bilen var både kortfattat och fåordigt. Leon upplyste i korta ordalag när de passerade något speciellt som till exempel sjukhuset strax utanför Aden där organisationen "läkare utan gränser" höll till eller något större moské eller stormarknad längs vägen.

Chris hade vart fall fått klart för sig att de var på väg till en amerikansk flygbas som hette Al,anad som låg dryga sex mil ifrån Aden. Färden fortsatte vidare mot staden Kadamat Al Àwdhali. När de passerade genom staden så fick Chris se på vänster sida en flod som hette Wadi Tuban. Strax efter svängde de till vänster vid en stormarknad och följde vägen som gick över ett vattenkraftverk med dammluckor.

Under flera kilometer passerade de förbi grönskade åkermark och större odlingar som gränsade mot det bergiga ökenlandskapet som tornade upp vid horisonten. Efter någon mil syntes flygbasen och tillhörande byggnader. Det fanns också några industribyggnader i dess närhet till flygbasen. Leon svängde in på en större parkering och parkerade. Sedan gick de sista biten fram till den välbevakade grinden till själva flygbasen.

Owen stod innanför grinden klädd i militäruniform. Han log när han såg Leon och Chris kom gående mot grinden. Owen gav tecken att öppna grinden varvid den öppnades av två soldater.

"God morgon Chris! Välkommen hit.", sa Owen med ett leende och sträckte ut handen.

"God morgon Owen. Tack.", sa Chris medan han hälsade på Owen med en handskakning.

"Kom, vi går.", sa Owen och vände sig om och började gå. Chris och Leon gick med.

De kom fram till en hangar som låg längst bort. Owen öppnade plåtdörren och klev in tillsammans med Chris och Leon. Mitt i hangaren stod en kapellförsedd Toyota pickup där Malwin befann sig och vinkade tillsammans med Travis. De gick fram.

Chris fick sin förklädnad från bilflaket. Han satte på sig de svarta Dishdasha och den Hijab liknande huvudbonad som nästan täckte hela ansiktet. Under tiden hade Owen försvunnit men var snart tillbaka klädd som en riktig IS-krigare, då endast ögonen och buskiga ögonbryn syntes. Inom tio minuter var hela gruppen ombytta och klara.

Owen gick i väg till en arbetsbänk som stod vid ena hangarväggen och kom tillbaka med en liten avbitare avsedd för elektroniskt finarbete och ett par svarta gummihandskar som täckte handleden och lite till. Chris tråcklade fram sin midjeväska innanför förklädnaden. Tanken var att placera midjeväskan utanför kläderna eftersom den var svart och skulle smälta in i förklädnaden, vilket den också gjorde. Sedan tog han avbitaren och la den i väskan och handskarna placerades där ihoprullade. Till sist lade han bägge provrören ovanpå.

Malwin kom bärande med två M16 automatkarbiner och räckte över den ena till Chris.

"Har du använt sådan? ", frågade Malwin.

"Ja, det var länge sedan."

"Har man skjutit tillräckligt med en M16 sitter det i ryggmärgen.", sa Malwin med ett leende.

"Jag har andra kunskaper i ryggmärgen.", sa Chris och skakade på huvudet.

"Vi gör en repetition med dig på vägen dit." sa Malwin.

"Okej, vi måste rulla!" ropade Owen och satte sig bakom ratten tillsammans med Travis. Malwin kastade sig upp på bilflaket och räckte fram sedan handen för att hjälpa både Chris och Leon upp på flaket.

Hangarportarna öppnades och en militärökenfärgad Toyota Land Cruiser åkte i väg och försvann.

IS officiella propaganda utlovar möjligheten att uppfylla den religiösa plikt som tar den muslimska kvinnan till paradiset, både i det jordliga livet och i livet efter detta. Migrering till den Islamiska staten, hijra, presenteras som en möjlighet till ett bättre liv. I den Islamiska staten kan den beslöjade kvinnan undkomma misstänksamma blickar och leva ett liv i linje med Guds önskemål. På så vis säkras en ljus framtid, fylld av möjligheter.

Kapitel 33

DEN SEXTONDE MAJ 2016

ADHIBRA KÄNDE IGEN hans tatuering på högerhanden, hans gångstil, hans övermäktiga narcissistiska beteende som var avskyvärd att beskåda. Något som hon har fått gjort över ett år sedan hennes vackra syster Lea mördades kallblodigt av just denna man som kallade sig själv förutom sitt förnamn, Jamal, även för guds krigare.

Att Abu Bakrs bedårande dotter Nassiva var närvarande i lägret tillsammans den blonda pojken Aadel gjorde att vardagen och tillika stämningen i lägret normaliserades en aning förutom då för Jamal som ansåg Aadel som en dödlig konkurrent gällande att få Nassivas hjärta. Jamal hade svårigheter överhuvudtaget att acceptera den blåögde killen som kom ifrån ingenstans.

För att gör något åt det fortlevande dilemmat krävdes mod, det vill säga en egenskap som han aldrig hade själv utan något han alltid ärvde ifrån flocken. Nej, han saknade totalitära psyket att vara någon ensam varg och dessutom hade han alldeles för stor respekt för Nassivas fader.

Adhiras syster Lea fick gå igenom ett tvångsgifte med den blodtörstiga Jamal. Det var ett tvångsäktenskap under tortyrliknade former, för inte tala om omänskliga. Jamal blev inte bara besatt av att just han fick den vackraste muslimska kvinnan i lägret. Det visade sig att hon var för vacker i hans ögon trots att hon bar Niqab offentligt som alla andra kvinnor.

Jamal fattade ett ödestiget beslut, nämligen att han skulle för evigt få behålla hennes skönhet genom att ta en porträttbild av henne med en digitalkamera. En skönhet som aldrig åldrades. En skönhet som han kunde ta fram för att föreviga stunden av kärlek för alltid.

En kväll under en kvällsvakttjänst satt Lea tillsammans med honom vid en öppen eld. Han kysste henne ömsint och kärleksfullt för att locka fram hennes tillgivenhet. Lea hade lagt sig på rygg på filten medan Jamal skulle lägga på mer ved på den brinnande brasan. I stället tog han upp ett glödgat armeringsjärn och brände henne i ansiktet tills hon vart helt vanställd medan han höll en trasa över hennes mun som dämpade hennes vrål av smärta.

Adhira glömde aldrig dessa ögonblick när hon fick vårda sin syster för hennes fruktansvärda brännskador.

I Jamal's vidriga värld utrotade han det vackra så att inga andra män skulle kunna falla i lockelse och förförelse. Övergreppen hade inte heller stannat där. När hennes sår knappt hade läkt så skulle han med rättlig egenskap som make ha sex med henne. Han ville ha barn med Lea varefter hon och hennes syster i guds namn skulle fostra barnen till IS-krigare.

Jamal var införstådd med att hans fru inte var detsamma vackra kvinna som tidigare. Inte heller fanns viljan hos henne att ha sex med mannen som bokstavligen hade förstört både hennes liv och inte minst hennes kommande framtid. Han skulle råda bot på det.

Han hade kastade sig över Lea i sängen och slet av henne kläderna. Han tvingade henne att ligga på rygg med benen isär medan han tog fram porträttfotografiet och i samma ögonblick gav han henne en kraftig örfil på kinden som brände till ytterligare i hennes nästan läkta sargade ansikte. Han trängde in i henne och placerade sedan fotografiet över hennes brännskadade ansikte och fäste det med ett häftstift på hennes panna. Nu var skadan återställd. Det var den främsta anledningen att hon var villig att hjälpa Owen och hans mannar med att komma in i lägret även om det skulle kosta henne livet. Å andra sidan så skulle hon få återförenas med sin syster, Insha 'Allah.

Nu hade Jamal passerat förbi för att göra ett vaktombyte vid den bevakade grinden och än hade inte laxermedlet fått sin verkan. Allt hade vart fall gått efter planerna, tänkte hon då nästa vaktombyte kom gåendes förbi fönstret. Samtliga IS-krigare hade fått laxermedel under morgonen förutom Aadan och Nassiva som då befanns sig i ett annat hus och åt sin egengjorda frukost.

Adhira gick till grannhuset och knackade på. En ung kvinnlig röst ropade kom in. Hon gick in och stängde dörren och kände en växande nervositet när hon mötte blicken från Nassiva som stod bakom Aadan och kramade honom.

"Smakade bra med frukosten?", frågade Adhira vänligt på arabiska.

"Det smakade bra.", sa Aadan och drack samtidigt en klunk av sitt morgonte.

Adhira tog en bricka från en byrå och började pliktmässigt duka av frukosten som stod på bordet. Hon frågade Aadan om hon skulle ta temuggen men han höjde högerhanden och skakade på huvudet. Adhira tackade respektfullt och gick ut med frukostbrickan.

På vägen mot den sandfärgade huvudbyggnaden mötte hon två IS-krigare som småsprang förbi henne och snavade på sin Dishdasha khaki med ena handen hållandes för baken. En bit därifrån fanns tillgängliga allmänna våtutrymmen och toaletter. Adhira smålog och fortsatte mot huvudbyggnaden för att lämna av disken.

När hon kom ut ifrån huvudbyggnaden kom Jamal springande tillsammans med en annan IS-krigare. Jamal fick i brådrasket se Adhira och började gestikulera med armarna.

"Spring till porten och vakta den. Släpp inte in någon!", vrålade Jamal i ren panik medan han sprang.

Adhira gick med snabba steg mot den stängda porten och kunde snabbt se att alla vaktposteringar hade avlägsnast sig. Samtidigt hördes en växande upploppsstämning bland alla IS-krigare eftersom det fanns begränsade antal toalettutrymmen som snabbt blev upptagna. Både män och kvinnor började springa runt i lägret för att finna en ostörd plats utomhus för att kunna göra sina akuta behov.

Adhira öppnade grinden på glänt och tittade ut mot de intilliggande bergen som omgav lägret. Det fanns egentligen bara en väg in till lägret vilket hon fokuserade på med spänning och med nervositet. Hon kunde inte se något som närmade sig varken något fordon eller något annat som var på väg mot lägret. Hon vände sig om och konstaterade att alla var tämligen helt upptagna med helt annat. Hon tittade åter mot horisonten med en stark förhoppning.

Efter någon minut fick hon se något som rörde sig vid horisonten, långt där borta. Efter en stund kunde hon också se den stigande vägdammet efter ett fordon som mycket riktigt var på väg mot lägret. Antingen var det Owen och hans mannar som var på väg eller var det något annat besök som var på angående.

Owen körde genom bergspasset och tittade på klockan. Det återstod bara cirka fem kilometer till IS-lägret. Han tittade på Travis som hade sin fokusering på vägen.

"Vi får hoppas att vår plan håller och i synnerhet för Adhira.", sa Owen och rättade till mustaschen med fingrarna.

"Vi vet ingenting eftersom vi inte har någon kontakt med henne. Den här jävla resan kan i värsta fall bli vår sista.", sa Travis och torkade sig över flinten med en trasa.

"Jag tänker så här. Skulle hon blivit upptäckt i lägret skulle de direkt mobilisera just här vid bergkammen och ge oss ett varmt mottagande. Jag ser ingen taktiskt eller något att vinna på genom att låta fienden ta sig fram till dörren och knacka på för att fråga om kaffet är på."

"Det låter logiskt. Ska vi köra rätt in i lägret?", sa Travis.

"Ja vi kör in, för det blir lättare att få Jacob på flaket i stället för att bära honom till bilen."

"Det låter som att grabben inte kommer följa med självmant, enligt dig?" konstaterade Travis med han tittade på sin befälhavare Owen.

"Jag räknar med det.", sa Owen.

Travis tog fram kikaren och tittade framåt.

"Ser du något?", frågade Owen.

"Porten ser stängd ut. Hon kanske inväntar att vi ska komma närmare innan hon slår upp guds portar?"

"Helvetesportar menar du väl?", sa Owen och gav samtidigt Travis en bestämd blick.

Travis sänkte ner kikaren och log.

"Okej, vi kör på det."

Travis tittade i kikaren igen och kunde se både grinden och lägret.

"Jepp, där är Adhira! Hon har öppnat grinden. Gasa!"

Owen gasade på.

"Chris och Malwin var beredda, vi kör in i lägret nu.", ropade Owen samtidigt som de passerade porten.

Owen och Travis fick se en större folksamling lite längre in i lägret. Hela situationen verkade vara i kaos medan IS-krigare sprang och irrade omkring helt planlöst. Owen stannade bilen och kastade sig ur med osäkrad vapen tillsammans med Travis.

Chris, Malwin och Leon hoppade av flaket med osäkrade vapen och tittade sig omkring. Owen hade fått kontakt med Adhira samtidigt som en IS-krigare klev ut genom en ytterdörr. Adhira pekade på honom och nickade. Owen tittade dit.

"Chris! Jacob är där.", ropade Owen på engelska och pekade.

Jacob vände sig om och sprang in i huset varav ytterdörren slogs igen med en smäll. I samma ögonblick kom Nassiva utrusande från ett rum och de möttes i stora rummet.

"Ta skydd!", skrek Owen och kastade sig bakom bilen.

Jacob sköt undan ett större bord och slet undan en tygmatta ifrån golvet. En golvlucka av trä som var infälld i en bastant metallram visade sig. Jacob tog tag i det nedfällda handtaget och slet upp luckan. En hemmagjord trästege stod lutad ifrån sandgolvet mot den timrade väggen.

"Fort Nassiva! Ner här! ", viskade Jacob på arabiska.

Nassiva greppade tag med bägge händerna på Jacobs kinder och kysste honom hårt. Sedan gav hon honom en blick innan hon skyndsamt klättrade ner i skyddsrummet. Jacob stängde igen luckan samtidigt som han drog tillbaka mattan. Han vräkte över bordet på mattan och tog sitt vapen från golvet.

Ett fönster öppnas som slog mot husväggen medan en gevärspipa stack ut. Två korta eldgivningar kom som träffade två IS-krigare och bilen.

Malwin besvarade elden liggandes från ett hus mitt emot.

"Skjut inte!", skrek Chris.

En ung tjej vid namn, Hiya, som till utseendet var väldigt lik Nassiva befann sig i huvudbyggnaden och förberedde för eftermiddagsbönen. Plötsligt hörde hon hur någon utanför ropade på engelska och strax därefter hörde hon två korta eldgivningar. Hon sprang ut till en annat rum och hämtade sitt vapen, en automatkarbin typ Kalashnikov Ak-47 som stod lutad mot ett bord.

Ytterdörren flög upp i huvudbyggnaden samtidigt som en gevärspipa visade sig. Hiya kunde inte skjuta. Vem skulle hon skjuta på? Det fanns bara IS-krigare vid Nassivas hus där Aadel befann sig. Hon tittade ut och såg flera IS-krigare låg på marken samt en gevärspipa stack ut genom fönstret hemma hos henne.

"Vad är det som händer?!", skrek Hiya.

"Stanna där!", hörde hon Aadel skrika inifrån huset.

Owen låg bakom bilen och var fullt införstådd att han befanns i skottlinjen för personen som fanns vid den öppna ytterdörren. Det där lät som en tjej, tänkte Owen.

Malwin hade lämnat sin liggande position. Han sprang fram bakom huset och fortsatte i mindre etapper, bit för bit till hus till hus, och var hela tiden var beredd att skjuta. Vid sista huset innan han kom fram till huvudbyggnaden såg han att det mycket riktigt fanns en dörr och två fönster som vette ut mot baksidan. Hade han tur var dörren kanske olåst vilket skulle underlätta hela manövern. Malwin ville ta kvinnan levande eftersom han var nästan tvärsäker att hon var Abu Bakr dotter Nassiva. Han hörde på nytt kortare eldgivningar en bit bort.

Chris såg att Malwin hade avlägsnat sig och Leon hade tagit över hans postering. Han såg också vilka effekter det gav av det överdoserade laxermedlet. Flertal IS-krigare hann inte ut från toaletterna förrän de var tvungna att vända sig om och rusa in igen. Ljudet av stönade och jämrande från både män och kvinnor som avlöste varandra.

Malwin hade kommit fram till bakdörren. Han kände på handtaget försiktigt som var i princip friktionslös till en början. Sedan kände han ett litet motstånd i handtaget och han pressade försiktigt ner handtaget och dörren öppnades på glänt. Ja! tänkte Malwin.

Owen tittade fram lite försiktigt bakom bilen.

"Jacob! Det är jag, Owen.", ropade han på engelska.

"Nassiva!", skrek Jacob inifrån huset med en märkbar rädsla i rösten.

"Din pappa är här. Skjut inte. Kasta ut ditt vapen så ingen blir skadad.", ropade Owen.

"Vad är det som händer Aadel! ", ropade Nassiva och försökte titta ut igen.

Jacob satte sig på huk hållandes i sin automatkarbin av märket AKM. Tårarna rann utmed hans ansikte av både förtvivlan och ett växande inre hat. Hur visste…Varför kom de hit? tänkte Jacob.

Chris tittade försiktigt fram och såg att gevärspipan var nu borta ifrån fönstret. Samtidigt såg han Owen krypa fram till husväggen och reste sig hukandes mot det öppna fönstret. Av någon oförklarlig anledning stod en kortare torr pinne med en klyka lutad mot husväggen. Owen tog den och tryckte sig mot husväggen. Han bröt av en liten bit av pinnen och avvaktade precis intill det öppna fönstret. Mycket riktigt några fotsteg hördes och gevärspipan stack återigen ut genom fönstret.

Chris såg hur Owen kastade in en liten bit av pinnen genom fönstret för att i nästa sekund hugga tag i gevärspipan och ryckte till för sekunden efter höll Owen en automatkarbin med sina händer. Han hörde hur Jacob skrek av ren ilska inifrån huset. Sekunden därpå sparkades ytterdörren in av Travis som rusade in med Owen hack i häl efter.

Ett våldsamt tumult hördes inifrån. Det var stolar som vältes, glas som krossades och skrik av flera manspersoner. Owen tittade ut och gjorde tummen upp men ändrade sig och gestikulerade med att avvakta. Owen försvann ur sikte.

Nassiva kunde höra ifrån skyddsrummet och följa vad som pågick i huset. Hon började spekulera att det kanske möjligen skedde ett internt uppror inom IS-lägret.

Hiya såg och hörde några hus längre bort att det skedde skottlossning och kunde bevittna hur två IS-krigare föll ihop till marken skrikandes för att sedan tystna.

Det hade lugnat ner sig inne i huset där Owen och Jacob befanns sig konstaterade Chris. Det enda som hördes var stönande och jämranden från förmodade IS-krigare som inte mådde så särskilt bra för närvarande. Men… Owen hade inte visat sig? Vad är det som händer? tänkte Chris oroligt.

Owen stack ut huvudet och pekade mot en murad vattenbrunn som stod cirka femtio meter bort. Chris nickade och började ta sig dit. Medan han gick observerade han hur alla gick eller sprang hållandes för magen eller baken. Han förstod att han var tvungen att uppvisa någon form av lidande medan han gick. Chris började stöna och hålla sig för magen medan han småsprang mot vattenbrunnen.

Owen och Travis tittade på Jacob som låg på golvet, sovandes på rygg. Efter att Owen hade gett Jacob en sövande spruta medan Travis höll i honom. Jacobs ljusa lockiga hår existerande inte längre utan enbart några snaggade millimeter var kvar på huvudet. Jacobs pojkaktiga söta ansikte hade blivit förvandlad till en finnig, vältränad, auktoritär tonåring i Owens ögon.

Chris hade kommit fram till vattenbrunnen med en tvådelad soltorkat runt trälock som skyddade brunnen. Han lyfte upp ena delen av locket och la den ner på det motsatta stängda locket. Chris öppnade midjeväskan men stannade upp för ett kort ögonblick när den rättskipande samvetet påminde om sin närvaro. Chris vände sig om och såg då Owen stod vid dörröppningen medan Malwin kom gående med en ung söt tonårsflicka framför sig i riktningen mot bilen.

Chris satte på sig gummihandskarna och plockade ut bägge provrören från midjeväskan. Han höll ut handen med provrören över den halvöppna brunnen medan med andra handen plockade fram den röda avbitaren. Han gav åter en förtvivlad ångerfullblick till Owen som svarade med en nickning. Chris klippte av bägge påfyllningsanslutningarna och släppte avbitaren som samtidigt föll med de avklippta anslutningarna ner i vattenbrunnen. Därefter släppte han de två provrören ner i brunnen innan han drog av sig gummihandskarna och lät även dem få möta samma öde ner i vattenbrunnen.

Chris våndades oerhört över sitt tillkomna smutsiga samvete medan han skyndade tillbaka till bilen. Owen och Travis hade precis lagt Jacob på flaket i bilen när Chris anlände. Owen tittade på Chris.

"Ska vi röra på oss?", frågade Owen och tittade sedan på Hiya och sedan på Malwin.

"Vad ska vi göra med henne?", frågade Malwin.

"Ingenting, inom kort kommer hon få mer nederlag att tänka över utöver det här.", sa Owen och ryckte på axlarna.

Chris tittade förvånat på Owen.

"Ska vi bara släppa henne!?"

"Nej.", svarade Owen och tittade på Malwin och gjorde en nickande gest mot huset.

Malwin gav Hiya en knuff med gevärspipan varvid hon började gå mot huset. Med två kattstrypare sattes hon fast med bakbundna händer och fötter som sedan förankrades runt en stående träbalk inne i huset.

Owen klev in i bilen samtidigt som Travis höll öga med sin riktade M16 mot de IS-krigare som dels var obeväpnade och påtagligt omtöcknade medan de hade samlats kring vattenbrunnen.

Bilen startades i samma ögonblick som Malwin kom utspringandes ifrån huset och snabbt barrikerades ytterdörren med en gammal kabeltrumma märkt: Ericsson Cables samt en gammal stol som sekunden efter prydde överst på kabeltrumman.

Chris och Leon hjälpte Travis upp på flaket innan Owen körde i väg med en rivstart mot utgången. Två spärrvakter som stod vid den öppna porten öppnade automateld mot bilen varvid Travis besvarade eldgivningen och träffade en av spärrvakterna. Den andre maskerade spärrvakten kastade sig mot marken för att ta skydd bakom ett betongfundament medan Toyota pickupen passerade förbi.

Med hjälp med den lutande stegen lyckades Nassiva pressa upp golvluckan så pass att bordet gled av luckan tillsammans med mattan. Hon vräkte sedan luckan ner mot golvet och skyndade sig upp och fick se Hiva sitta fast bakbunden vid en stående träbalk. Nassiva slet fram en kniv och skar loss henne.

"Var är de?", skrek Nassiva medan hon samtidigt uppvisade en hatisk blick.

"Jag vet inte? De pratar engelska och var beväpnade.", sa Hiva upprivet.

Nassiva rusade mot ytterdörren och öppnade den. Precis utanför stod en större kabeltrumma och en stol i vägen. Hon pressade undan kabeltrumman och rusade i väg. När hon närmade sig ingången springandes fick hon se en Kalasjnikov AK-47 som låg på vägen som hon då snabbt stannade till och tog den. Hon fortsatte springa men blev plötsligt hindrad av den andre IS-vakten som utan förvarning dök upp bakom ett betongfundament. IS-krigaren gnydde till medan Nassiva höll för hans mun innan IS-krigaren segnade ner till marken och där mötte sitt slutliga livsöde med en kniv inkörd i halsen.

Nassiva sprang vidare och skrek medan avståndet till pickupen ökade allt mer. Hennes hat eskalerade när hon stannade till och lät sin Kalasjnikov tömma sitt halva magasin i en följd. Den omringande Bergmassivet förstärkte både hennes skrik och eldgivningen med återkommande ekon medan hon stod och tittade på medan pickupen körde mot bergen.

Hon höll automatvapnet i högerhanden medan hon samtidigt höjde vänsterarmen med knuten näve mot skyn.

Owen och hans mannar närmade sig bergsöppningen vid Jabal en Nabi shu'ayb. Owen stannade till när han hörde en ung kvinnlig röst som förmodligen talade i en knastrig megafon.

"Ni har tagit min gåva och min älskade Aadan. Med guds hjälp så kommer vi återförenas och de ansvariga kommer att då straffas med döden. INSHA'ALLAH" I bakgrunden hördes nu eskalerande skrik och rop eftersom Nassiva hade megafonen fortfarande i sändning.

Det visade sig att Nassiva precis fick besked att hennes pappa Abu Bakr hade omkommit av en raketexplosion under en bilfärd i Syrien varvid megafonen stängdes av.

"Kvinnan är som skuggan: följ henne och hon flyr dig,
fly henne och hon följer dig."

Kapitel 34

DEN SJUTTONDE MAJ 2016

MEDAN TV4 VISADE norska nationaldagsfirandet som firades på Oslos gator under förmiddagen satt Linda i soffan och tittade återigen på sin mobiltelefon på vardagsrumsbordet. Det har gått fyra dagar sedan Chris försvann och inte heller hörts av sig. Något som aldrig hade inträffat tidigare utom vid något enstaka tillfälle. Det har alltid ingått som en rutin inom familjen att höra av sig rent informativt. Den tidigare aggressionen som hon hade mot Chris hade blivit förbytt till oro och förtvivlan.

Trots allt, för tre år sedan hade de förlorat Jacob under vedervärdiga omständigheter och försvinnande. För fyra dagar sedan hade även Chris försvunnit och inte ett enda livstecken hade hörts överhuvudtaget. Visserligen var hon ganska övertygad om att Chris var tillsammans med sin bror Owen någonstans i mellanöstern som i sin tur kanske kunde förklara tystnaden. Det måste bero på någonting väldigt viktigt för Chris eftersom han satt sig i ett plan med destination till något arabland? Förmodligen Jemen vilket allt tydde på enligt vad hon hade fått fram.

Medan Linda gav tv:n en sporadisk blick mot de norska flaggorna kom tanken på Moa Waldarud tillika Kristibrud. Moa som ändå hade i grunden norskt påbrå satt förmodligen hemma och firade nationaldagen. Tänk att det har gått tre år sedan hon träffade Moa sist. Det hade endast varit få sporadiska telefonkontakter i samband om Jacobs försvinnande och visserligen skedde bakom Chris rygg eftersom Linda hade trots allt lovat att bryta kontakten med Moa och därmed hela Knutbyförsamlingen.

Hon hade också ringt och avbokat ett besök med chefspsykologen och överläkaren George Keresztesi den här veckan. Vilket kanske inte var så klokt trots allt? Hon behövde en mänsklig ventil som hon kunde bolla sina känslor och oro med. Dock vågade hon inte riskera att öppet berätta att hon nu hade även tappat bort sin man någonstans i mellanöstern utan att för den skull riskera att bli ett ofrivilligt vårdpaket på psyket.

Om inte Chris hör av sig eller visade något som helst livstecken i dag kommer hon vart fall försöka få kontakt med Moa, i morgon. Hon hade trots allt suttit i fyra dagar inom dessa väggar och bara väntat och åter väntat för att få något som helst besked ifrån Chris. Att hon skulle ta beslutet att ringa Chris var helt uteslutet eftersom hon inte visste vad som egentligen pågick efter all hemlighetsmakerier.

Dock visste hon en sak till etthundra procent att Chris assistent Nettan Gustavsson befann sig i laboratoriet K4 på Karolinska institutet så risken för återupptagna hemliga erotiska möten i fjärranöstern med Chris var obefintlig. Det hade hon nämligen kontrollerat.

Förutom att Jacob blev bortförd utomlands så hade även den här syriska tjejen Yasmin försvunnit under väldigt egendomliga händelser. Vilket sedan bidrog till att Jacobs kidnappare rättsliga prövning mot henne inte blev av. Man kunde inte heller fälla samma person för människorov av barn trots hans erkännande under ett förhör som sedan drogs tillbaka av hans försvarare med citat "Var ett påtvingat erkännande under tveksamma förhållanden och därtill försvunnit huvudvittne".

Det hade gått drygt tre år sedan hon hade avvikit ifrån inställelse för rättslig prövning i Södertörns tingsrätt. I samband med det hade hon lyckats få den tidsutrymme som behövdes för att komma undan med hjälp av kommunala färdmedel. Efter att fått hjälp av en syrisk familj i Akalla kunde hon hålla sig undan med tak över huvudet och mat.

Yasmin kunde inte hålla kontakt med sin mamma inte under några som helst omständigheter och inte heller övriga bekantskapskretsen. Hon var efterlyst och polismyndigheterna gjorde vad de kunde för att åter gripa henne genom att hålla span på kända adresser och ta del av information och tips. Med andra ord blev det en oerhörd isolerad tillvaro för henne i inledningen av hennes flykt ifrån rättvisan.

Efter att ha flyttat runt både i Stockholms och Uppsalaregionen i drygt ett år tog hon sin tillflykt till Värmland närmare bestämt utanför Rådelsbråten och Bastuknappen strax bortanför höljberget, ett stenkast till norska gränsen. En irakisk familj som arrenderade en mindre gård i orten med lite bidragshjälp från berörda myndigheter tog emot Yasmin.

Hon tillbringade ytterligare en längre tid med möjlighet till betydligt större rörelsefrihet än i Stockholm. Kontakten med sin mamma kunde ske under korta perioder via sms från en mobiltelefon med anonymt kontantkort vilket byttes ut vid jämna mellanrum.

Under dessa år på flykt hade hon ändå klarat sig hyfsat bra tack vare tidigare erfarenheter som hon och hennes mamma fick erfara under flykten ifrån krigshärjade Syrien. Så i jämförelse var hennes nuvarande situationen till och med bättre.

Det var återkommande tankar, det vill säga tankar som förde henne några år bakåt i tiden innan hon hamnade med det nuvarande arbetet på fiskfabriken i Ålesund i Norge. Det gick vart fall lite lättare medan hon skar av tungan från ett avhugget torskhuvud. Ibland återkom även den känslan när hon pressade fast fiskhuvud på spiken att då i stället var Alis huvud som sattes fast för att skära av hans tunga.

Tack vare den irakiska familjen vars make som jobbade i Norge och hade dessutom diverse kontakter i Oslo med att få fram falska identitetspapper åt Yasmin, vilket sedan möjliggjorde att hon kunde börja arbeta i Norge. Att stanna kvar i Sverige blev med tiden alltmer riskabelt särskilt när de socialmyndigheter började visa alltmer intresse för henne som person. Framför allt när hon inte ville söka enskilt ekonomiskt stöd som sociala föreslog för att inte belasta ekonomin för den irakiska familjen. För att undvika bli närmare granskad fick hon flytta till Norge. Risken att bli stoppad i eller kring Ålesund var ytterst minimal. Det gällde bara att inte kretsa runt bland människor och platser i fel tidpunkt något som Yasmin var speciellt noga med.

Förutom orostankarna om hennes mammas hälsa kom även tankarna på Jacob där Yasmin kunde konstatera att han är tonåring idag såvida att han lever? I så fall, vad gör han? Befinner han sig i Sverige? Det var frågor som hon aldrig fick svar på. Viljan att åter få träffa Jacobs föräldrar för att kanske få svar hade återkommit många gånger tidigare men risken att återigen konfrontera med polis var alltför stor för att kunna genomföra det.

Yasmin tittade på klockan som satt på plåtväggen mellan två tavelramar som innehöll foton på fiskefartyg som fiskade ute på havet. Hon kunde konstatera att arbetsdagen äntligen var slut när hon kastade tillbaka torskhuvudet som hon precis hade greppat tag ifrån plasttunnan.

Med ett mindre sällskap av några norska damer som var arbetskollegor gick Yasmin i sällskap med dem till busshållplatsen. Eftersom Yasmin hade jobbat på fiskfabriken under en tid kunde man konstatera bland kollegorna att hon var fåordig och dessutom var oftast tillbaka dragen på rasterna och stack inte ut för att få uppmärksamhet vilket flesta accepterade. Hon var inte heller den tjejen som ville umgås privat med kollegorna trots att hon blev inbjuden till olika aktiviteter efter jobbet.

Yasmin hade ett rutinerat system som hon följde punkt och pricka. Hon tog alltid bussen 602 till jobbet från Leiteswingen till Brunholmsgatan i Ålesund och jobbade hela dagen på Norwegian Seafood AS och tog sedan bussen hem. Hon handlade alltid i en lokalbutik längs vägen hem antingen i Kiwibutiken eller Jokerbutiken som låg närmast beroende vilken buss hon tog. Hon undvek att exponera sig lite beroende vart hon klev av bussen och i och med det undvek hon större köpcenter.

Lägenheten som Yasmin hyrde var inrymd i en större trävilla i ett villakvarter på Nörvegata, en liten tvåa på 23 kvadrat som dessutom var möblerat. En mobiltelefon av märket Iphone införskaffade hon i Norge med tillhörande kontantkort för att kunna ha en sporadisk prioriterande kontakt med sin mamma och även den irakiska familjen i Sverige inte minst. Genom att ha tillgång till falsk identitet med irakiskt ursprung kunde hon få oklassificerat arbete på fiskfabriken med lite hjälp av tillgjord dålig svenska och engelska.

Hon hade en viss tillförsikt och en förhoppning att man skulle se hennes tidigare illgärning mot Ali med lite mer mänsklig förståelse och i och med det, ge strafflindring i samband att han blev dömd. Ett önsketänkande trots allt eftersom hennes kunskaper inom rättsjuridik var ytterst ringa för att inte säga nästan obefintlig.

Att leva på flykt under en längre tid tärde på psyket. Att gå eller förflytta sig bland människor var alltid ett risktagande hon tog varje dag när hon skulle sätta sig på bussen för att åka till jobbet. Det vill säga leva i en ständig oro att kanske åka fast med falska identitetshandlingar och sedan bli utvisad till Sverige för att åter stå till svars för något som hon ansåg vara en mänsklig rättighet gällande Jacob.

Hon hade också fått information ifrån irakiska familjen att Ali hade lyckats undgå att stå till svars för de brott han hade gjort. Det på grund av rättstekniska termer och dessutom att huvudvittnet, det vill säga Yasmin, hade avvikit. För henne själv var bara själva tanken rent av frustrerande där känslan för rättvisa grät vid en anonym busshållplats. Det vill säga, hon själv.

Hur länge Yasmin hade tänkt att stanna i Norge visste hon inte i nu läget. Hon var ständigt stort behov av pengar eftersom hon delvis försörjde sin mamma i Sverige på ett kostsamt sätt. De falska identitetenshandlingar kostade en bra slant vilket ledde till att hon fick en personlig skuld till den irakiska familjen. Pengarna som hon hade i sitt svenska bankkonto kunde hon givetvis inte röra eller ens begära ett nytt bankkort i Sverige eftersom polisen hade beslagtagit allting.

Någonting måste ändå ha hänt? Han hade inte hört av sig idag heller inte ens ett sms meddelande hade hon fått som visade åtminstone att han var vid liv, tänkte Linda medan hon satt i soffan och tittade på klockan som visade halv åtta på kvällen. Teven var påslagen och Rapport inledde kvällens nyhetshändelser. När nyhetsankare, Lisbeth Åkerman, började med de senaste nyheterna ifrån krigshärjade Syrien där USA tillkännagav att man har lyckats likvidera IS-ledaren Abu Bakr under en fordonstransport i Norra Syrien.

Linda som sedan länge hade avhållit sig ifrån att följa all nyhetsbevakning gällande Syrien och inte minst IS samt mellanöstern i övrigt. Intrycken och efterföljande chocken för tre år sedan den amerikanska ambassaden i Turkiet utsattes för ett sprängattentat där hennes son under ett ögonblick blev en levande måltavla inför filmfotografen och därmed hela världens ögon. En händelse som hade en pretention i hennes förbarmade själ.

Motvilligt tittade hon på det amerikanska reportaget och kunde sedan med en viss lättnad att Chris förmodligen inte var inblandad i detta. Hon stängde av teven och gick till köket och började koka lite kvällste. Det blev även en ostsmörgås till teet innan hon skulle krypa ner i sängen och be en kvällsbön innan hon skulle läsa ut boken, "Jag kommer hem till jul".

Klockan blev halvett på natten medan Linda sov i sängen efter att tagit Remeron för att dämpa den värsta oron och sov förhållandevis tungt. Vid nattduksbordet låg mobiltelefonen på laddning. Intill låg den färdiglästa boken och Linda låg med ryggen emot.

Displayen på mobiltelefonen väcktes till liv samtidigt som den vibrerade. Linda hade stängt av ringsignalen tidigare på kvällen och glömt att slå på den igen.

"Chris", blinkade det på displayen.

> "Ett negativt sinne kommer aldrig
> ge dig ett positivt liv."

Kapitel 35

DEN TJUGONDE MAJ 2016

CHRIS SATT I tågkupén med djupa funderingar medan blicken var riktad mot Jacob som satt mitt i emot medan den svenska landskapet for förbi utanför tågfönstret.

Resan ifrån Jemen blev ganska odramatiskt bortsett från Jacobs fruktlösa försök att antingen ta strid mot både Owen och hans mannar. Vilket sedan bidrog till flera misslyckande flyktförsök som resulterade i att han blev återigen neddrogad med lugnande och blev liggandes på flaket i pickupen, innan man nådde flygbasen i Al, Anad.

Efter lite vila och uppfräschning fortsatte man med militärflyg signerat Överste Owen Lester till den amerikanska flygbasen i Ramstein i Tyskland, i samband med proviantering och personalbyte. Jacob hade då visat lite välvilja med att acceptera sin situation som IS-fånge under de formella termerna för själva operationen. Chris passade även på att skaffa fram civila kläder till Jacob ifrån staden Ramstein som låg strax intill flygbasen.

Hemresan blev med tåg ifrån Kaiserslautern HBF till Berlin för ett bokat besök på Svenska Ambassaden angående att få ett nytt pass till

Jacob. Efter att man hade gjort en närmare undersökning om Jacob och hans försvinnande för drygt tre år sedan så tog man ett beslut att ge Jacob ett nytt pass med ett nytt passfoto och fingeravtryck.

Hemresan fortsatte vidare med tåg via Frankfurt till Köpenhamn. Där bytte man till Öresundståget och slutligen ett X2000 tåg till Stockholm. En resa som totalt skulle ta närmare tretton timmar fram till Stockholms central.

Chris somnade till sittandes intill den stängda kupédörren medan Jacob satt och tittade ut genom tågfönstret. Tankar och minnen som skiftade karaktär mellan då och nu. Minnen från Upplands Väsby och Knutby varvades med tankar om Nassiva i nutid.

Jacob tittade på i sin mobil och klockan var snart 13.00. Om fem minuter var det dags för en bön i Duhur tid.

Chris vaknade av att tåget tutade till och samtidigt tittade han sig omkring. På golvet vid fönstret fann han Jacob satt på knä och bad till Allah i en sydöstlig riktning mot Mecka. Något som även uppmärksammats inne på amerikanska flygbaserna där samma fenomen uppenbarade sig.

Chris reste sig och gick fram och la sin högra hand över Jacobs axel.

"Jacob", sa Chris lite försiktigt.

Jacob reagerade inte utan fortsatte med att be till Allah på arabiska. Chris ruskade lite på hans axel för att fånga hans uppmärksamhet men Jacob ignorerade åter igen.

Chris gav upp och satte sig och tog fram bibeln ur sin väska. Han höll bibeln med bägge händerna och blundade när han bad om mer styrka och förståelse. Att försöka ge en andlig kraft med att få Jacob tillbaka till vår kristna tro. Att Linda ska hitta sig själv i och med att Jacob kommer hem. Amen.

Han öppnade ögonen och fick se att Jacob stod bredvid honom och såg lite frågande ut. Chris gjorde en vänlig gest med handen mot sätet mitt emot att Jacob kunde sätta sig.

"Du får gärna sätta dig.", manade Chris med ett leende.

Jacob tittade på sätet varvid blicken förflyttades återigen till Chris. Han satte sig ner och tittade ner mot golvet med en förvirrad och nedslående blick.

"Hur kommer det här att gå? ", sa Jacob.

"Vad menar du då? "

"Mötet med Mamma."

Chris tystnade... Det var en relevant fråga som han själv inte riktigt kunde svara på.

"Jacob. Så långt vet jag... att mamma kommer bli överlycklig att få träffa dig. Både mamma och jag älskar dig så oerhört mycket."

Jacob titta upp med en riktad blick mot Chris medan tårarna rann utmed hans kinder medan mungipan ryckte oregelbundet.

"Vad är det?", frågade Chris.

"Pappa, jag älskar inte er."

"Jacob, det har gått över tre år sedan du försvann. Varken jag eller mamma kräver att du ska älska oss.", sa Chris motvilligt.

Jacob ruskade på huvudet.

"Du förstår inte! Du med din bakgrund, Din bror Owen med flera dödar faktiskt mitt folk för deras tro och religion. Ni hatar oss så mycket att ni vill helst utrota oss från den här jorden.", utbrast Jacob med en avsky i blicken.

Chris sträckte fram sina händer.

"Jacob! Vänta lite..."

"Vänta på vadå!... Pappa, jag vill döda dig och för det du tror på.", väste Jacob och uppvisade svartnade ögon av brinnande hat.

Chris stirrade på Jacob med halvöppen mun och drog tillbaka händerna. Det var inte bara hans beskrivna fruktansvärda anklagelser utan snarare hans svarta blick som skrämde Chris än mer vilket gjorde att han tappade hela konceptet. Hela den verbala kommunikationen att kunna hitta varandra igen hade aldrig funnits i den meningen. Den hade inte ens existerat då de träffades som far och son. En känsla av obeskrivlig tomhet och obefinnande växte i Chris bröst. För ett ögonblick kände han ånger att han gjort sig besvär med att hämta hem sin egen son som hade blivit så radikaliserad i en fientlig främmande religion.

"Vad har du att säga i ditt försvar?", frågade Jacob.

"Jag behöver inte försvara mig. Jag har inte dödat någon.", sa Chris för att i nästa sekund blev brutalt påmind över vad han hade gjort vid vattenbrunnen i IS-lägret. Det var onekligen en sanning och åtgärd som erinrade honom vad han hade faktiskt gjort. Det saknade också ett ord i hans sista replik under hans försvar och det var ordet: "Än".

"Varför hämtade ni mig?". frågade Jacob medan han riktade blicken ner på golvet.

"För att vi älskar dig och du är vår son. Det är väl, utöver de moraliska aspekterna, det viktigaste anledningen. Utöver det så har både jag och mamma ett föräldraansvar för dig tills du blir myndig.", sa Chris med en klump i halsen.

"Det var för över tre år sedan. Jag är en annan människa med en annan tro och religion."

"Du blev konverterad till en islamsk extremistisk tro under påtvingande omständigheter när du var endast tio år gammal. Du har medverkat utan för den delen förstå vidden av konsekvenserna med att spränga amerikanska ambassaden i Turkiet för tre år sedan. Både mamma och jag fick bevittna allting på tv när du låg på gatan efter tryckvågen. Det finns en viktig konsekvens och anledning varför de förde bort dig och det är att jag har haft ett amerikanskt militärt ursprung.", sa Chris.

"Varför blev det inte en internationell efterlysning på mig?"

"Man hade uppfattat att du var ett av civila offren som mirakulöst överlevde explosionen och dessutom var det ett minderårigt barn vid den aktuella tidpunkten. Du hade en enorm tur att själva omständigheterna vid tidpunkten blev så fel analyserat under den pågående utredningen.", upplyste Chris.

Ett meddelande ropades ut i högtalarna att de närmade sig Stockholmscentral.

Taxichauffören tog hand om två väskor som placerades i bagageutrymmet. Chris och Jacob satte sig i baksätet utan ett enda ord sades mellan dem. Chauffören satte sig bakom ratten och stängde förardörren. Chauffören började att köra varvid taxibilen rullade ifrån Stockholmscentral.

"Vi ska till Upplands Väsby, tack.", sa Chris.

"Jaha, vilken gata?"

"Jag kommer att visa dig när vi kommer fram.", sa Chris.

Jacob tittade på omgivningen medan de åkte och kunde snart konstatera att det var mycket som hade förändrats under åren han hade varit borta.

Chris kände en viss nervositet medan tankarna på Linda blev allt tydligare. Hur kommer hon att reagera när de kommer hem? Hur kommer Jacob reagera när han får träffa sin mamma? Det vore inte bra om det skulle uppstå någon form av dispyt mellan dem och med mig, tänkte Chris.

Linda plockade ner disk i diskmaskinen efter middagen när hon hörde en bil som stannade utanför garageinfarten. Hon gick fram till köksfönstret och tittade ut. En taxi hade stannat till och chauffören klev precis ur bilen och öppnade bagageluckan.

Ur bilen klev Chris ur bilen tillsammans med en yngre kille. De tog varsin väska och började gå mot entrén medan taxibilen åkte i väg.

Linda stod och bara gapade och kunde knappt andas.

Är det verkligen sant! Oh, Gud!.. det måste vara sant, tänkte hon febrilt medan tårarna visade sig i hennes ögon. Hon visste inte vad hon skulle göra. Än mindre hur hon skulle motta Jacob när de kom in? Hon skyndade sig till spegeln för att kontrollera frisyren och sin makeup. Hon torkade bort tårarna precis när det ringde på dörren.

Hon rusade fram till ytterdörren och avvaktade för ett kort ögonblick för att andas. En ringsignal hördes igen. Hon harklade sig och öppnade ytterdörren. Där stod Chris med ett leende medan

Jacob stirrade på sin mamma utan att känna någon längtan eller att säga någonting.

Jacob sträckte fram handen för att hälsa.

"Aadel.", presenterade han sig.

Linda tittade med frågande ögon på Jacob och sedan på Chris med ett förvirrat ansiktsuttryck. Hon ville överbrygga den uppståndna situationen med att öppna famnen och ge Jacob en stor och efterlängtad kram.

"Jacob, min underbara älskling!", utropade Linda med ett enormt leende när hon tog ett steg fram för att krama om honom.

Jacob föste undan henne utan omsvep.

"Jacob är död.", sa han medan han passerade förbi in i hallen.

Linda tittade helt oförstående på Chris medan underläppen vibrerade. Chris tog två steg fram och höll om henne.

"Vem är det där?", frågade Linda med gråten i halsen.

"Det är vår son, älskling. Vi måste ha ett enormt tålamod med honom", sa Chris medan han ledde henne in till hallen och stängde ytterdörren. Linda tittade på honom.

"Hur mår du?", sa Linda och smekte hans kind.

"Jag kan väl säga att jag har mått bättre."

Med kvinnor som bär vapen speglar en verklighet. Den väpnade striden framställs som mannens plikt, även om kvinnan självfallet också har en viktig funktion. Enligt Dabiq är kvinnans roll i jihad att stötta sin make, uppfostra framtidens krigare och studera religion. Hon får endast bruka vapen i självförsvar och även då krävs ett tillstånd från de styrande: männen.

Kapitel 36

DEN TJUGOFEMTE MAJ 2016

NASSIVA HADE INTE tid att sörja över sin far Abu Bakr trots att förlusten blev väldigt känslosam och sorgtyngd. Insha 'Allah. Attacken mot IS-lägret hade bara ett konkret syfte nämligen hämta Aadel och föra bort honom. Det fanns inga direkta militära mål med själva attacken då skulle förlusten blivit betydligt större än det blev, tänkte hon medan hon försökte torka bort blodet från händerna med ett tygstycke.

Cirka en kilometer bort stod en gulgrön taxi vid vägkanten med motorn i gång. Förardörrens sidoruta var kraftigt nedsölad av blod och även blodstänk syntes på framrutan. En livlös kropp med avsaknat huvud satt lite nedhukad på förarsätet. Huvudet var i stället placerad på passagerarsätet med en avskuren penis instucken i munnen. Den avlidna var den femtiotvååriga taxichauffören Shaker Ali som dessutom var en fanatisk Huthirebell hade tidigare plockat upp Nassiva längs vägen.

Efter att Nassiva hade visat att hon hade kontanta medel fick hon kliva in i taxibilen. Shaker Ali fick en ung ensam kvinna med en medhavd ryggsäck som passagerare. Hennes kvinnliga drag skrek av ungdomlig skönhet och sannolikt var hon också orörd. Tänk att han, Shaker Ali, fann en sådan ung lockande vacker flicka här ute mitt i ingenstans. Förmodligen måste hon vara på flykt precis så många andra eftersom hon ville bli körd till Saudiarabien.

Under färden tog den äldre Shaker Ali lite manliga friheter mot Nassiva som försökte freda sig som kvinna. Det dröjde inte länge för än han stannade till mitt i ett ökenlandskap och tog sedan sig friheten med att försöka våldföra sig mot henne. Nassiva som blev nedtryckt i passagerarsätet med hoptryckta ben lyckades slita fram sin kniv. Hon lyckades att frigöra sina ben och i samma ögonblick lyckades hon rikta ett välriktat hugg mot Shaker Ali i magen med ett vridande moment med kniven när han försökte bestiga henne med neddragna byxor.

I samma ögonblick som det kom ett saxat bengrepp runt hans huvud visade han ett förvånat grinande ansiktsuttryck medan han försökte instinktivt stoppa blodflödet från magen med bägge händerna. Det var också hans sista medvetna handling som följde med in till döden då blott knivbladet forcerade genom hans hals.

INSHA 'ALLAH skrek hon när hon skar av hans penis medan han fortfarande levde och gurglade blod. Sedan tog hon ett stadigt grepp i hans hår och skar av huvudet och placerade den symboliskt och väl synligt på passagerarsätet. Hon torkade sedan av kniven med ett avslitet tygstycke.

Efter tjugo minuters promenad längs vägen kom en annan taxi som Nassiva hejdade. Det visade sig att taxin var ledig varvid hon slängde in ryggsäcken i baksätet samtidigt som hon klev in i bilen.

"Vart ska du min vän? ", frågade chauffören med ett snällt leende.

"Jag ska till Al wadiah custom i Saudi Arabien "

"Är du på flykt? ", undrade chauffören.

"Du frågar mycket.", sa Nassiva med en bestämd ton.

"Är du skadad? Du har mycket blod på dina kläder."

"Nej, jag är inte skadad. Kör! "

Chauffören gav Nassiva en respekterad blick i backspegeln och började köra.

"Du kanske kan köra mig till Al wadiah beror lite vad gränsvakterna säger.", tillade Nassiva.

Chauffören nickade och var på väg att fokusera blicken på vägen när han i samma ögonblick fick se hennes IS-tatuering på överarmen. Hans ansikte visade en tydlig bleknande nyans medan ögonen återspeglade fruktan.

Efter två timmars bilfärd genom ökenlandskapet kom de fram till gränsposteringen till Saudiarabien. Nassiva visade sitt irakiska pass och fick sedan kliva ur bilen. Soldaterna ville gå igenom hennes ryggsäck vilket Nassiva satte sig emot och ryckte tillbaka ryggsäcken.

"Har du något att dölja? ", frågade soldaten.

"Har du anledning att genomsöka min ryggsäck? "

"En rutinåtgärd."

"Misstänker du mig för något? "

"Uppenbarligen så gör jag det.", sa soldaten.

Nassiva gick fram till soldaten medan hon drog upp ena ärmen och visade IS-tatueringen.

"Har du en längtan till döden?", sa Nassiva och log hånfullt.

Soldaten backade direkt två steg och gav tillbaka hennes pass. Det fanns situationer i livet som mådde bättre av att bara passera utan några närmare frågor. Det här var just en sådan situation. Chauffören tillade att han skulle bara köra henne till Al Wadiah och komma tillbaka. Nassiva slängde in ryggsäcken i bilen och satte sig.

Framme vid Al Wadiah betalde Nassiva chauffören med en bestämd blick.

"Insha 'Allah", sa Nassiva.

Chauffören tackade för sig respektfullt och körde i väg.

Nassiva stod kvar och funderade på nästa transport närmare kusten. Hon behövde lifta för att spara kapital och även finna en mer neutral transport vidare mot kusten. Nästa stopp skulle bli Khamis Mushait, en resa på drygt sexhundrasex kilometer i drygt sex timmar räknade hon ut på Google mapp med sin mobiltelefon. En tankbil körde förbi och svängde sedan in på en gasstation som strax efter åtföljdes av flera tankbilar i kortege.

Att lifta med en gastransport till Khamis Mushait skulle faktiskt fungera, tänkte Nassiva med ett litet leende. En tankbil kör ut från Gasstationen och Nassiva gav en liftande gest med tummen till lastbilschauffören som visade sig vara en kvinna. Hon stannade och vevade ner sidrutan. Nassiva presenterade sig och frågade vart hon var på väg någonstans? Den kvinnliga lastbilschauffören som förmodligen var runt fyrtio års ålder presenterade sig som Bibi.

"Vart ska du?", frågade Bibi lite förvånat eftersom en ung flicka stod och liftade.

"Jag ska till Khamis Mushait.", sa Nassiva med ett leende.

"Okej, jag ska inte riktigt dit men jag kan skjutsa dig en bra bit längs vägen.", erbjöd Bibi.

Nassiva tackade ödmjukt med ett brett leende innan hon sprang runt lastbilen och klev in i lastbilen.

"Är du på flykt? ", undrade Bibi.

Nassiva nickade.

"Jag kommer ifrån Jemen."

"Jag förstår.", konstaterade Bibi och drog ner solglasögonen från pannan med pekfingret och la i en växel.

Hela färden tog drygt sju timmar med alla stopp längs vägen. Nassiva hade under resans gång förstått att Bibi var en självständig kvinna. En ensamstående kvinna med två pojkar som hade även förlorat sin man i strid mot IS för några år sedan. I och med det blev Nassiva noga med att dölja tatueringen på armen med kläderna hon bar. Kläder som hade mörka fläckar av torkat blod och skapade givetvis teoretiska tankar hos Bibi. Nassiva i sin tur försökte skapa en bakgrundshistoria med att vara föräldralös och fått genomlida strider från olika stridsgrupperingar i Jemen och där bland annat IS. En förklaring som också gav upphov till hennes blodiga kläder förmodligen, tänkte Bibi för sig själv.

Bibi hade stannat vid Alkhamis Maternity and children hospitol. Hon hade sedan följt med Nassiva in till barnsjukhuset. Sköterskorna som tog emot Nassiva skrev in henne efter uppgifter som hennes pass gjorde gällande. Nassiva tackade Bibi för all hjälp innan Bibi lämnade sjukhuset. Nassiva skulle få gå igenom en ordentlig kroppsundersökning i morgon vad det sagt och efter en dusch fick Nassiva sedan en säng att sova i och ordentligt med mat.

Den tjugosjätte maj 2016

Klockan var sex på morgonen när Nassiva var uppe samt ombytt till andra kläder som hon hade tagit från en annan barnpatient. Nattpersonalen satt inne på ett kontor för genomgång och avlösning med morgonpersonalen. En situation som Nassiva utnyttjade genom att smyga sig ut ifrån avdelningen.

Hon försökte ta sig ut från sjukhuset men gick fel. I stället kom hon till ett förråd som var ansluten till en lastkaj. Där stod en lastbil och en äldre arabisk man som höll på att lossa varor. Nassiva gick fram till mannen och frågade artigt vart han skulle härnäst? Mannen svarade att han skulle till Ahmad Almadari. Nassiva kände till var det låg, det vill säga precis av utkanten av staden Jidda som är en kuststad nära Mekka. Nassiva frågade om hon fick åka med?

"Det beror på orsaken? ", sa mannen.

"Jag är flyktning från Jemen och är på väg till Egypten och Europa."

Mannen stirrade på Nassiva och funderade. Hon är ung och är flyktning. Kan nog stämma att här har hon inga framtidsutsikter.

Kan jag hjälpa henne komma närmare till Europa så kan jag hjälpa henne, Insha ` Allah.

"Jag ska hjälpa dig. Kom så åker vi innan morgontrafiken blir svår.", sa mannen med ett vänligt leende.

Efter att ha åkt cirka 630 kilometer i drygt åtta timmar kom de fram. Nassiva tackade artigt för skjutsen och sällskapet. Mannen ville att hon skulle vara försiktig särskilt när hon väl kom fram till Jordanien. Att sedan ta vägen över medelhavet var alltid ett högriskprojekt även för vuxna och många hade havet tagit, upplyste mannen med bestämd blick och buskiga ögonbryn.

Eftersom hon hade blivit avsläppt strax bortanför den internationella flygplatsen, King Abdulaziz internationella började hon gå med riktning mot havet. Det hade varit varmt hela dagen och förhoppningen var att det kunde bli lite kyligare under natten. Tanken var att hitta ett bra ställe lite undanskymt där hon kunde tillbringa natten.

Halvtimme senare kom hon till stranden och kunde överblicka delar av Röda havet. En bit bort såg hon en neonskylt där det stod, La page. Hon började gå dit. Förhoppningsvis fanns det någon typ av solsäng som hon kunde tillbringa natten på, tänkte hon medan hon kastade ryggsäcken över axeln och började gå.

Framme vid La page som var ett strandhotell som låg nära havsviken som hade sitt flöde in mot city. Nassiva fann en mindre lagun med stenlagda pirer vid varje sida av havslagunen. En boj med ett placerat hajnät var strategiskt utlagd vid mynningen mot havet. Längst ut på den motsatta stenpiren fanns flera solsängar utplacerade närmast havet. Några dvärgpalmer växte där bland bord och stolar som bidrog med lite skugga på dagen. Vinden och havsdoften som kom från havet gav lite svalkande känsla inför natten.

Nassiva tog sig runt lagunen och gick sedan ut på den stenlagda piren som dessutom var folktomt av varken hotellgäster eller personal. Hon valde ut en solsäng som var placerad under en palm och la sig medan solen hade precis passerat havshorisonten och mörkret började att falla på. Hon kände sig trygg och skulle lämna platsen tidigt under gryningen i morgon bitti. Likt en osynlig ängel.

Den kvinna som ansluter sig till IS utlovas ett spännande äventyr. Här framhålls resan till IS-kontrollerat område som en möjlighet att uppleva någonting nytt och extraordinärt. På vägen dit möter resenären de allra mest fromma. Att sätta foten på kalifatets mark beskrivs också som någonting alldeles extraordinärt. Den vars ögon inte fuktas av detta gudomliga ögonblick framställs inte som mänsklig.

Kapitel 37

DEN TJUGOSJUNDE MAJ 2016

ESAN FRÅN AHMAD Almadani till Akaba i Jordanien blev den längsta sträckan hittills. Nassiva hade nu avverkat drygt etthundratio mil på femton timmar tack vare att hon hade fått lift i stort sett omgående längs vägen. Vid ankomst till Akaba så var det förhållandevis mörkt och nu gällde att återigen hitta en sovplats där man kunde sova ostört. Att hyra en luftkonditionerat rum var i för sig lockande eftersom det hade varit väldigt varmt under hela dagen. Alla fordon som hon hade fått lift med hade defekta air kondition vilket innebar nedvevade sidofönster förutom den sista som var en nyare turistbuss med fungerande anläggning.

Nassiva fick information av busschauffören att den enda vägen härifrån att ta sig till Egypten utan att passera Israel var med färja till Nuweiba eller alternativet ta flyget. Båten utgick vid hamnen vid när intilliggande Moven Pick Beach och Red Sea grill.

Nassiva tog sig till själva hamnområdet och hittade efter en stund, färjan som gick till Nueiba. Det stod lastbils trailers uppradade över natten för att sedan kunna köra ombord i morgon bitti. Nassiva räknade ut att det skulle förmodligen inte ske någon kontroll här utan det borde ske i så fall vid tullen i Nuweiba.

Medan hon passerade förbi lastbilarna så observerade hon att gardinerna i samtliga fordon var fördragna och förmodligen låg chaufförerna och sov. Hon stannade till vid den bakersta ekipaget och konstaterade att trailern var ett så kallat kapellsläp. Längst fram fanns en sidolucka. Hon gick dit och kände på handtaget varvid luckan öppnades. Försiktigt öppnade hon luckan och kunde samtidigt konstatera att den var så pass stor att hon kunde ta sig in.

Med hjälp av sidopåkörningsskydd och bakre stänkskärmar på lastbilen lyckades hon klättra in genom sidoluckan genom att trycka in ryggsäcken först. Trailern var i det närmaste fullastat av diverse gods. Hon vände sig om och såg att luckan var fortfarande öppen. Efter att känt efter på insidan av luckan hittade hon inte varken något handtag eller lås för att kunna öppna ifrån insidan. Det gick endast att öppna och stänga ifrån utsidan vilket innebar lite bekymmer.

Det gällde att få igen luckan utan den skull går i lås. Hon satte på belysningen på mobiltelefonen och tittade sig omkring. Efter en stunds letande hittade hon en mindre bit av ett förpacknings metall band som låg slängd mellan två pallar. Hon tog den och gick tillbaka till luckan. Det visade sig ganska snart att Metall bandet var lite för stort med att passa.

Ifrån ryggsäcken plockade hon fram ett multiverktyg. Pillade sedan fram en fällbar avbitare och klippte av metall bandet till mer passande storlek. Tanken var att placera metallbiten mellan låset och luckans ram för att förhindra att låskolven gick i lås och samtidigt klämma fast luckan, till synes, låst läge.

Efter lite tidsödande pillande och lirkande lyckades hon få igen luckan så ljudlöst som det var möjligt. Med hjälp av några hopvikta kartonger och ryggsäcken som huvudkudde hittade Nassiva en provisorisk sovplats relativt nära luckan. Efter fem minuters planering för morgondagen somnade hon hållandes med ett foto på Jacob mot bröstet.

*　*　*

Den tjugoåttonde maj 2016

KLOCKAN var närmare sex på morgonen då Nassiva hastigt vaknade till när lastbilen plötsligt startade och gick på tomgång. Efter en stund hördes mansröster på arabiska utanför som gav anledningen till att hon kurade ihop sig. Med full fokusering såg hon hur luckan öppnades varvid två händer tog tag i en kartong med matvaror och lyfte ut den innan luckan stängdes. Rösterna tonades bort och strax efter hördes en bildörr slå igen.

Nassiva förstod nu att hon förmodligen var inlåst eftersom luckan hade öppnats utifrån och metallbiten med all säkerhet ramlat ner på marken. Hon kunde inte i nu läget göra något utan i stället avvakta till lastbilen kördes ombord på färjan.

Medan Nassiva åt lite frukt tillsammans med lite bröd som hon hade i ryggsäcken kände hon hur lastbilen började sakta köra i väg. Hon satt kvar och avslutade frukosten för hon visste att det skulle vart fall dröja minst tre timmar innan man kom fram till Nuweiba.

Lastbilen hade kört ombord på färjan och stannat medan däckspersonalen stod på däck och skrek och visslade. Efter ungefär en halvtimme tystnade det utanför och en bildörr öppnades och stängdes och sedan hördes fotsteg som avlägsnade sig.

Nassiva reste sig och började gå försiktigt i trailern för att försöka hitta en annan utväg. Ungefär mitten av trailern så hittade hon en fastskruvad skiva på golvet mellan två pallar. Förmodligen var det en provisorisk reparation. Färjans motorer ökade i varv varvid båten började röra på sig vid måsarnas skrik.

Hon plockade återigen fram sitt multiverktyg ur ryggsäcken. Hon tittade på skruvarna och kunde konstatera att det var enkelspår skruvar som förmodligen kanske var självborrande med lite tur. Hon pillade fram en mejsel och började sakta skruva loss skruv efter skruv. Ibland fick hon avbryta för ett ögonblick när hon hörde någon som befann sig i närheten på däck. Förmodligen finns det hål i golvet varvid skivans storlek att bedöma var hålet så pass stor att hon förmodligen skulle kunna ta sig ut den vägen, något som hon hoppades på, Insha 'Allah.

Efter cirka en halvtimme fick hon bort alla skruvar ifrån skivan. Nassiva försöka lyfta på skivan men upptäckte med förargelse att den satt i kläm under en av pallarna. Att försöka bryta loss den skulle förmodligen väcka onödig uppmärksamhet. Nej, hon skulle försöka skjuta undan pallen så pass att skivan kunde friläggas. Hon reste sig och gick fram till pallen och kunde läsa på en etikett på engelska att det innehöll plastsandaler i varierande storlekar.

Hon hukade sig ner och greppade tag i pallen med pallkragar och lyckades skjuta pallen cirka tio centimeter åt sidan. Hon kunde konstatera att skivan borde vara loss förutom två skruvar till. Hon lossade dem och kände att skivan var loss och lyfte på den.

Det visade sig att hålet genom trägolvet var så pass stort att hon kunde med lätthet ta sig igenom och sedan få stöd med benen mot en reservhjulshållare för att ta sig ner på däck.

Nassiva satte sig på en pall och plockade fram en banan ur ryggsäcken. Medan hon åt plockade hon fram fotografiet på Jacob och log. Han var hennes livs gåva och kärlek. Han var också den enda personen i hennes närhet som fortfarande var vid liv efter hennes bortgångna pappa och ledare. Till vilket pris som helst ska Aadel återförenas med henne och tillsammans ska de strida för att åter skapa ett nytt kalifat.

Människosmuggling, enligt svenska utlänningslagen, är när någon uppsåtligen hjälper en utlänning att olovligen komma in i eller passera genom, medlemsstat i Europeiska unionen eller Island, Norge, Schweiz eller Liechtenstein. Det räknas till den transnationella brottsligheten. Påföljden är fängelse dock i högst två år.

Om smugglingen innebär ett systematiskt utnyttjande av utlänningars utsatta situation eller innefattar livsfara eller annan hänsynslöshet gentemot utlänningarna bedöms detta som grovt organiserande av människosmuggling och påföljden är fängelse i lägst sex månader och högst sex år. Även medhjälpare kan dömas om han insåg eller hade skälig anledning att anta att resan anordnats i vinstsyfte.

Den ersättning människosmugglaren erhållit ska förverkas liksom bil eller annat transportmedel som använts. Om ägaren till ett fartyg som kan förverkas inte är känd eller saknar känt hemvist i Sverige, får talan om förverkande föras mot befälhavaren på fartyget.

Wikipedia.

Kapitel 38

DEN TJUGOÅTTONDE MAJ 2016

ÄRDEN FRÅN HAMNEN Nuweiba fick bli med tankbil med gasol genom Sinaiöknen eftersom chauffören skulle till den lilla staden Nekhel. En sträcka på 185 kilometer som tog drygt två timmar i en lastbilshytt med fungerade air-condition och en utomhustempereratur på nästan 40 grader.

När hon klev av i centrala Nekhel var värmen i det närmaste outhärdlig. Solen stod högt på himlavalvet och var i det närmaste obönhörlig. Staden i sig var till ytan liten och hade en befolkningsmängd på cirka 11 000. Byggnaderna var i tegelfärgade eller sandfärgade lågbyggda huskonstruktioner eller ruiner efter strid som en gång var uppförda av beduiner i ett enormt stort öknen landskap som sträckte sig ifrån Suezkanalen till Israel.

Nassiva ville få tag i en taxi inför den sista etappen vilket visade sig vara en hopplös uppgift där hon stod trots att hon befann sig i centrala delarna av Nekhel. Hon fick till sist lov att ta en längre promenad till Central sjukhuset i denna hetta. Medan hon gick såg hon hur människor hade tagit sin tillflykt efter skugga både under tak och palmer.

Vid huvudentrén vid sjukhuset stod två lediga taxibilar. Chaufförerna stod utanför bilarna och rökte under en livlig diskussion om den tidigare presidentvalet i Turkiet och om Erdoğan hade möjligheten att ta över makten vid nästa val. Nassiva, som fick syn på taxibilarna, gick fram till chaufförerna och bad om en ledig bil.

Den gråhåriga Chauffören med spretig mustasch samt ett överdrivet leende skyndade till sin bil som stod först och öppnade passagerardörren till Nassiva utan att ens ett ont anande eller ens förstå vad innebörden i realiteten kunde bli. Med ett flickaktigt leende gick hon och satte sig i bilen varvid chauffören stängde bildörren tillsammans med ett tillgjort nigande. Chauffören skyndade sig runt bilen och slängde samtidigt en spydig kommentar till kollegan innan han satte sig i bakom ratten.

Nassiva bad chauffören att köra mot Al- Arish. Chauffören tittade på Nassiva och frågade om hon hade pengar till resan och påminde samtidigt att hon satt i en taxi och inte en buss. Nassiva tog tag i chaufförens hand och la den under hennes khaki mot hennes underliv. En gest som ingen muslimsk man i världen kunde missförstå eller ens kunna säga nej till. Diskussionen om kontanta medel kom fullständigt av sig hos den mustaschprydde chauffören som startade bilen.

Den gula Peugot körde ut ur samhället och i riktning mot väg 55. Det var femton mil att avverka vilket skulle ta två timmar och inte ont anande han vem han hade som kund i bilen. Efter halva sträckan fick chauffören känna på hennes ena bröst utanpå hennes kahaki under överseende av Nassiva. Så länge han fick sin pretention genom att klämma och känna på hennes ungdomliga kropp var begäret vart fall och tillfälligt införlivat.

Den gula taxin stannade till vid en ödslig parkeringsficka strax utanför Al-Arish. Chauffören ville få sin beskärda del av det överenskomna avtalet i form av naturabetalning. Nassiva lyckades avstyra det hela med att få chauffören gå med på att i stället köra till stranden bortanför restaurang El Buharia. Där kunde de vara helt ostörda och ha en fin utsikt över medelhavet. Ett förslag som chauffören inte kunde tacka nej till.

Efter att kört cirka tio kilometer igenom Al-Arish passerade de Sinai Universitetet med chaufförens trånade och grinade leende. Efter att kört ytterligare tio kilometer på väg 40 svängde chauffören till höger och körde mot havet samt förbi skylten restaurang El buharia. Efter ytterligare några kilometer kom de fram till en stor vidsträckt ödslig strand. Det fanns inte tillstymmelse av människor på stranden utan bara skriande måsar.

Chauffören närmade sig Nassiva med en galen upphetsande blick när de hade förflyttat sig till baksätet. Hon la sig på rygg medan mannen placerade handen mot hennes underliv samtidigt som Nassiva visade upp ena bröstet för att locka mannen ytterligare medan hon försiktigt drog loss kniven som var väl dold innanför hennes kläder.

Mannen slet av sig av byxorna och visade sedan stolt upp sin erektions fyllda penis och ville prompt att hon skulle ta tag i den. Mannen visade återigen upp ett trånande leende medan han upphetsat väntade på att Nassiva skulle vidröra hans penis. Han hörde hur Nassiva andades fortare medan hon låg som ett tilltänkt offer framför honom.

Mannen hann uppfatta reaktionen från Nassiva när hon med högerarmen drog fram en kniv. Med en snabb rörelse med kniven kom smärtan efter ett välplacerat knivhugg genom hans hals. Med en chockerad blick tillsammans med ett grinande ansikte försökte han andas med ett gurglande och kvävande läte i sitt eget blod. Nassiva satte sig upp och knuffade undan kroppen och avlägsnade samtidigt kniven ifrån den döde mannens hals. Hon torkade av både knivbladet och händerna mot mannens tunna byxor som låg nedslängd på golvet. Hon tittade sig omkring och kunde konstatera att hon var fortfarande ensam. Insha Allah, tänkte hon högt när hon tittade på den blodiga och livlösa kroppen som låg nedåthukad i baksätet innan hon öppnade bildörren och tog sin ryggsäck ifrån framsätet.

Havet var relativ lugn medan Nassiva gick längs stranden i västlig riktning. Hon hade tidigare fått information att människosmugglare opererade från just den här stranden vilket hon hade för avsikt att ta kontakt med. Planeringen var följande, att slå följe med en grupp flyktingar som var på väg till Europa. Hon hade hört talas om hur flyktingar hade förolyckats ute på havet något som inte berörde henne något nämnvärt.

Hon skulle ta kontakt med en viss Ziyad som hade IS anknytning och skulle hjälpa henne att komma ombord på någon av flyktingbåtarna. Hon tittade på klockan som visade att hon hade fyra timmar kvar innan det var dags att ge sig av ut på Medelhavet mot Cypern. Hon fortsatte att gå en bit till.

Hon fann en större sanddyna där hon kunde lägga sig för att vila och kanske få en välbehövlig en timmes sömn. Hon la sig lutandes mot sanddynan och lät kroppen sjunka ner i den varma sanden och slöt ögonen. Nassiva somnade efter fem minuter invaggades av ljudet ifrån havsvågorna som bröt mot stranden.

Nassiva vaknade och blev klarvaken när havets brus blandades med ljudet av båtmotorer som kom allt närmare stranden. Det var relativt mörkt ute men hon kunde urskilja två mindre båtar som närmade sig stranden. Hon såg också en mindre folksamling som stod vid stranden och väntade.

När de bägge RIB-båtarna angjorde stranden klev fyra män överbord och vadades drog de upp bägge båtarna upp på stranden för att sedan gå fram till människorna som stod och väntade.

Nassiva tog ryggsäcken och gick mot männen som kom mötandes. De stannade till när de fick se en ensam svartklädd tjej som kom gåendes emot dem med bestämda steg bärandes med en ryggsäck.

"Jag söker Ziyad", sa Nassiva på arabiska.

Männen tittade på henne lite frågande utan att svara.

"Vem är du? ", frågade en av männen när han avbröt tystnaden.

"Är du Ziyad? "

"Vem undrar? ", frågade mannen med ett grinande hånleende.

"Abu Bakr.", svarade Nassiva bestämt.

"Var är han? ", frågade mannen med ett efterkommande hånskratt.

Nassiva drog upp ena ärmen medan hon gick mot mannen och visade upp sin tatuering. Ett mummel hördes varvid de övriga männen backade några steg medan mannen stod kvar medan den tidigare hånflinet var som bortblåst.

"Vem är du?", frågade mannen.

"Jag heter Nassiva och dotter till den nu avlidna Abu Bakr.", sa hon med en bestämd blick.

"Då är det mig du söker. Jag heter Ziyad.", sa mannen och gjorde en slarvig antydan till en respekterad bugning.

"Jag förstod det. Jag ska med till Europa.", sa Nassiva.

Ziyad skakade på huvudet.

"Det är en farlig resa.", upplyste Ziyad.

"Inget som ska hindra mig. Insha 'Allah.", konstaterade Nassiva utan någon antydan till tvekan.

"Okey, kom med mig. Kom ihåg jag vill inte få problem med verksamheten", sa Ziyad och började gå för att hinna ifatt de andra männen som hade börjat gå.

Nassiva gick efter medan Ziyad anslöts sig med männen för att möta upp gruppen av flyktingar som stod och väntade.

Nassiva stod lite avsides medan Ziyad och hans mannar fördelade flyktingarna i två grupper. på grund av språksvårigheter och mångas respekt och rädsla för havet blev det tidsödande diskussioner om vem skulle åka med vem. Ziyad ledsnade och gav direkta och bestämda order att den bestämda gruppindelningen skulle hållas oavsett vad. Ni kommer med all förmodligen att dö i alla fall, tänkte Ziyad tyst för sig själv eftersom han visste att det förmodligen skulle bli hårt väder ute på havet. Då skulle det uppstå en livsfarlig panik ombord vilket föranleder till att de kapsejsar med båtarna och vars öde kommer sedan visa vägen till havets djup där ingen kan hitta dem.

Det återstod egentligen bara ett mer moraliskt problem, nämligen flickan Nassiva. Han hade dyrt och heligt lovat att hon skulle komma helskinnad till Europa. Ett öderstigit misstag gällande henne skulle kosta honom livet, det var han medveten om.

Han ändrade sig och gav order till sina män att åter splittra ena gruppen så att det skulle bara enbart återstå fem personer i den ena RIB-båten inklusive flickan Nassiva. Båten skulle också vara förses med en ytterligare bränsletank för säkerhets skull.

När alla flyktingar slutligen kom ombord i respektive RIB-båtarna stod det snart klart att den ena båten var tämligen överlastad med människor vilket sedan skulle leda till panik ombord.

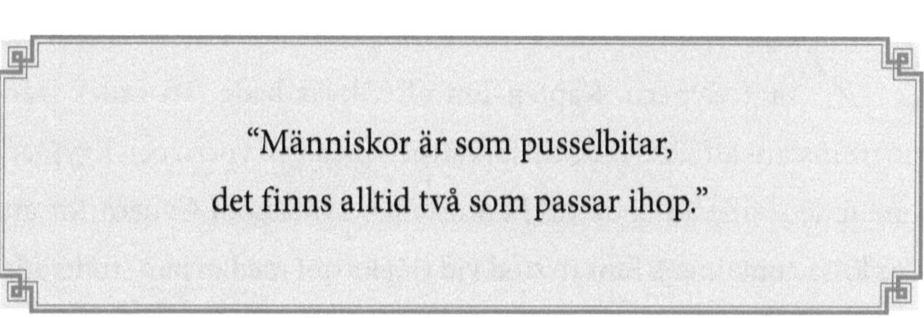

"Människor är som pusselbitar,
det finns alltid två som passar ihop."

Kapitel 39

DEN TJUGOÅTTONDE MAJ 2016

CONTEINERFARTYGET KING JACOB höll kursen i riktning mot Cypern. Kapten Emrah Okyar hade fått order från högre instans att sätta kurs till farvattnen mellan Cypern och Egypten innan de skulle anlända till hamnstaden Limassol i Cypern för att där lossa containers. Emrah stod vid sjöplottret medan han studerade sjökortet och räknade då ut att de skulle hamna precis halvvägs på distansen mellan Egypten och Cypern.

Enligt informationen han fick skulle två RIB-båtar med flyktingar mötas upp innan den annalkande ovädret drog in över dessa farvatten. I en av båtarna finns en flicka vid namn Nassiva, dottern till den avlidna IS-ledaren Abu Bakr. Uppgiften var i första hand att ta hand om flickan samt se till att hon kom till Cypern på ett tryggt sätt. Med tanke på att ovädret med hårda vindar hade passerat Italien och Sicilien gick de med full maskin så att de skulle hinna fram och göra sin räddningsinsats. Det vill säga om cirka två timmar.

Emrah tittade på klockan i mässen medan han la besticken på tallriken. Det var dags att hålla utkik från kommandobryggan. Förhoppningsvis skulle radarn finna dem så man hann göra ett planerat stopp av fartyget. Han reste på sig och gick in till köket och gav order om kaffe till kommandobryggan.

Kapten Emrah gav order till en av styrmännen att hålla ett vakande öga på radarskärmen eftersom de närmade sig den förväntade positionen där RIB-båtarna förmodas att dyka upp. För säkerhets skull ropade han ut i högtalarsystemet att samtliga besättningsmän på däck skulle hålla utskick efter lanternor eftersom sikten var minimal på grund av mörkret.

Styrmannen med portugisiskt ursprung såg två markerade ljuspunkter som förflyttades på skärmen snabbt. Han ropade på kapten Emrah att komma. Med snabba steg kom Emrah och stirrade på radarskärmen med de två markerande ljuspunkterna. Han gav genast order att sänka farten och göra sig beredd att stanna fartyget. Ifrån hans egen position på skärmen verkade som att dessa två båtar ska komma ifrån styrbordssidan. Han beordrade stopp på maskin.

Han skyndade sig ut ifrån kommandobryggan och ropade sedan ut till besättningen att göra sig klara för ombordstigning av flyktingar. Enligt radarn så borde lanternor synas vid det här laget om de var tända vill säga. Emrah tittade i kikaren från styrbordssidan ut över det mörka havet. Efter några minuter tyckte han uppfatta och höra båtmotorer kommande emot deras riktning. Han gav order att samtliga strålkastare på fartyget skulle tändas och sedan rikta sökstrålkastare över styrbordssidan.

Containerfartyget King Jacob flödade av ljus medan ljusskenet ifrån sökstrålkastare lyste upp den närmaste omgivningen vid fartyget. Mycket riktigt, två svarta RIB-båtar visade sig ur mörkret och den ena RIB-båten blev av okänd anledning bogserad.

I samtliga båtarna hördes rop från flyktingarna medan de stannade till intill King Jacobs svarta fartygssida. Emrah gav order till besättningen att hjälpa människorna ombord på fartyget.

Nassiva hade förlorat den visuella landkontakten där hon satt längst ut i fören. De bägge RIB-båtarna höll god fart med en kursriktning mot Cypern. Nassiva höll med ena handen över sin ryggsäck som var placerad över hennes ben samtidigt som hon höll i sig med den andra handen i den längsgående lyftrepet som löpte längs med båtens luftfyllda pontoner.

Ynglingen vid namn Hakim som körde båten var ursprungligen ifrån Libyen. Den här resan var hans andra resa till Cypern och hade sedan tidigare sjövana efter att ha mönstrat på olika fartyg som lättmatros. Det var oftast under omänskliga anställningsformer som han fick mönstring på de mindre oseriösa rederierna eftersom han saknade utbildning.

Vändpunkten kom när han av en händelse träffade Ziyad i Tripoli, Libyen. Med tanke på arbetsuppgifterna var det lättförtjänta pengar och tjänade vart fall två gånger mer än vad han hade gjort tidigare i sitt liv. Hans relativa unga ålder gjorde honom odödlig och det där med risktagande och konsekvens fanns inte i hans tankevärld.

Nassiva försökte slumra till för ett ögonblick trots att båten studsande över vågkammarna. Det gick helt enkelt inte att sova under dessa omständigheter och dessutom kände hon sig även iakttagen av de andra flyktingarna med afrikanskt ursprung.

En yngre somalisk yngling satt på durken framför styrpulpeten och stirrade på henne. Han gav henne ett leende innan blicken alltmer koncentrerade sig på hennes ryggsäck. Gör ett försök negro, det blir i så fall din sista, tänkte hon medan blicken låste sig fast på ynglingen.

Efter två timmars färd var känslan att de var ensamma ute på havet. Det enda Nassiva kunde se var de flyktingar som satt närmast vid lanternas sken. Hon observerade också att ynglingen som tidigare satt framför styrpulpeten hade avlägsnat sig och dessutom hade förflyttat sig lite närmare henne. Ynglingen reste sig på knä. Med ett leende och uttalade somaliska ursäkter till de övriga passagerarna försökte han kravla sig fram till Nassiva på grund av hög sjögång.

När han hade kravlat sig fram till henne försökte han sätta sig bredvid henne. Hon gav honom en knuff och markerade att han inte var välkommen med ett påföljande arabisk svordom. En gest som borde ha blivit respekterad men inte för den här unge mannen. Han slet tag i Nassiva och hivade i väg henne så hon föll över flyktingar som satt intill. I samma ögonblick tappade hon ryggsäcken som hamnade på durken varvid ynglingen tog hennes plats och roffade samtidigt åt sig ryggsäcken.

Samtidigt som Nassiva försökte resa sig visade den svarta ynglingen triumferande upp ryggsäcken inför de andra likt en segermanistation. Nassiva ställde sig balanserande framför ynglingen och räckte fram handen. Ynglingen tog hennes hand och spottade på den för att sedan visa upp ett hånleende. Ett leende som bokstavligen frös till när en utdragen kniv trycktes in precis under hans struphuvud. Den svarta ynglingen med ett ihållande gurglande läte föll ihop samtidigt som båten förlorade fart för att sedan stanna.

Hakim lät båtmotorn stå och gå på tomgång medan han skulle ta sig fram till Nassiva bland alla flyktingar. En blodig kniv blev riktad mot honom i samma ögonblick som han stannade till.

"Du kommer inte hit! Gå och sätt dig och kör vidare.", utropade Nassiva på arabiska medan flyktingarna i båten började att skrika och blev väldigt oroliga.

"Vad har du gjort!", sa Hakim medan han motade bort alla händer som försökte greppa tag i honom i ren panik.

"Gå och sätt dig annars skär jag av halsen på nästa person.", sa Nassiva samtidigt som hon greppade tag runt halsen på en kvinna och markerade med kniven mot hennes hals.

Hakim vände sig om och tog sig tillbaka till förarplatsen och var bokstavligen livrädd. Nassiva tog tag i den sittande livlösa kroppen och hivade den överbord.

"Kör!", skrek Nassiva medan hon satte sig på den blodiga sittplatsen.

Hakim gasade på och på grund av händelsernas centrum blev han lite ouppmärksam vilket resulterade till att han körde på den framförvarande livlöse kroppen vilket ledde till att propellern lossnade ifrån riggen och försvann därmed ner i havets djup samtidigt som motorn varvade till innan Hakim stängde av motorn.

Den andra RIB-båten vände tillbaka för att undsätta Hakim. Nassiva stoppade in den avtorkade kniven innanför kläderna och satte sig. Hon förberedde sig på att en kommande diskussion förmodligen skulle komma till stånd. Trots allt var båten fylld med vittnen vilket omöjliggjorde en trovärdig förnekelse. Inte minst när ett lik låg fortfarande och flöt på vattenytan.

Hakim bestämde sig snabbt att försöka dölja den tidigare intermezzot med dödlig utgång med att inte nämna det. Propellern hade helt enkelt lossnat på grund av tekniskt haveri vilket sedan skulle lindra ansvarsfrågan. Det fanns inte heller någon tid att befinna sig mitt ute på havet i mörkret och därtill börja inleda en onödig diskussion som inte ledde något vart utan snarare ytterligare problem om de blev upptäckta. De var också tankar som Nassiva kallt räknade med som konsekvens.

En lina kastades över till Hakim som han sedan surrades fast i fören. Han lossade bränsletanken ifrån båtmotorn och räckte över den samt den tillhörande extra tank till den andra båten. Det skulle gå åt betydligt mer bränsle för den RIB-båten som nu fick bogsera sista biten.

Drygt fyra timmar senare såg de på distans i mörkret några lanternor som tycktes ha kursen emot dem. Den bogserade RIB-båten saktade ner och släckte sina lanternor medan Hakim gestikulerade till flyktingarna att lägga sig ner eller alternativet huka sig ner.

Ljudet från ett större fartyg hördes alltmer när den närmade sig dem. Nassiva satt och spejade ut mot de lanternor som kom allt närmare. Efter femton minuter så tändes flertalet strålkastare ifrån fartyget och samtliga kunde se att det var ett containerfartyg som hade stannat till för undsättning. Nassiva kunde urskilja fartygets namn och log. Fartyget hette King Jacob.

En trappa sänktes ner emot dem när RIB-båtarna lade sig intill det stora svarta fartyget. Två besättningsmän stod på landgångstrappan och hjälpte en efter en att komma ombord på fartyget. Sist av alla klev Nassiva uppför landsgångstrappan och uppe på däck möttes hon av kapten Emrah Okyar som gjorde en honnörhälsning.

"Välkommen.", inledde Emrah med ett leende.

Nassiva stack in handen innanför kläderna och greppade tag runt kniven och gjorde sig beredd. Något som Emrah observerade med bibehållen leende.

"Det där är inte nödvändigt. Du är bland vänner och supportrar för Islamska staten. Insha `Allah.", konstaterade Emrah vänligt.

Nassiva tittade granskande på Emrah.

"Jag ska till Cypern.", sa Nassiva.

"Vi är på väg dit närmare bestämt till Limassol."

"Vet du vem jag är?", frågade Nassiva med en bestämd blick.

Emrah nickade och satte armarna i kors mot bröstet.

"Jag vet vem du är. Vill samtidigt beklaga för din stora personliga förlust. Abu Bakr var en stor man och guds krigare." "Det var även jag som levererade din personliga gåva tillsammans med Mustafa.", tillade Emrah.

"Du menar min Aadel. Jag är på väg med att hämta tillbaka honom.", sa Nassiva.

"Kom. Jag har en hytt åt dig som du kan vila i och få lite mat."

"Vänta! Vad som är oehört viktigt är att jag ska behandlas som en flykting när vi kommer fram till Limassol. Är det förstått.", sa Nassiva med ett bestämt ansiktsuttryck.

"Jag ordnar det. Kom så går vi."

Sängen var bäddad något Nassiva kunde konstatera när hon klev in i hytten tillsammans med kapten Emrah. Hon slängde ryggsäcken på sängen och sedan satte sig bredvid. Att hon skulle få sova i en riktig säng i stället för en sanddyna på stranden uppskattades medan Emrah utlovade en kommande middag innan han gick ut och stängde dörren. Det var just det som återstod, ett middagsmål med arabisktouch innan hon fick det gyllene tillfället att kunna få sova i några timmar.

Efter en halvtimme kom en matros med asiatiskt ursprung bärandes med matbricka som innehöll en rejäl måltid som bestod av Hummus tillsammans med Labneh vilket är en välsilad mild yoghurt. Till det bestod huvudrätten av Shawarma, en tunnbrödsrulle som innehöll sallad, tomat, paprika tillsammans med grillade och välkryddade kycklingbitar tillsammans med några friterade falafel bollar med tahinisås och dryck.

Matbrickan ställdes på bordet snyggt och fint medan Nassiva låg på sängen med hörlurar och lyssnade på The final countdown med Europé. Tankarna var samtidigt fokuserat på Aadel och deras kommande återförening i Sverige. Insha ` Allah.

"Jag älskar döden mer än ni älskar livet! "

Kapitel 40

DEN TRETTIONDE MAJ 2016
- KRISTI HIMMELFÄRDSDAG

DET VAR MED en infekterad självkänsla efter en personlig rannsakan som Chris parkerade bilen utanför garaget på Lillvägen i Upplands Väsby. Han kunde motvilligt inse att sanningen hade åter kommit ifatt verkligheten och hela situationen som sådan balanserade åter på en tunn tråd.

Hela arbetsdagen hade i princip gått åt till att hålla interna telefon och videokonferens med WHO och främst med generaldirektör Tedros Adhanom Ghebreyesus och hans närmaste kollegor. Det rådde i det närmaste än mer allvarlig krissituation världen över efter att man hade konstaterat Ebolavirus med högre dödlighet än tidigare efter att man hade hittat flertalet Ebola smittade yemeniter samt andra nationaliteter i ett känt träningsläger för IS Jemen.

Med tanke på kropparna som hade hittats som till synes också hade förvridna ansiktsuttryck och liggandes i krampaktig ställning vilket tydde på en oehört smärtsam död. Analyser från blodprov var förnärvarande inte klara för redovisning. Mycket tydde på att man hade funnit en annan variant av hemorragiskt virus eller uppdaterad RNA virus. Man kunde inte heller hitta någon logisk förklaring hur RNA viruset hade kunnat spridit sig ända bort till Jemen? Det fanns inte heller någon gemensam nämnare med kontakten med länderna i Västafrika och synnerhet med Sierra Leone och Liberia. Chris klev ur bilen bärandes med sin dokumentportfölj och låste bilen med fjärrkontrollen.

Jacob satt på sin säng och studerade rummets alla dekorativa utsmyckningar som var uppsatta av honom själv med stängd dörr. Han reste sig från sängen för att i stället sätta sig på knä på mattan som låg utsmyckad på golvet. På ena väggen var den svarta fruktade IS flaggan upphängd tillsammans med islamiska citat samt att koranen låg på nattduksbordet. Under skrivbordet var en papperskorg placerad och i den låg en halvt uppbrunnen bibel.

Det knackade lite lätt på dörren innan den öppnades varvid Linda stack in huvudet för att meddela att middagen var klar. Hon blev snabbt lika avbruten som överraskad när hon fick se vad som hängde på väggarna.

"Jacob!", skrek hon samtidigt som hon visade sin avsky med sitt ansiktsuttryck.

Hon rusade in i sovrummet och var på väg att slita loss flaggan och citaten från väggen när hon plötsligt kände någon kallt och vasst mot halsen. Jacob hade kommit bakifrån och placerat en fällbar butterflykniv mot hennes hals.

"Om du rör något i mitt rum så dödar jag dig.", väste Jacob.

"Det här är guds hus, Jacob."

"Nej! Det är vårt hus som tillhör Allahs tjänare.", sa Jacob med ryggen mot dörröppningen.

Chris hade kommit in och hade i princip bara tagit av sig skorna innan han fortsatte vidare längs hallen. Han skulle precis ropa hallå när han hörde röster som kom inifrån Jacobs sovrum. Han kunde urskilja i Lindas röst en rädsla samtidigt som Jacob verbalt hotade henne. Han skyndade sig fram till dörröppningen och fick då se hur Jacob höll en kniv mot Lindas hals. Samtidigt fick han se vad Jacob hade hängt upp på väggarna.

"Jacob! Du släpper din mamma nu!" beordrade Chris.

"Så du tror att du kan ge mig order nu?"

"Ta bort kniven, Jacob."

Jacob vände sig om och använde Linda som en sköld framför sig medan han höll kniven kvar mot hennes hals.

"Jag tror att jag har en fördel i den här situationen.", sa Jacob.

"Ta bort kniven ifrån din mamma, Jacob."

Jacob stirrade med svarta ögon mot Chris med ett hat som var i det närmaste obeskrivlig. Han tog bort kniven från Lindas hals och riktade den i stället mot Chris. Linda skyndade sig ut ur sovrummet och ställde sig tätt intill bakom Chris.

"Kan du ge mig kniven nu? ", manade Chris samtidigt som han sträckte ut höger handen.

"Snälla, var försiktig, älskling.", viskade Linda.

Chris tog tag lite lätt på hennes hand för att lugna henne.

"Vi lever i olika världar.", sa Jacob medan han fortfarande höll kniven riktad mot Chris.

"Du måste bli avprogrammerad, Jacob. Det är enda chansen för dig.", sa Chris lugnt.

"Jag tycker att du och mamma ska lägga er energi med att avlägsna er från mitt rum", sa Jacob och gjorde en snabb vältränad handrörelse med kniven varvid den fälldes ihop.

Linda och Chris backade ut i från rummet och stängde sedan dörren.

De gick till köket och satte sig vid färdigdukade köksbordet.

"Varför hämtade vi hem honom?", sa Linda med tår och skräckfyllda ögon.

"För att han är vår son och vårt föräldraransvar."

"Det känns att vi har en vilt främmande och radikaliserad tonåring i vårt hem.", sa Linda med darrande underläpp.

"Vi måste avprogrammera honom och bara det kommer att bli ett problem."

"Älskling! Jag fruktar för mitt liv. Jag är livrädd och kommer inte kunna sova med honom i huset.", betonande Linda med allvar.

"Älskling, vår herre vakar över oss. Jacob är nämligen lika rädd som vi."

"Hur vet du det?"

"Vi hade varit döda annars.", konstaterade Chris. "Låt oss äta lite medan vi lugnar våra nerver?", tillade Chris som samtidigt reste sig från bordet.

Chris och Linda satt i soffan och tittade på TV4 nyheterna som precis hade inletts vid nitton tiden av nyhetsankaren Bengt Magnusson. Första stora nyheten var den plötsliga Ebola pandemin som härjade i Jemen medan man samtidigt visade filmklipp från ett IS-läger där kroppar bars bort av säkerhetsklädda sjukvårdspersonal.

Linda tog tag i Chris hand hårt medan tårarna visade sig. Hon bet sig på underläppen och tittade på Chris med granskande blick.

Chris kände pressen och undvek med att ta ögonkontakt med henne. Det var en enorm skuld som uppenbarade sig känslomässigt samtidigt som han kände en djup ånger.

"Varför tittar du bort och undviker mig just nu?", frågade Linda medan hon svalde en klump i halsen.

Chris tog motvilligt ögonkontakt med en skyldig blick eftersom det inte fanns något val. En blick som inte heller gick att dölja på grund av samvetet. Ett samvete som visade onekligen sin oförskämda sanning över sitt offer. Det var ett samvete som hängde ut honom offentligt, det vill säga Linda.

"Snälla älskling, jag försöker bara följa nyheterna bara.", sa Chris besvärad medan han kände att han höll på att kvävas inombords och därmed flyttade blicken snabbt mot teven.

"Vad är det som du döljer för mig?", frågade Linda.

"Jag döljer ingenting."

"Jo.", sa Linda. "Titta på mig.", tillade hon.

Chris suckade djupt och gav Linda en irriterad blick och ett påfallande tröttsamt ansiktsuttryck.

"Du vet vad som har hänt där, eller hur? ", kontrade Linda medan hon torkade bort tårarna.

"Bara för att jag har varit där och hämtat Jacob betyder ingenting.", sa Chris med kvarvarande blick.

Linda studerade Chris blick medan hon sökte efter sanningen som doldes i Chris samvete.

"Älskling, vi är guds undersåtar. Både du och jag vet det. Jag vill att du lättar ditt hjärta för mig och gud innan det är för sent. Är det du och Owen som ligger bakom det här?

Chris klämde hårt hennes hand medan en tår rann utmed hans vänstra kind.

"Vi måste få ett slut på det här.", sa Chris.

"Vad menar du?"

En dörr öppnades och stängdes ute i hallen med efterkommande fotsteg som närmade sig. Jacob stannade till vid ingången till vardagsrummet och blicken blev fokuserat på teven.

Jacobs underläpp började skaka samtidigt som ett grinande ansiktsuttryck visade sig med efterföljande fasa.

"Mamma! Vill du veta sanningen? ", utbrast Jacob medan tårarna torkades bort med ena handen.

"Jacob, vad är det du vill säga?", sa Linda.

Jacob uppvisade en svart dödlig blick och sträckte ut sakta armen och pekade på Chris.

"Han…Han och Owen har kallblodigt dödat mitt folk och vår tro. Jag såg hur han slängde ner något i vattenbrunnen."

Chris stirrade på Jacob med en bestämd och allvarlig blick medan Linda stirrade på Chris med gapade mun.

"Tänk att där kom en sanning fram. Har du verkligen tagit med dig med vett och vilja något från forskningen och K4 labbet och sedan förgiftat dessa människor? "

"Ursäkta älskling! Vad är du försöker säga här?", sa Chris bestämt.

"Jo, mamma undrar varför du dödar och förgiftar människor i den här världen.", tillade Jacob sarkastiskt.

Chris gav en snabb blick till Jacob och sa sedan.

"Jag vill att du går härifrån."

"Nej, varför det? ", sa Linda och tog tag i Chris arm.

"Du ska få sona för det du har gjort.", sa Jacob innan han vände sig om och försvann.

Chris lät honom gå och följde Jacob med blicken innan han avlägsnade sig.

Linda tittade förskräckt på Chris samtidigt som hon hade svårt att ta till sig det som hade uppenbarat sig i hennes värld. Chris mötte hennes blick med en märkbar maktlös blick.

"Älskling, du ville få hem Jacob och i och med det fick vi betala ett oerhört högt pris. IS är en totalitär terrororganisation med helt avsaknad samvete och människovärde. Jag fick plikta ett väldigt högt pris av min själ och samvete, inte minst min religiösa tro."

"Chris. Ärligt talat, jag vet inte om jag ville betala ett sådant högt pris för att få hem vår son? Vi förlorade två barn och fick tillbaka en tonåring som jag absolute inte känner igen.", sa Linda som skakade uppgivet på huvudet innan hon åter fick se hur ytterligare kroppar bars bort på TV4 nyheterna.

"Det var precis det stödet jag ville höra ifrån dig, tack!", sa Chris medan han lutade armbågarna mot sina knän och placerade pannan mot händerna med en djup suck.

Fängelseanstalten Saltvik

Saltvik är en anstalt i säkerhetsklass 1 med 141 platser. Anstalten ligger i utkanten av Härnösand cirka 4 km norr om centrum och polishuset. Anstalten Saltvik är en sluten anstalt för män, som är belägen i norra utkanten av Härnösand. I december 2003 började man planera för att ersätta det omoderna cellfängelset i Härnösand med en ny anläggning. Saltvik har sedan 2010 gått från att vara en lokalanstalt till att vara en av landets tre säkerhetsanstalter.

Antal anställda: 250-300 Säkerhetsklass: 1 Typ: Sluten anstalt.

Kapitel 41

DEN FEMTE
JUNI 2016

KLOCKAN 09:30 PÅ förmiddagen klev den drygt fyra år äldre Lars Åke Rosén ut genom stålgallerportarna på Saltvik anstalten utanför Härnösand. Det var en förtegen sextiotvåårig herre som tog sina steg ut med välputsade skor och stannade sedan till. Han vände sig om och drog sina fingrar genom sin gråa korta frisyr. Han tittade för sista gången på de tegelbyggda byggnaderna som fanns innanför muren och portarna. Han höll i med ena handen en mindre resväska med rocken vilades över överarmen. Den gröna skjortan med frånvarande slips var i för sig lite ostruken och skrynklig men matchade ändå hans mörka byxor.

Han hade tillbringat drygt två tredjedelar av det sexåriga straffet innanför murarna och genomgått ett individuellt vårdprogram för sexualbrott. Ett program som Lars Åke visserligen hade svarat positivt under sin vistelse och som sedan bedömdes att risken för återfall var dock minimal.

Det hade även skett lite otäcka händelser på avdelningen där bland annat en medintern fick halsen skuren med ett rakblad vilket slutade med dödlig utgång. Det skedde också några utlopp på avdelningen som krävde polisinsatser för att tygla upprorsmakarna med deras frustration och missnöje. Händelser som Lars Åke såg allvarligt på och i möjligaste mån försökte hålla sig ifrån dessa grupperingar.

Det fanns fler minnen som aldrig kommer att suddas bort. Vid två olika tillfällen blev han brutalt våldtagen och som sedan aldrig anmäldes eftersom risken för våldsamma repressalier var överhängande. Med dessa erfarenheter i sin ryggsäck kunde han uppskatta friheten medan han gick mot busshållplatsen.

Klockan 12:48 satt Lars Åke på tåget vid Härnösand station och hade inlett resan mot Stockholms central. Han hade innan dess passat på ett köpa en dagstidning och en chokladkaka från Marabou från pressbyrån som skulle bli hans resesällskap under tiden.

Restiden skulle bli cirka fyra och en halvtimme ner till Stockholmscentral. En tid som skulle användas till att förbereda inför kommande högst osäker framtid. Det tidigare arbetet som läkare existerade inte längre inom militärförsvaret. Han fick lov att söka ett nytt jobb när han kom hem. Lägenheten på Vallhallavägen 129 hade han kvar och lyckades hyra ut lägenheten möblerad i andra hand vilket gav extra inkomst samt ekonomisk täckning för hyran.

Framme vid Stockholmscentral så tog Lars Åke tunnelbanan till Stadions tunnelbanestation. Därefter tog han en promenad längs Vallhallavägen och känslan att vara hemma igen uppenbarade sig. Framme vid porten så knappade han in koden och det var med en lättnad när han hörde surret från portlåset och kunde då öppna porten och kliva in.

När han klev in i lägenheten och ställde ner resväskan på mattan kunde han konstatera att hallmöblerna stod på samma ställe som han lämnade lägenheten, dessutom så såg det städat ut vid första anblicken medan han tog av sig skorna och hängde av sig rocken på klädhängaren.

Lars Åke gick runt i lägenheten och kunde snart fastslå att han hade haft en skötsam hyresgäst eftersom allt såg snyggt och välstädat ut i lägenheten. Han gick tillbaka till köket och kunde sätta på lite kaffe för första gången på flera år. Han hade kommit tillbaka till sitt hem och tryggheten som han hade saknat och längtat under i fyra år. Han gick till vardagsrummet och öppnade jordgloben som stod på hjul. Whiskyn framför allt stod förhållandevis orörda vad han kunde minnas. Även de övriga alkoholrelaterade dryckerna tycktes också vara orörda. Han hällde upp ett glas med tolvårig Whisky och stängde sedan jordgloben.

Vid köksbordet satt Lars Åke med kopp kaffe och ett whiskyglas på bordet. Han njöt av hemmatillvaron och ljudet från trafiken på Vallhallavägen. Whiskyn hade väckt och överraskat smaklökarna vars smak gouterade extra länge i munnen som avslutade med en lätt hostning.

Vid en närmare inventering av kylskåpet och skafferiet kunde han snart konstatera att det fanns bara kaffe och te vilket betydde att han behövde handla. Han beslutade sig att ta en promenad till Karlaplan för att storhandla på Ica.

"Bibliska principer kommer att transformera ditt liv."

Kapitel 42

DEN FEMTE JUNI 2016

TÅGET FRÅN OSLO hade precis stannat till vid Stockholmscentral. Passagerarna började stiga av bärandes på både ryggsäckar och resväskor. Som ett mindre samlat lämmeltåg så sökte sig nästan alla passagerare mot centralbyggnaden.

Ensam kvar på perrongen stod en kvinna bärande med en mindre ryggsäck. Hennes mörka långa hår täckte axlarna och över delen av ryggtavlan och nacke. Hon var klädd i en tunn svart långrock och klassiska moderna jeans med trasiga knän samt hennes fötter var instuckna i ett par sportsneakers. Hon tittade sig omkring och kunde konstatera att stationen hade förändrads väsentligt under de år hon har varit frånvarande.

Hon såg entrédörrarna till centralstationen och började gå i den riktningen. Med ryggsäcken spontant uppslängd över ena axeln tog hon fram mobiltelefon och fokuserade på appen googelmaps och fann gatan. Nu gällde det bara att hitta rätt tunnelbanelinje, tänkte Yasmin.

Hon tog rulltrapporna ner till tunnelbanan och fann orienteringskartan som hon granskade noga. Hon skulle ta den röda linjen till Östermalmstorg och sedan var det inte så långt kvar till hennes slutdestination och dit hon skulle gå.

Det var med blandade känslor som Yasmin satte sig i den blå tunnelbanetåget. Hennes största oro var främst att myndigheterna skulle hitta henne till sist i Stockholm. Hon var övertygad att efterlysningen fortfarande kvarstod trots att det hade gått flera år sedan hon avvek från domstolen och försvann. Det spelade ingen roll, hon skulle infria löftet som hon sedan tidigare gav till Jacob innan han försvann, tänkte hon medan tåget stannade till vid Östermalmstorg och där skulle hon stiga av.

Yasmin klev av tåget och började sedan gå mot utgången och tittade lite sporadiskt omkring sig att det inte fanns några patrullerande poliser på perrongen medan hon passerade några av Siri Derkerts reliefer Ristningar i betong på spår väggen och har temat "Kvinnosaken, freds- och miljörörelsen medan hon gick mot norra Entrén och mot Sibyllegatan.

Efter en liten stund fick hon se den vackra Hedvig Elenora kyrka på högra sidan medan hon gick förbi. När hon kom fram till Östermalmsgatan vek hon av till höger enligt googlemap. framme vid Jungfrugatan gick hon sedan till vänster och gick vidare längs sista kvarteret innan hon kom fram till Vallhallavägen.

Ståendes på Vallhallavägen kände hon igen sig. Ingenting hade förändrats och hon såg en skymt av Seven eleven butiken på andra sidan av Vallhallavägen. Hon hade nästan kommit fram till sin slutdestination. Hon ställde sig vid övergångstället och tryckte på knappen. Trafiken fick rött ljus varvid Yasmin kunde gå över till andra sidan och fick se port nr 129 mellan träden strax intill den grekiska restaurangen. Hon hade även kontrollerat att mannen i fråga bodde kvar på samma adress. När hon hade gått över gatan såg hon en äldre man med beige rock komma ut från port nr 129.

Lars Åke Rosén stod vid hallen och hade onekligen bekymmer om vilka skor han skulle ha på sig till affären. Valet stod mellan antingen ett par bruna engelska knytskor av modell Oxford eller så svarta knytskor av modellen Senator loafers. Med tanke på klädseln med mörka byxor så fick det bli ett par svarta loafers.

Han satte sedan på sig sin beigefärgade långrock. Han plockade även fram från ett skåp ett par mörka solglasögon. Eftersom det var endast ett stenkast till hans förra arbetsplats fanns möjligheten att någon gammal kollega skulle känna igen honom. Det skulle bli alltför pinsam försituation att hamna i vilket han helst ville undvika. Han visste inte heller om vilka grannar som bodde kvar även om han inte kände dem direkt tidigare vare sig personligen eller ytligt. Att bära en offentlig stämpel såsom pedofilobjekt med offentligt blickfång samtidigt vid allt att döma få en restriktiv bemötande med vilda tysta spekulerande baktankar.

Han visste att det skulle ta lång tid att dels bearbeta rent psykiskt och mentalt dessa tankar, för att sedan kunna ta ögonkontakt med människor i framtiden. Det vill säga…om det finns någon framtid efter det här överhuvudtaget.

Lars Åke tog en beige hatt från hatthyllan och satte på sig den. Han tittade i hallspegeln med självkritisk bedömning. Å andra sidan skulle han inte betraktas som proper och elegant utan han skulle skapa en anonym gestaltning bland offentligheten för att dölja pedofilstämpeln och sexförbrytare som satt hårt brännmärkt och inristad i hans samvete.

Lars Åke höll på att glömma, han gick med raska steg in till köket och hämtade en Ica plastbärkasse av återvunnen plast ifrån städskåpet. Tanken var att handla rejält med matvaror så han inte behövde handla ofta och därmed slippa bemöta människor. Det fick bli ett mer isolerat anonymt liv, vart fall inledningsvis.

Han gick ut till hallen och fram till ytterdörren. Han tittade i dörrkikaren och kunde konstatera att det var inga grannar ute i trapphuset. Han satte sedan örat mot dörren och lyssnade. Inte ett ljud hördes och låste sedan upp sjutillhållarlåset och öppnade ytterdörren.

Lars Åke kände sig lättad när han väl öppnade porten och gick ut. Han hade inte mött någon i trappen och det var ingen som var på väg in genom porten heller. Han stannade till och såg sig omkring. Vid restaurangen bredvid satt folk ute på uteserveringen och verkade vara helt upptagna med annat. Det var ingen som han kände igen konstaterade han och var på väg att gå när han fick en förbigående knuff av en mötande kvinna klädd i en svart tunn långrock. Hon stannade till och vände sig om. Lars Åke kände inte igen henne men hennes stirrande blick ville berätta något kändes det som eller var det bara en inbillning. Trots allt hade han nyligen blivit villkorligt frisläppt efter fyra års internering. Rent mentalt så måste det ske en omställning i livet, tänkte han samtidigt som han försökte undanröja alla misstänksamheter och mentala spöken som härjade just nu i hans huvud.

Den unga mörkhåriga kvinnan vände sig om och gick vidare fram till restaurangen och satte sig vid ett av borden närmast husväggen.

Hon la ryggsäcken bredvid sig och plockade fram sin plånbok. Okej, hon är en matgäst, tänkte Lars Åke lite lättad och började gå mot övergångstället. Han stannade till och tryckte på knappen medan han samtidigt tittade på den unga kvinnan under ett kort ögonblick. Det blev grönt och Lars Åke började gå över gatan bärandes med Icas bärkasse.

Yasmin följde mannen med blicken och försökte erinra sig rent tankemässigt om det var han hon letade efter? Hon släppte tankarna och plockade i stället fram en plastmapp ur ryggsäcken. Hon la mappen på bordet och tog i stället matmenyn som låg på bordet och tittade vad som erbjöds. Hon beslutade att ta grekiska färsbiffar med klassisk tzatziki och stekt potatis och Lokavatten att dricka.

Hon tittade mot övergångstället och fick se att mannen som hon knuffade till hade kommit över till andra sidan av Vallhallavägen. Hon hann se ryggtavlan av mannens beigefärgade rock innan han försvann in på Jungfrugatan.

Maten blev serverad på bordet och Yasmin började äta i lugn och ro. Hon hade inte bråttom för hon var på plats och inom sinom tid så ska hon hitta den man som skadade Jacob så oehört illa och samtidigt gav honom så omänskligt kränkande behandling som barn, tänkte hon medan hon delade på en köttfärsbiff med kniven.

Framme vid Karlaplan hade Lars Åke stannat och tittat sig omkring innan han fortsatte raka vägen in till Ica affären. Han tog en kundvagn vid ingången och placerade sin bärkasse i den innan han fortsatte vidare in i butiken.

Han tog två varianter av mjukt bröd och en mindre förpackning av Wasas knäckebröd. Han fortsatte sedan till köttavdelningen och tog både köttfärs och kyckling. Även en falukorvsring följde med bara av farten. Framme vid mejeriavdelningen stoppade han ner i vagnen både mjölk och vispgrädde, yoghurt med fruktsmak tillsammans med stekmargarin och en extra saltat bredgotts förpackning.

Framme vid frysdiskarna kom han på sig själv att han hade glömt att köpa diverse smörgåspålägg och vände om kundvagnen för att gå tillbaka. Han köpte en mindre förpackning av hushållsost, pepparsalami, kaviar, samt en tolvförpackning med ägg.

Efter drygt en halvtimme så gick Lars Åke fram till kassakön och ställde sig. Han rättade till solglasögonen samtidigt som han drog ner hatten lite till. Han hade inte räknat med köbildning i affären och stå där och vänta kändes väldigt olustigt och gav en oroväckande känsla i magen medan han placerade blicken ner i kundvagnen.

Pannsvetten gjorde sig till känna till slut av förmodad nervositet och Lars Åke hade inget att torka sig med kunde han bittert konstatera. Äntligen fick han komma fram och lägga alla matvaror på bandet medan en yngre man var kassabiträde. En liten flicka bärandes med nalle i famnen tittade nyfiket på Lars Åke medan hon sög intensivt på sin napp i munnen. Lars Åke betalade med sitt bankkort och skyndade sig sedan fram till att plocka matvarorna i bärkassen.

Efter att ha gått några minuter fick Lars Åke stanna till för att byta hand med att bära den tunga matkassen. Han öppnade en förpackning med toalettpapper och torkade sig om pannan. För att förhindra att resterande pappersrullar skulle ramla ut ur förpackningen fick han bära förpackning för sig med den andra armen medan han bar på matkassen.

Han pressade sig själv med att orka bära kassen fram till övergångstället vid Vallhallavägen och där kanske kunna få vila i väntan att det skulle bli grön gubbe.

Yasmin satt och njöt av en kopp kaffe efter att ha betalat notan i förväg. Hon plockade fram ett gammalt tidningsurklipp ur plastmappen. Hon vecklade ut artikeln och började studera fotot som var med om Jakobs försvinnande.

Hon studerade fotot noga och la märke till små detaljer på ansiktet. Det fanns ett litet födelsemärke precis vid vänster ögonbryn. Även öronen var lite utmärkande både i form och storlek än det vilket kunde anses som normalt.

Yasmin tog reflexmässigt en snabb titt i riktning mot gatan och fick syn på mannen med beige rock som hon tidigare hade råkat knuffat till var tydligen på väg tillbaka.

När mannen kom närmare kunde hon identifiera att han var faktisk väldigt snarlik med mannen på fotot i artikeln trots att han verkat ha magrat i verkligheten. Trots att mannen bar hatt och solglasögon kunde hon se födelsemärket för ett kort ögonblick.

Yasmin reste sig skyndsamt och tog med sig ryggsäcken i farten medan mannen hade stannat till vid port 129 och ställt ner kassen från Ica.

Lars Åke Rosén tryckte in säkerhetskoden vid porten varvid ett surrande ljud hördes. Han öppnade dörren och greppade sedan tag om den fyllda bärkassen och gick in genom porten. Han stannade till när han hörde att någon hade hejdat dörr porten med att stänga och vände sig om. Det var samma kvinna med svarta rocken som tidigare hade knuffat honom och sedan stirrat på honom på ett utstuderad och obehagligt sätt i hans tycke.

Han vände sig om och bärande på sin bärkasse började han gå uppför trapporna i sakta mak med förhoppningen att hon skulle passera förbi honom för att sedan se och lokalisera att hon verkligen bodde i den här portuppgången. Han stannade till och makade sig åt sidan utan att vända sig om. Han hörde hur hon stannade till en bit bakom. Lars Åke vände sig om.

"Du får gärna passera förbi mig om du vill?", sa Lars Åke.

"Nej, du kan gå före, jag har ingen brådska."

"Bor du i den här portuppgången?", frågade Lars Åke med lite nervositet.

"Nej, Jag är här för att besöka en bekant."

"Någon som jag kanske känner?", sa Lars Åke.

"Det vet inte jag. Jag kommer från Hemtjänsten. Vill du ha hjälp att bära din matkasse?"

"Nej tack, det går bra ändå.", sa Lars Åke innan han fortsatte uppför trapporna.

När Lars Åke stannade till vid sin dörr så passerade Yasmin förbi med ett kallt leende innan hon fortsatte vidare på nästa trappa till tredje våningen.

Lars Åke plockade fram nycklarna ur byxfickan och låste upp. Han tittade efter henne samtidigt som han tog i dörrhandtaget och öppnade dörren för att gå in.

Yasmin stannade till uppe på tredjevåningen och kunde höra hur mannen hade gått in till sig och låst dörren efter sig med bägge låsen. Blev lite tokigt att han fick syn på henne nu, tänkte hon lite avvaktande.

Lars Åke hade hängt av sig samt tagit av sig skorna och placerat dem på skohyllan snyggt och prydligt under klädhängaren innan han bar matkassen vidare in till köket.

Med en öppen kylskåpsdörr och med ordningssinne började han systematiskt plocka ur bärkassen med diverse matvaror. När han greppade tag om falukorvsringen och lyfte upp den ringde det plötsligt på ytterdörren. Lars Åke stelnade till.

Migrationsverket är en svensk statlig förvaltningsmyndighet, som sorterar under Justitiedepartementet. Verket är Sveriges centrala utlänningsmyndighet och ansvarar för verksamhetsområdena asyl, besök och bosättning samt medborgarskap. Myndigheten hette fram till 1 juli 2000 Statens invandrarverk.

Myndigheten är från 1 oktober 2022 beredskapsmyndighet men ingår inte i någon av de tio beredskapssektorerna.

Wikipedia

Kapitel 43

DEN SJÄTTE
JULI 2016

EFTER ATT HA transporterats sjövägen från Egypten till Cypern och dessutom fått tillbringat några dagar i flyktingläger lyckades Nassiva ta sig till Grekland med färja. Efter att uppvisat ett falskt syriskt pass blev hon sedan transporterats med buss till den lilla byn Idomeni där Greklands största flyktingläger var stationerad nära gränsen till Makedonien.

Nassiva hade följt med flyktingströmmen ifrån Al- Arisch i Egypten via Cypern till Grekland för att sedan sitta några veckor på flyktningsanläggning innan hon bussades vidare till Köpenhamn i Danmark. En resa som hade tagit drygt en månad för Nassiva att genomföra och under resan hade hon även fått betala med blodsbefläckande händer och släckta liv på sitt samvete.

Nu satt hon på tåget och var på väg till Malmö tillsammans med en grupp flyktingar. Hon hade dock inte nått det slutliga målet i den här resan medan hon återigen lyssnade på The final Count down i hörlurarna.

På perrongen i Malmö tågcentral väntade personal från både migrationsverket och socialmyndigheter. Även extra inkallade poliser och tolkar fanns på plats när tåget stannade till vid perrongen. Det var trettiotal flyktingar som klev av tåget.

En handläggare från migrationsverket vid namn Siv Pålén, fick syn på Nassiva när hon klev av tåget med sin smutsiga ryggsäck. Siv beslöt sig att hjälpa den unga flickan genom att gå fram och presentera sig på engelska.

Nassiva log lite blygt när Siv sträckte fram handen för att hälsa. Hon var väl införstådd gällande rutiner och plockade fram sitt syriska pass och räckte över den till Siv Pålén.

Siv såg att flickan med sitt medhavda pass kom ifrån Syrien och hette Nassiva Shamiran. Siv kunde utgå från olika stämplar i passet om vilka länder och gränsövergångar flickan hade passerat under sin resa som flykting.

"Jag tänkte fråga om du känner någon här i Sverige? ", frågade Siv på engelska.

Nassiva nickade.

"Jag har familj i Stockholm.", svarade Nassiva.

"Vet de om att du har kommit till Sverige? "

Nassiva ruskade på huvudet.

"Nej. "

"Vill du få hjälp med att kontakta dem? "

"Det behövs inte, jag tar kontakt när jag kommer fram till Stockholm."

"Jaha, jag kan inte se att du har visum? ", sa Siv.

Nassiva ruskade på huvudet och gav sedan Siv en oskyldig blick.

"Är det så att du kommer som flykting? "

Nassiva nickade.

"Okej, du får du vänta här så ska jag gå och hämta lite papper som vi sedan ska fylla i gemensamt. ", sa Siv med ett litet leende och räckte samtidigt över passet.

Nassiva bidrog med ett förstående leende medan hon nickade.

"Bra, du kan sätta dig på bänken där så kommer jag alldeles strax. ", sa Siv med bibehållet leende och kände sig trygg med att lämna flickan kvar för en kort stund.

Medan Nassiva gick och satte sig på sittbänken på perrongen vände Siv sig om och börja gå. Nassiva följde med blicken efter Siv som inom kort försvann utom synhåll bland alla människor som uppehöll sig på perrongen.

Siv skyndade sig till ett uppställt bord där en kollega satt och började plocka ihop de nödvändigaste blanketter som skulle fyllas i och räckte sedan över dem till Siv.

Siv Pålén tackade och skyndade sig tillbaka till dit hon lämnade flickan. När hon kom fram så satt andra flyktingar på bänken tillsammans med några poliser som stod bredvid.

Hon tittade sig omkring på perrongen och kunde inte se flickan någonstans. Hon gick fram till de bägge poliserna och frågade om de möjligtvis hade sett eller träffat på en yngre syriansk flicka? Vilket de inte hade gjort. Siv plockade fram mobiltelefonen för att försäkra sig att hon hade tagit ett foto på flickans pass vilket hon snabbt kunde konstatera att det hade hon gjort.

Tre timmar senare satt Nassiva på ett X2000 tåg med slutdestination Stockholm. Hon plockade fram ett fotografi av Aadel och studerade det med längtan och förhoppning. Hon drog med sin tumme med smekande drag över fotot. Om ett antal timmar så skulle hon befinna sig i Stockholm och därifrån så skulle hon uppsöka en plats eller förort som Aadel sedan tidigare hade beskrivit för henne. Tänk att snart inom några timmar skulle de återförenas, Insha `Allah.

Hon lutade sig bakåt i stolen med ett litet betänkande leende medan hon kände hur tröttheten började ge sig till känna. Att få kunna sova utan stress eller nalkande oro var längesedan hon fick göra det, ja möjligtvis till tiden när hon var en liten flicka tillsammans hennes pappa som gav trygghet, tänkte hon medan ögonen slöts och vaggades till sömn av tågets rörelser.

Nassiva vaknade hastigt till när hon hörde ett högtalarop samtidigt som tåget saktade in. Hon tittade på klockan och kunde konstatera att hon hade vart fall sovit i drygt två timmar. Hon tittade ut genom fönstret medan tåget stannade till vid perrongen och på en blå skylt stod det Linköping. Viskande försökte hon upprepande gånger uttala namnet sakta, men det lät väldigt obegripligt och inte minst osammanhängande. Hon skakade på huvudet.

Efter två och en halvtimme kunde Nassiva se delar av huvudstaden Stockholm medan tåget rullade den sista biten till centralstationen. Det var gamla tidsenliga byggnader och andra arkitekt skapande moderna byggnader som hon aldrig sett tidigare och gav samma förvånade intryck som när hon anlände till Malmö men lite differenta skillnader.

En tågkonduktör gick ropandes förbi att det var slutstationen Stockholms central. Nassiva såg att samtliga passagerare reste sig och började gå mot utgången. Hon tog tag om ryggsäcken och reste sig. Hon ställde sig för att rätta in sig i kön som hade bildats i själva mittgången.

Nassiva klev av tåget och gick lite undan för att inte vara i vägen och ställde sig lite avsides. Hon tittade sig omkring och sammanfattningsvis gav hennes intryck att Stockholms central var till synes en stor tågstation med relativt mycket människor som var på resande fot. Hon började gå efter att de sista passagerna hade lämnat tåget och började gå i riktning mot den glasade entrén.

Nassiva stannade till för ett ögonblick när hon hade passerat entrén och fick se en enorm stor hall där snabbrestauranger och caféer stod efter varandra tillsammans med andra butiker. Hon fortsatte att gå och fick se en restaurang med mer österländsk stil vilket skulle kanske passa henne. Efter att varit och växlat pengar gick hon tillbaka till Mangal B.B.Q. och beställde en kyckling och Halloumi Wrap med dryck.

Efter cirka fem minuter fick hon sin Wrap och gick därefter i väg och satte sig på en bänk i närheten där hon kunde i lugn och ro avnjuta av maten efter att dragit ner Nigaben. Efter att ha suttit en stund efter maten kunde hon observera och iaktta alla människor som passerade förbi. Ibland passerade kvinnor som bar på liknande klädsel som hon själv som hon iakttog lite extra medan de gick förbi och pratade högt och intensivt på arabiska. Nassiva reste och gick vidare mot väntsalen.

Nassiva stannade till vid en större rund järnring som var centrerad runt en öppning i golvet i mitten av väntsalen. Där kunde hon observera alla människor som passerade förbi vid våningen under. Medan hon stod med funderingar om hur hon skulle kunna ta sig till Upplands Väsby fick hon se en bemannad informationsdisk. Hon skulle precis resa sig men hejdade sig när en liten asiatisk flicka sugande på en rosa napp gick fram till henne och stannade. Flickan stod där och tittade nyfiket på henne.

Nassiva stirrade tillbaka till flickan som nu log till henne. Nassiva kunde inte låta bli att le innanför sin Nigab vilket flickan genast la märke till och började att skratta. Nassiva drog för ett ögonblick ner sin Nigab och lipade med tungan och drog sedan snabbt upp sin Nigab igen.

Flickan kiknade av skratt samtidigt som hon tog tag i sin napp och drog ut den och lipade tillbaka. Nassiva skrattade medan en asiatisk kvinna med en sittvagn kom småspringande och ropade till flickan på kinesiska. Hon stannade till vid flickan och lyfte upp henne samtidigt som hon gav en ursäktade blick till Nassiva.

"Jag ber hemskt mycket om ursäkt för min dotters beteende.", sa den asiatiska kvinnan på svenska.

"Snälla, jag kan bara engelska.", sa Nassiva medan hon drog ner sin Nigab och visade sitt ansikte.

"Jaha!... Jag ville bara be om ursäkt för min dotters beteende mot dig.", sa hon på engelska.

Nassiva log medan hon reste sig och smekte den lilla flickans kind.

"Det är ingen fara. Det var faktiskt jag som började retas med henne.", erkände Nassiva.

"Tack för ni tog det här bra. Barn är allt som oftast oskyldiga"

"Absolut. Jag tänkte fråga hur man kommer till Upplands Väsby härifrån.", sa Nassiva.

Den asiatiska kvinnan log.

"Du tar pendeltåget mot Märsta. Jag bor själv i Upplands Väsby och är faktiskt på väg hem. Du får gärna följa med mig så du kommer till rätt perrong.", sa hon med sitt kvarhållande asiatiska leendet.

"Ja gärna, tack.", sa Nassiva.

Tillsammans gick de i väg och tog hissen till undervåningen. Den asiatiska kvinnan vid namn Mei Ling, hjälpte Nassiva att lösa en enkelbiljett till Upplands Väsby innan de fortsatte uppför trapporna till perrongen.

Nassiva kände tacksamhet inför Mei Ling när de klev in i pendeltåget och satte sig. Den lilla flickan, Jin, ville sätta sig på Nassivas knä. Mei Ling tog tag i dottern samtidigt som hon sökte ögonkontakt med Nassiva.

"Det är okej.", sa Nassiva och sträckte ut armarna mot Jin.

Mei Ling lyfte upp dottern och placerade henne på Nassivas ben. Jin tog tag i Nassivas Nigab och drog ner den och blottade Nassivas ansikte som log.

Narkotikastrafflag (1968:64) utgör så kallad speciallagstiftning.

Den som olovligen överlåter eller framställer narkotika som är avsedd för missbruk, förvärvar narkotika i överlåtelsesyfte eller anskaffar, bearbetar, förpackar, transporterar, förvarar eller tar annan sådan befattning med narkotika som inte är avsedd för eget bruk eller bjuder ut narkotika till försäljning, förvarar eller befordrar vederlag för narkotika, förmedlar kontakter mellan säljare och köpare eller företar någon annan sådan åtgärd, om förfarandet är ägnat att främja narkotikahandel för narkotikabrott till fängelse i högst tre år.

Kapitel 44

DEN SJÄTTE JULI 2016

JIMMY OCH DAVID stod på plattan strax utanför tunnelbaneentrén i Sergel torg. Kroppshållningen på de bägge herrarna visade mer en förlorad tillvaro utan någon som helst strimma hopp inför framtiden utan i stället hade den tiden blivit en evig väntan. De tidigare varit på Mac Donalds ätit varsin hamburgaremeny, inte för att de var hungriga utan snarare var det brist av sysselsättning och röka.

De hade även varit på besök i Hötorget och försökte hitta en langare som var villig med att bistå med kvalitativt schysst röka men utan någon större framgång visade det sig. Jimmy visade en tilltagande irritation över situationen något som David reflekterade över och kände ett visst obehag. Det verkade som att hela drogförsäljningen på stan hade tagit någon form av siesta kändes det som, om man frågade Jimmy.

Men hoppet är trots allt det sista som sviker en. För ut från tunnelbanans entré kom en äldre kille och Jimmy kände igen honom sedan tidigare affärsuppgörelser. Det var en kille från Brandbergen med smeknamnet Linkan som var allmänt känd med att leverera schysst röka och andra droger så länge han inte tillbringade tid som burfågel på någon anstalt.

Jimmy tog direkt tillfället i akt och gick fram till Linkan som stannade till och såg lite fundersam ut för ögonblicket.

"Tjenare Linkan! Kommer du ihåg mig? ", sa Jimmy med lite spontanitet.

Linkan hånlog.

"Skulle jag det? "

"Javisst! Jag har handlat av dig tidigare flera gånger. Vi har till och med delat en joint tillsammans.", sa Jimmy medan David kom gåendes fram och ställde sig bakom Jimmy.

"Så det säger du."

Jimmy satte sitt huvud mot Linkans öra och viskade:

"Har du schysst röka att avvara? "

Linkan gav Jimmy en tröttsam blick.

"Vad fan snackar du om? Vaddå avvara? Tror du att jag skänker godsaker bara så här. Nej för fan, den tiden är förbi. "

"Neej! Det var inte så jag menade."

"Nähä! Vad fan pratar vi om?", sa Linkan med ett besvärat tonläge.

"Vi pratar om att köpa, handla, kränga, kompis. ", svarade Jimmy direkt.

"Det säger du. Har du cash?"

"Jaa.", bönade Jimmy och ville komma till skott utan onödigt snack.

"Okej, hur mycket 1 gram, 2 gram, vad snackar vi om? "

Jimmy tittade frågande på David för ett kort ögonblick.

"Vi tar två gram."

Linkan tog tag i Jimmys jacka och drog med sig honom mot en vägg.

"Du grabben, det är inte mjölk du handlar här.", konstaterade Linkan.

"Nä nä förlåt. hur mycket? "

"300 pix och gram.", sa Linkan och ryckte på axlarna.

Jimmy tog sig förskräckt över pannan.

"Du måste skoja nu! Sist jag köpte gav jag en tvåhundring."

"Inte av mig kan jag upplysa om."

"Men vad fan, du tar ju en hundring mer än normalt.", beklagade Jimmy.

"Ska du handla eller ska du klaga på priserna?"

Jimmy vände sig till David och knäppte med fingrarna. David plockade fram en tvåhundrasedel och gav sedeln till Jimmy. Därefter stoppade Jimmy ena handen i bakfickan och tog fram resterande 400 hundra kronor och gav samtliga pengar till Linkan.

"Tack, sa Linkan. Nu lyssnar du på mig. Titta bort till blomsterlådan med röda tulpaner där finner du två gram med röka.", upplyste Linkan.

Jimmy tog sig åter över huvudet av förskräckelse.

"Va! Vad fan är det här?" väste Jimmy medan ögonen svartnade.

"Vad är problemet grabben?", sa Linkan.

"Problemet?! Jag ska ha mitt, här nu.", protesterade Jimmy.

"Vad fan, fattar du inte vad jag säger grabben? Det är andra regler som gäller, jag tänker inte krypa in för din skull. Du har betalat och jag levererat. Men okej vi gör så här. Skicka din polare dit så får han hämta det medan vi står kvar här. Jag är garanten av det jag levererar."

Jimmy tittade på David och gav sedan ett nickande tecken till honom att gå till blomsterlådan med röda tulpaner och hämta rökat.

Motvilligt och med ett nervöst beteende medan han tittade sig omkring för att försäkra sig att kusten var klar började han gå mot den aktuella blomsterlådan. När han kom fram så trevade han med ena handen runt i blomsterlådan medan han gick runt. Vid ena hörnet kände David en liten plastpåse och greppade den samtidigt fann han även den andra plastpåsen och tog den samtidigt. David tittade upp och gav sedan ett nickande klartecken till Jimmy.

Linkan tittade fundersamt medan Jimmy och David försvann in genom Tunnelbaneentrén.

Småspringande kom Jimmy och David fram till de automatiska tågspärrarna till pendeltågen. De placerade sina SL-kort mot avläsaren varvid passeringsspärren öppnades och bägge pojkarna rusade uppför trapporna och ut på perrongen för hinna med pendeltåget som kommer att åka vilken sekund som helst.

Ett utrop hördes om att dörrarna på pendeltåget skulle stängas vilket ledde till att Jimmy lyckades precis tränga sig in mellan dörrarna medan de stängdes. Jimmy upptäckte att David inte hade lyckats komma ta sig in i samma ingång som han. Jimmy tittade ut genom fönstren när tåget började att åka men såg inte till David på perrongen. Han kanske lyckades kliva in i en annan vagn? Tänkte han.

Jimmy satte sig ner vid sittplatserna närmast utgången. I tron att han hade rökat med sig så kände han efter i jackfickan och kom på sig själv att det var David som hade det med sig medan de sprang till tåget när någon plötsligt knackade på hans axel. Jimmy vände sig om och fick se Davids grabbaktiga flin.

"Nu vart du orolig, va? ", utbrast David medan han gick och satte sig framför Jimmy.

"Nej! Jag undrade bara om du hann med tåget bara. Du har väl inte tappat rökat?"

"Nej, jag har den i min ficka.", sa David medan han kände efter i jackfickan.

Jimmy log och såg sig omkring i tågkupén. Han kunde konstatera att det satt fåtal passagerare i samma tågkupé. Närmast satt en asiatisk kvinna med sin dotter tillsammans med en yngre tjej klädd i en Nigab med tillhörande svart outfit.

"Ska vi tända på?", frågade Jimmy med en ivrig blick.

David såg sig omkring och blev lite tveksam över förslaget.

"Ska vi inte vänta till vi kommer hem.", föreslog David med han tittade på damtrion som satt på andra sidan.

"Äh, klart vi tänder på och tar några zip", sa Jimmy.

"Det kan komma någon konduktör och då blir det bara tjafs och slutligen kan snuten komma.", konstaterade David lite oroligt och gav åter en blick mot damerna på andra sidan.

"Äh, vad inte så harig. Värsta som kan hända att vi får ta nästa tåg bara.", sa Jimmy.

Jimmy plockade fram en cigarett ur cigarrettasken av märket Marlboro och började pressa ut tobaken ur cigarrettpapperet i ena handflatan.

"Men vad fan…vänta lite tills vi kommer hem.", bönade David medan Jimmy tog fram den genomskinliga portionspåsen och öppnade den. Han hällde lite av innehållet över tobaken och räckte sedan över påsen till David.

"Kan du stänga påsen? ", sa Jimmy.

David tog påsen och förslöt den innan han stoppade den lite diskret i jackfickan. Jimmy vred sig om medan han blandade tobaken noggrant i handflatan lite dolt när han hörde en kvinnlig röst som påpekade att det var rökning förbjudet i tåget. Jimmy ignorerade uppmaningen medan han placerade tobaken i en rak linje på handen. Försiktigt och med stadig hand fyllde han åter tobaken i det tomma cigarettpappret och packade sedan innehållet med att dunka lätt cigarrettfiltret mot ovanhanden medan tobaken packade sig.

Mei Ling höll sin dotter Jin på sitt knä medan hon tittade bekymrad på de bägge grabbarna på andra sidan. Mei var fullt medveten om vad killarna sysslade med sitt smusslande med cigaretten.

"Man får inte röka här.", uppmanade Mei återigen.

I gengäld fick hon bara en ignorerande blick från en av grabbarna och lade samtidigt märke till att kompisen blev en aning nervös och hon kunde samtidigt ana en ängslig blick.

Nassiva som i för sig inte förstod vad som sas men observerade obevekligen själva sinnesnärvaron och den plötsliga uppstådda tryckta stämningen i tågkupén medan hon hade ögonkontakt med Mei.

Mei log inte utan snarare visade hon ett bestämt ansiktsuttryck när hon tittade på Nassiva.

"Det är inte tillåtet att röka i tåget.", förklarade Mei på engelska.

Nassiva nickade samtidigt som hon flyttade blicken i riktning mot pojkarna.

Jimmy stoppade cigaretten i munnen och plockade fram en engångständare och tände helt obekymrat cigaretten. Han drog ett djupt bloss och höll kvar röken i lungorna en stund innan han blåste ut den innan han räckte över cigaretten till David.

David tittade på Jimmy med en osäker blick.

"Men ta den då, ta en zip. Det är schyssta grejer.", manade Jimmy medan han gestikulerande med cigaretten mot David.

David tog cigaretten och drog ett djupt bloss så det småknastrande från glöden innan hostattacken kom.

Nassiva kände direkt doften av cigarettröken och kunde konstatera att det var med all sannolikt det var Marijuana pojkarna rökte medan Mei visade allt starkare irritation när en av grabbarna återigen tog ett bloss till lite hånfnittrandes.

"Varför lyssnar ni inte! Ni får inte röka här.", upprepade Mei.

Jimmy visade upp ett hånflinande ansiktsuttryck mot Mei. Sa sedan:

"Ska du ha en zip? "

"Nej, jag röker inte.", svarade Mei alltmer irriterat.

"Det var ju tråkigt, Vi kunde annars ha lite kul tillsammans.", föreslog Jimmy och reste sig från sätet.

Mei svalde medan hon höll dottern Jin allt hårdare intill sig och visade en orolig blick.

David reste sig och tog tag sedan i Jimmy och manade honom att sätta sig ner igen. Då reste sig Nassiva och drog ner sin Nigab medan hon samtidigt satte in handen innanför kläderna och greppade knivhandtaget.

"Jesus sade: fader, förlåt dem, de vet inte vad de gör. "

Lukasevangeliet 23:34

Kapitel 45

DEN SJÄTTE JULI 2016

JACOB KÄNDE EN allt starkare oro och osäkerhetsfaktor gentemot sin mamma och pappa. Han kände också en enorm längtan till Nassiva och hennes namn var alltid namngiven i varje bön han utförde på sin matta. Han hade en stark förhoppning att återigen få återförenas med henne som ett par.

Han kände också en nervositet med att bo här eftersom framtiden för honom var så oviss. Jacob vägrade att lyssna och han var en obotlig stark motståndare till avprogrammering samtidigt som han kände ett växande hat inombords och förakt mot både Chris och Linda.

För några dagar sedan råkade han av en slump se Anna Metzer stod och väntade på en buss. Han kände igen henne trots att det har gått över fyra år. Tiden hade förändrat henne både kroppsligt och utseendemässigt. Hon var inte längre en liten flicka utan hade utvecklats sig till en väl svarvad tonårstjej i passande klädsel. Hon gav honom en föraktat blick när han passerade förbi. Inte för att hon kunde ha känt igen honom utan snarare var det förmodligen hans muslimska klädsel som störde henne, trodde han. Han brydde sig inte med att försöka att ta kontakt med henne eftersom det inte fanns ingen någon särskild anledning med att göra det eftersom det aldrig hade funnits några vänskapliga band mellan dem.

Jacob satte på sig skorna ute i hallen medan han hörde sin mamma höll på plockade i köket. Han hade hört talats om en moské som skulle ligga på Södermalm i Stockholm. Han skulle ta tillfället i akt att ta tåget in till Stockholm och besöka moskén i samband med eftermiddagsbönen.

Jacob skulle precis öppna ytterdörren när han hörde Lindas röst från köket.

"Vart ska du?", frågade Linda.

"Jag ska bara ut ett tag."

"När kommer du hem? ", frågade Linda.

"Om några timmar."

"Snälla Jacob, kan du bara berätta vart du ska någonstans? Det kan vara bra för oss att veta om det skulle hända något."

"Vad finns det för värre som kan hända som inte redan har hänt?"

"Det var en bra fråga, Jacob. Det var inte riktigt det jag syftade till utan jag vill känna en inre ro gällande dig när du är ute."

Jacob tittade fundersamt på sin mamma.

"Jag ska åka till Stockholm och besöka en moské. "

Linda stirrade lite oförstående på Jacob

"Ska du verkligen dit? ", frågade Linda.

"Det är min tro och mitt folk, mamma."

"Jag vet att vi har försökt diskuterat det här flertalet gånger tidigare. Men… jag måste få fråga, var dina kristna värderingar har tagit vägen någonstans? ", sa Linda med ett påtvingat litet leende.

"Har jag haft det för huvud taget? ", sa Jacob innan han gick ut och stängde ytterdörren.

Linda gick till vardagsrummet och satte sig i soffan. Hon behövde fundera om det fanns något mer hon kunde ta till för att få tillbaka Jacob till hans tidigare existerande liv innan det bara återstår en gravsten att gå till.

Hon tog mobiltelefonen och började bläddra bland kontakterna. Hon behövde få prata och i ju med det lätta på den där överbelastningsventilen innan den helt enkelt briserar. Kontaktsökandet kom fram till bokstaven M, där fann hon Moa Waldarud det vill säga Kristi brud.

Linda blev ytterst osäker. Skulle hon verkligen ta kontakt med henne igen efter allt som har hänt? Skulle hon återigen gå bakom ryggen på Chris genom att ta kontakt med henne? Och han som hela tiden pratat om avprogrammering och ingenting händer eftersom Jacob har ständigt vägrat att ta till den hjälpen för att komma vidare i livet.

Linda ringde upp Moa.

"Hej Moa!", inledde Linda.

"Hej! Är det du som ringer, vilken överraskning."

"Moa det här känns så enormt fel, men jag eller vi behöver hjälp.", sa Linda.

"Men älskade du, vad har hänt?!"

"Vi har fått hem Jacob och allting har blivit sååå fel. I stället för glädje och kärlek så har allting förbytts till hat och agg när han kom hem. Jag vill samtidigt tillägga att det här är bara inledningen det jag beskrev nu.", sa Linda samtidigt som hon lutade pannan mot sin stöttande hand.

"Tänk att vi har fått hem vår älskade Jacob, prisa gud! ", utropade Moa.

"Vänta Moa! Han är inte längre ett kristet barn. Han har konverterat till muslim och vägrar att släppa tron som han blivit hjärntvättat till."

"Linda, vi kommer att lösa det här. Jag kommer att ha själavårdssamtal med honom med uppföljning. Med guds hjälp så kommer vi lösa det här. "

"Moa, du förstår inte allvaret i det här. Jacob har försökt döda både mig och Chris med kniv när det hade spårat ut fullständigt. Sedan har det varit otaliga personliga påhopp mot oss. ", sa Linda.

"Hur hittade ni honom? Kom han hem själv, eller? "

"Nej, Chris bror Owen hittade honom till slut i Jemen i ett träningsläger för IS. Du kanske förstår nu vad det här handlar om. ", sa Linda.

"Med guds hjälp kommer vi lösa det här. Vi får helt enkelt konvertera honom till Kristi tro. Vår herre kommer hjälpa oss. "

"Moa! Jag är livrädd för min egen son och även för Chris. ", utbrast Linda gråtandes.

"Har Chris...", hann Moa säga innan hon blev avbruten.

"Nej, Chris har inte varit våldsam mot mig utan snarare mot andra. "

"Vad menar du Linda? ", sa Moa

"Chris och hans bror har oskyldiga liv på sitt samvete, det är så fruktansvärt."

"Du måste förklara, jag förstår inte riktigt vad du menar. ", sa Moa och lät förvirrad.

"Jag kan inte det!", skrek Linda förtvivlat.

Linda avbröt samtalet utan att säga hej då. Paniken var nu nära förstående.

Stockholms moské, även kallad Zayeds moské eller
Stockholms stora moské, är en moské belägen vid
Björns trädgård nära Medborgarplatsen på Södermalm
i Stockholm.

wikipedia

Kapitel 46

DEN SJÄTTE JULI 2016

JACOB KLEV PÅ i den sista tågvagnen och satte sig. Mitt i mot honom satt redan en färgad medelålders kvinna som lät blicken vila på honom medan ansiktsuttrycket verkat ha stelnat eller vart fall stannat till. Efter ett kort ögonblick förändrades hennes ansiktsuttryck genom att visa ett litet leende när Jacob, utan att kanske veta varför, sökte ögonkontakt med kvinnan. Han fick en känsla som var varm när han betraktade hennes leende. Tåget började att åka mot Rotebro när Jacob förflyttade blicken ut genom tågfönstret.

Den färgade kvinnan lutade sig lite framåt och lät sin högra hand vila på hans knä.

"Ursäkta mig, men jag måste få fråga. Är du muslim? "

Jacob tittade på henne.

"Ja, jag är muslim. ", svarade han och tillade Insha Allah.

Kvinnan nickade och drog lite på mungipan.

"Jag förstod det med tanke på klädseln. ", sa kvinnan.

Jacob synade av sin klädsel och tittade sedan på kvinnan med ett leende.

"Jag är konverterad Sunnimuslim.", sa Jacob med sträckt rygg.

Kvinnan nickade instämmande.

"Det finns många olika grupperingar av muslimer inom Allahs värld. ", konstaterade kvinnan och riktade sedan blicken för ett kort ögonblick genom fönstret och tillade "Jag är själv muslim."

"Det är vi Sunnimuslimer som har den sanna islamska tron om du frågar gud."

"Är det inte väldigt märkligt vi muslimer tror på samma gud och religion och trots vårt samfund inom muslimska världen så slåss vi mot varandra."

"Det är Sunnimuslimer som har fått försvara rätten till existens och sannenlig tro mot till exempel Shiamuslimer."

"Du är Sunnimuslim säger du, hur kommer det sig eftersom jag tror att du är ursprungligen är svensk och antagligen haft en kristen tro? ", undrade kvinnan.

"Som jag sa tidigare så har jag konverterat mig till den sanna tron."

"Ja, du sa det, men av vilken anledning konverterade du från kristen tro till islamsk tro?"

Jacob var på väg att svara men hejdade sig och tänkte efter.

"Min flickvän är från Irak och heter Nassiva. Hon är Sunnimuslim."

Kvinnan log och nickade instämmande.

"Ja, jag anade nästan det att det var en kvinna bakom ditt val av religion."

"Mina föräldrar är kristna och tillhör pingstkyrkan."

"Vad säger dina föräldrar att du har konverterat till Islam? "

"Eftersom de sitter inne med en förljugen tro och religion blev det helt naturligt motsättningar vad jag ville och kände.", sa Jacob.

"Har de träffat Nassiva? "

"Nej, inte än men det kommer de att få.", konstaterade Jacob.

Tåget stannade till vid Sollentuna station varvid kvinnan reste sig och log till Jacob.

"Här ska jag av, jättetrevligt att få träffa dig. Vad heter du?"

"Jag heter Aadel.", sa Jacob.

Kvinnan nickade.

"Jag heter Fatma. Hej då.", sa kvinnan och klev sedan av tåget.

Jacob tittade efter kvinnan som gick på perrongen medan tåget började åka vidare mot Stockholm. Han kände att han äntligen fick någon form av bekräftelse av hans islamska tro, något som hans föräldrar vägrade att göra.

Tåget stannade till vid Stockholmscentral innan den skulle fortsätta vidare mot Södertälje. Jacob skulle inte kliva av här, det visste han. Han skulle kliva av vid nästa station, det vill säga, Stockholms södra.

Dörrarna var på väg att stängas när Jacob såg två högljudda jeansklädda tonåringar kom upprusande från trappen och ut på perrongen. Trots tatueringar och rakade skallar samt utsmyckande piercingar kände Jacob igen den ena tonåringen. Det var Jimmy som pressade sig in mellan dörrarna på den stillastående pendeltåget som var på väg till Märsta vid motsatta sidan av perrongen. Ögonblicket senare fick han även syn på David som precis titta ut genom tågfönstret vid nästa tågvagn.

Vid Stockholms södra klev Jacob av tåget och började orienterade sig vilken utgång han skulle ta. Det visade sig att han skulle gå till utgången vid Swedenborgsgatan och sedan gå mot Medborgarplatsen.

När Jacob kom ut på Swedenborgsgatan plockade han fram mobilen och letade fram Google maps. Han hade en tid att passa gällande kommande eftermiddagsbönen klockan 17:29 och det skulle bli effektivare att ta sig till Zayeds moskén med adress Kapellgränd 10 med hjälp av Google maps även att det skulle bara ta fem minuter att gå från Stockholms södra.

Jacob gick med en stark förväntan längs med bangårdsgången som ledde fram till Fatburstrappan och Medborgarplatsen, där vek han sedan av till vänster mot Östgötagatan och Kapellgränd.

Framme vid den breda stenlagda gången som ledde till själva entrén stannade Jacob till. Han tittade på den glasförsedda entrén med de nedanstående träportarna och blev lite besviken att moskén i övrigt inte var mer påkostad än den var. Trots allt var det Allahs moské, tänkte Jacob medan han tog de första stegen mot entrén.

När Jacob öppnade porten och gick in tillsammans med några andra muslimer så möttes han av en rödklädd Imam som hälsade honom välkommen med en efterföljande viss förvirring och tveksamhet i leendet.

Den äldre Imamen med välvårdad vitt skägg studerade Jacob från topp till tå, vilket föranledde till en del frågor till den ljusblonde och muslimklädda unge mannen.

"Kan jag hjälpa dig på något sätt? ", frågade Imamen på svenska.

"Jag har kommit för en bönestund. ", svarade Jacob på arabiska.

Imamen blev lika överraskad som förvånad sa:

"Jaha, du kan arabiska. Jag förstår. "

"Har tillbringat en viss tid i både Irak och Syrien.", konstaterade Jacob på arabiska.

"Jag förstår.", sa Imamen med ett leende och tillade: "Insha `Allah"
"Allahu akbar ", svarade Jacob med en lätt bugning.

Imamen gjorde en vänlig gest mot en dörr som precis öppnades där två skäggiga män kom ut ifrån. Jacob gick med bestämda steg fram till dörren som höll på att stängas och tog tag i den. Han öppnade dörren och skulle precis gå in när imamen harklade till och gjorde samtidigt en nickande gest mot golvet där stod flertalet skor i rader. Han gick dit och tog av sig skorna för att sedan ge Imamen en generad blick.

Det var en större böne-sal med en grön heltäckningsmatta med lite mönsterinslag som täckte hela golvytan. Uppe på taket hängde det tre stora belysta kristallkronor som delades av med svartmålade järnräcken som var uppfästa mellan väggarna. Det hade kommit ett femtiotal muslimer där samtliga stod på knä bredvid varandra och inväntade den stundande klockslaget.

Jacob stod under en av de välvda ingångarna som lyfte fram hela interiören och beskådade framför sig herrskapet som stod på knä och inväntade på kommande bönen som skulle vara i tio minuter. Genom Jacobs plötsliga oväntade entré till böne-salen så verkade som att hela bönproceduren kom av sig i samband med hans entré.

Samtliga hade förflyttat fokuseringen för att titta på Jacob som i sin tur gick och letade efter en ledig plats att kunna be på. Trots allt, det var inte var dag man fick besök av en muslimklädd ljusblond svensk tonåring till en moské.

Jacob fann en ledig plats där han gick ner på knä i samma ögonblick när ett böneutrop hördes. Han plockade fram ett fotografi och la den på golvet framför sig. Fotografiet var ett färgfoto på Nassiva som var klädd i en IS mundering hållandes med en Kalasjnikov AK-47.

Allahu akbar, viskade Jacob samtidigt som han hukade

sig bedjandes mot fotot.

INSHA 'ALLAH.

Kapitel 47

DEN ÅTTONDE JULI 2016

BLAND SKER DET saker som blev inte minst väldigt oväntat och överraskande. Vilket också bidrog till att drastiskt omkullkasta Yasmin hämndplanering mot den våldsverkare som hade förgripits på hennes Jacob. Något som Yasmin väl kunde konstatera i häktescellen nr 12.

Hon var då i händelsernas centrum konsekvent beslutsam att döda mannen med kniv väl hon kom in innanför ytterdörren och dessutom stå öga mot öga mot Jacobs baneman som kallblodigt mördade pojkens själ och inte minst framtid. Framför allt hade hon avgivit ett heligt löfte att hämnden skall skipas rättvisa. Till sist och kanske det primära i saken är att denna man inte ska kunna skada andra barn i framtiden. Hon skulle också i lugn och ro kunna ta tåget tillbaka till Norge innan kroppen skulle bli påträffad i lägenheten. Allt hängde egentligen på yttre omständigheter.

Det var hennes taktik och plan medan hon hade gått sakta nedför trapporna till den aktuella våningsplan för att ringa på dörren där det stod L-Å Rosén. Hon hade också bara tre trappsteg kvar till våningsplanet när hon plötsligt stannade till när hon hörde hur någon kom in genom porten och i samma ögonblick började hissen vakna liv.

Yasmin tittade ner mellan trapporna och fick se för ett kort ögonblick en svartklädd person som hade öppnat hissdörren och sedan försvann in i hissen. Eftersom hissen var på väg uppåt skyndade hon sig uppför trapporna till nästa våningsplan för att kunna se vart hissen skulle stanna. Hissen hade stannat vid andra våningsplanet varvid hissdörren hade både öppnats och stängts innan några lättare fotsteg hördes.

Hon kunde sedan höra hur någon hade stannat till och ställt sig vid en ytterdörr och ringde på. Efter tre ringsignaler så öppnades dörren. Lägenhetsinnehavaren var precis på gång att säga något när ett plötsligt ett gurglande ljud hördes vilket ersättes med ett ljud att något tungt föll mot golvet innan ytterdörren stängdes igen. Yasmin blev vid det ögonblicket väldigt fundersam och händelsen skapade samtidigt nyfikenhet.

Hon smög ner för trappen med hejdade sig när en ytterdörr öppnades varvid hon skyndsamt tog några trappsteg tillbaka. Mycket riktigt klev den mörkklädda personen ut från lägenheten iklädd med en Niqab som täckte således ansiktet som huvudet samt en typ av Abaya som täckte resten av kroppen. Med tanke på klädseln så var det förmodligen en kvinna som kom ut från lägenheten hade Yasmin resonerat när hon följde kvinnan fram till hissdörren som öppnades och stängdes varvid hissen åkte ner till bottenvåningen.

Yasmin hade tittade ner mot våningsplanet och såg att ytterdörren till lägenheten emellertid stod lite på glänt. Hon skyndade sig ner efter att porten hade stängt igen. Försiktigt gick hon fram till ytterdörren och lyssnade. Det var helt tyst både i lägenheten och trapphuset. Skulle hon gå in?

Yasmin hade gått in och stannade till när hon såg hur golvmattor låg ihopdragna om vartannat på hallgolvet. Dessutom fanns det mycket blod utspridd på golvet med spår av att någon hade dragit in något på själva hallgolvet och vidare till nästa angränsande rum.

Hon fortsatte vidare in i lägenheten och försökte placera skorna på de golvytor som saknade blod. Yasmin stannade till vid vardagsrummet. Där låg en man på rygg med uppskuren mage med böjda armar med krampaktiga likstelnade fingrar som förmodligen försökt värjts sig precis innan dödsögonblicket. Yasmin förstod att det var lägenhetsinnehavaren som låg på mattan, det vill säga Lars Åke Rosén som låg död på vardagsrumsgolvet. I den dödes mun hade någon tryckt in ett nyligen urtaget hjärta eftersom blodet fortfarande rann längs mungipan och hakan.

Yasmin hade stirrat på kroppen en stund medan hon kunde konstatera att hon inte hade agerat tillräckligt snabbt för att personligen fullgöra sin hämnd. I stället kom frågan vilket i sig var ofrånkomligt, vem var den där kvinnan?

Eftersom ytterdörren hade lämnats på glänt kunde hon höra att någon hade precis kommit in genom porten. Ljudet av trappsteg hördes när Yasmin smög ut till hallen. Skulle hon hinna ta hissen? Skulle hon i stället ta sig uppför trapporna för att undvika en konfrontation?

Hon tog ytterligare några snabba steg till fram till ytterdörren och stängde den. Hon stannade kvar med ena örat tryckt mot ytterdörren och hörde att person var nu på väg upp till våningsplan två. Nu var ytterdörren stängd visserligen men frågan kvarstod, kunde det vara så att Lars Åke väntade på besök? tänkte hon då. När hon sedan hörde hur stegen passerade förbi ytterdörren och stannade till samtidigt som en nyckelknippa hördes, tittade hon i dörrkikaren. Hon kunde konstatera att det var en kvinna som bodde granne med Rosén som hade kommit med en matkasse från Ica.

Väl kvinnan hade gått in till sig och stängt ytterdörren så passade Yasmin att lämna Roséns lägenhet. Hon stängde försiktigt ytterdörren för att sedan smyga nedför trapporna så tyst hon kunde.

Väl sittandes i tunnelbanan på väg till Stockholms central så skulle hon lösa en enkel biljett till Oslo. Förhoppningsvis så kunde det gå något kvällståg som inte var fullbokad. Väl framme vid Stockholmscentral så skyndade hon sig upp till Biljettkassan vid huvudentrén och kunde då lösa ut en tågbiljett till Oslo.

Med biljetten i handen hade hon gått till väntsalen och satts sig. Om två timmar skulle tåget lämna Stockholmscentral mot Oslo där hon sedan skulle byta tåg till Ålesund. Hon hade också fått i sig en enklare hamburgaremeny innan hon hade satts sig på tåget.

Sittandes vid fönsterplatsen kunde Yasmin plötsligt se en massa poliser kom springande på perrongen. Ett ögonblick senare hördes ett meddelande i högtalaren att ingen fick lämna tåget. Yasmin kände då en nalkande oro och tanken att kliva av var nära förestående när två poliser klev in i tågvagnen med hund.

I tur och ordning kollade den kvinnliga polisen alla identitetshandlingar av de passagerarna som satt i tågvagnen. Den manliga polisen höll koll på sin tjänstehund som nosade på golvet.

Hunden stannade till och markerade genom att lägga sig ner strax bakom Yasmin. Polismannen klappade hunden medan han gick ner på knä för att titta närmare på vad hunden hade markerat. I samma ögonblick kom den kvinnliga polisen fram till Yasmin och frågade efter identitetshandlingar och biljett.

Yasmin tog fram sitt förfalskade pass och räckte fram den tillsammans med tågbiljetten. Hon visade ett oberört ansiktsuttryck medan den kvinnlige polisen kontrollerade handlingarna. Poliskvinnan skulle precis räcka fram passet och tågbiljetten när kollegan plötsligt sa:

"Vänta lite."

Hunden hade markerat en gång till precis framför Yasmin skor varvid den manlige kollegan åter gick på knä för att titta.

"Vad är det?" frågade den kvinnlige polisen.

"Det är blodavtryck på golvet knappt synligt och det är lite torkat blodstänk på hennes skor."

Poliskvinnan tittade på Yasmin med en utstuderad blick och skulle precis ställa en fråga när hon i stället höjde på ögonbrynen och pekade sedan med hela armen.

"Nej, vänta lite! Jag känner igen den här tjejen. Hon är ju för fan lyst sedan länge.